KiWi

1513

Monika Peetz

Ausgerechnet wir

Roman

Kiepenheuer & Witsch

MIX
Papier aus verantwortungsvollen Quellen
FSC® C083411
Verlag Kiepenheuer & Witsch, FSC-N001512

1. Auflage 2016

Umschlaggestaltung: Barbara Thoben, Köln
Umschlagmotiv: © plainpicture/Hanka Steidle (Blütenblätter); © ratkom – Fotolia.com (Paar)
Gesetzt aus der Aldine 401
Satz: Wilhelm Vornehm, München
Druck und Bindung: CPI books GmbH, Leck
ISBN 978-3-462-04939-8

Für Jolanda

1

Der zählt nicht

Alles lief wie am Schnürchen. Leuchtende Fackeln wiesen Gästen den Weg vom Parkplatz an der Schlossmauer zur hell erleuchteten Orangerie. Meine Schwestern hatten den halben Samstag damit verbracht, den imposanten Raum mit den bodentiefen Fensterfronten für das große Fest zu dekorieren. Das ABC-Team, wie mein Vater meine älteren Schwestern früher nannte, arbeitete in seltener Eintracht. Beate, die Älteste und Strategischste unter uns Geschwistern, kümmerte sich um die großen Linien und kleinlichen Bedenken, Carla, die Mittlere, deckte mit ihren Töchtern den kulinarischen Teil der Veranstaltung ab. Sie taten alles, um Anja, die Jüngste des Trios, am heutigen Abend zu unterstützen. Meine Aufgabe als kleiner Bruder war deutlich umrissen: Ich war zuständig für alles, was schwer, schmutzig, schmierig oder Strom war. Hoch über den Köpfen meiner hektisch umherschwirrenden Familie balancierte ich auf einer Leiter unter dem Glasdach, um die letzten mit LEDs beleuchteten Luftballons über der langen Tafel zu befestigen.

Anja, die Hauptperson, sprang noch immer in Unterwäsche herum. Sie zog die Tischdecken gerade, die meine drei Nichten höchstpersönlich mit wasserbasierter Tinte eingefärbt hatten, nahm letzte Änderungen in der Sitzordnung vor, kontrollierte die Speisen am kalten Büffet und die Qualität des Rotweins. Anja bestand darauf, dass alles so sein sollte wie beim ersten Mal. Auch wenn alles anders war.

Gereizt wies sie Beate in die Geheimnisse moderner Digitalfotografie ein: »Du musst einfach abdrücken«, tönte sie. »Die Kamera ist idiotensicher.«

Normalerweise war Anja selbst dafür verantwortlich, familiäre Ereignisse für die Ewigkeit festzuhalten. An diesem besonderen Tag sollte meine in technischen Dingen ahnungslose Schwester Beate die Chronistenpflicht erfüllen.

»Und wofür ist dieser Knopf?«, fragte sie.

»Du musst es nicht verstehen, du musst es einfach tun«, ranzte Anja Beate an.

Gewöhnlich vermied ich familiäre Vollversammlungen. Bei drei älteren Schwestern war ich mitten im Zickenkrieg aufgewachsen. Ironische Sticheleien, giftige Seitenhiebe und inquisitorische Nachfragen waren für mich vertrautes Terrain. Eine der Schwestern fand sich immer bereit, nachzufragen, ob ich endlich einen anständigen Job oder wenigstens eine feste Freundin gefunden hatte. Dabei wären mir ein fester Job und eine unanständige Freundin lieber. Vorsichtig schob ich mich aus der Gefahrenzone, bevor die geballte schwesterliche Nervosität einen neuen Fokus suchte.

Die Geladenen trafen tröpfchenweise und überpünktlich ein. Der erste Teil der Zeremonie würde im Garten stattfinden. Keiner der Gäste ließ sich durch Nieselregen, kalte Füße und matschigen Untergrund die Stimmung verderben. Niemand wollte sich den besonderen Anlass entgehen lassen. Statt Champagner wurden warmer Punsch und heiße Schokolade mit Schuss ausgeschenkt. An den Feuerkörben, einzige Wärmequelle an diesem viel zu kalten Maiabend, wurde aufgeregt getuschelt. »Warst du schon mal bei so was dabei?«, klang es aus vielen Kehlen.

Draußen herrschte angespannte Erwartung, drinnen regierte die Panik. Carla ziepte, zerrte und zog am Kleid herum. Anjas schmaler Körper ertrank in dem ausladenden Hochzeitskleid aus weißem Tüll, das jede Frau automatisch in ein Sahnebaiser verwandelte. Seit sie die imposante Robe hoffnungsvoll erstanden hatte, hatte sie deutlich Gewicht verloren. Anja rang um Fassung.

»Du musst das nicht durchziehen«, sagte ich.

»Ich werde mich köstlich amüsieren«, antwortete Anja trotzig. »Seit Monaten freue ich mich auf diesen Moment.«

Meinen Schwestern in Krisensituationen zu widersprechen, war ein risikoreiches Unterfangen. Als Jüngster der Familie hatte ich in dieser Beziehung einen schmerzhaften Lernprozess durchlaufen.

»Die Gäste werden unruhig«, befand Beate diktatorisch. »Wir müssen anfangen.«

»Bist du so weit?«, fragte Clara.

Statt einer Antwort reichte Anja mir auffordernd ihren Arm. Normalerweise war es die Aufgabe des Vaters, die Braut ihrem Schicksal zu übergeben. In der Familie Morbach, die unter chronischem Männermangel litt, blieb dieses Amt an mir kleben. Arm in Arm, in angemessen feierlichem Schritt führte ich meine Schwester Richtung Garten. Anjas Fingernägel bohrten sich in meinen Oberarm. Ich spürte das Zittern ihres dünnen Körpers. Die Flügeltüren öffneten sich. Applaus brandete auf. Die Musik setzte ein. Anstelle eines Hochzeitsmarschs schmetterte Gloria Gaynor uns ein fröhliches »I Will Survive« entgegen. Mein Blick schweifte suchend über die Menge: kein einziger Mann unter den Gästen. Vielleicht war es normal, dass Anja nur Freundinnen eingeladen hatte, den großen Moment mit ihr zu feiern. Aber woher sollte ich wissen, wie man einen solchen Anlass beging, schließlich war das die allererste Scheidungsparty meines Lebens. Gefeiert wurde in der Orangerie des Schlosses Charlottenburg, am selben Ort, an dem Anja ihrem Exmann Joshi die ewige Treue geschworen hatte. Die Stewardess und der aufstrebende Internethändler hatten ihren gemeinsamen Weg in Rekordtempo zurückgelegt. Nach einem explosiven Kennenlernen folgten Blitzhochzeit, Blitzkrieg und Scheidungsdrama. Die Ewigkeit endete nach 22 Monaten vor dem Familiengericht Berlin Schöneberg.

»Willkommen im Club der alleinstehenden Frauen«, rief meine Schwester Beate fröhlich.

Der Schlachtruf bildete den Startschuss für das Spektakel. In letzter Sekunde rettete ich mich mit einem beherzten Sprung an die Seite, bevor die erste Ladung aus der Sprühdose Anja traf. Es war an der Zeit, das weiße Hochzeitskleid, das ihr kein Glück gebracht hatte, rituell zu zerstören. Einmal für den schönsten Tag ihres Lebens angeschafft, lieferte das teure Kleidungsstück den tastbaren Beweis für die größte Fehlentscheidung ihres Lebens. Violette Farbe spritzte auf die weiße Robe, dann grüne, gelbe, blaue. Anja griff in einen Farbklecks, die Spuren ihrer gelben Hände liefen über das Kleid, als wären es die Abdrücke eines leidenschaftlichen Liebhabers. Gloria Gaynor jubilierte, die Bässe dröhnten, das Lachen wurde lauter, Farbe tropfte vom Kleid, und Beate fotografierte fürs Familienalbum. Mithilfe ihrer Freundinnen ertränkte Anja ihren Liebeskummer in Acrylfarbe und Rotwein. Ich blieb das einzige männliche Wesen, das an der Zeremonie teilnehmen durfte.

»Das ist Tom, mein kleiner Bruder«, erklärte Anja. »Der zählt nicht zu den feindlichen Truppen.«

Das Dinner verbrachte ich eingeklemmt zwischen einer Stewardessenkollegin, die ihren Exmann konsequent als »mein kleines Regenwürmchen« bezeichnete, und Anjas Sandkastenfreundin Sanne, die der Runde ausführlich die Vorzüge eines Magerquarkfrühstücks erläuterte. Kein Wunder, dass sie bereits zweimal geschieden war. Vermutlich betrieb sie Sex nur, um Kalorien zu verbrennen. Nach zwei Stunden Sanne-Überdosis reichte es mir: »Ich bin gegen die Frauenquote«, platzte ich heraus.

Ich brauchte keine Statistik zu lesen, um zu wissen, dass in Deutschland mehr Frauen als Männer lebten. Mein ganzes Leben war ein einziger Frauenüberschuss. Neben Schwestern und Nichten bestand meine Familie aus den wechselnden Partnerinnen von Beate, die nur auf Frauen stand, einem chronisch abwesenden und einem frisch von mir geschiedenen Schwager. Den Erzieherinnen, Grundschullehrerinnen und Studienrätinnen meiner frühen Jahre folgten Kolleginnen, Chefinnen, Nachbarinnen, eine Kanzlerin. Das mit den Frauen war nicht so einfach. Privat nicht und beruflich noch viel weniger. Immer wenn ich kurz davor war, eine feste Stelle zu bekommen, konnte ich Gift darauf nehmen, dass mir fünf Minuten vor Bewerbungsschluss eine Frau den Job wegschnappte. Wenn Scheitern charakterbildend war, hatte ich in den letzten Monaten mehr Charakter entwickelt, als mir lieb sein konnte.

»Ich bin gegen die Frauenquote«, wiederholte ich noch einmal. »Das wird man doch mal sagen dürfen.«

Durfte man nicht. Nicht an diesem besonderen Tag, nicht gegenüber Sanne.

»Sexuell frustriert?«, blitzte sie mich an. »Oder bloß die verfrühte Midlife-Crisis?«

Die Antwort blieb mir erspart. Denn in diesem Moment balancierte Carla die Scheidungstorte in den Raum. Raunen und Klatschen klang durch die Orangerie. Auf der Spitze der jungfräulich weißen blumenverzierten Torte thronte eine einsame Figur im Brautkleid. Blutrote Flecken liefen über drei Etagen bis zum Fuß der Torte, wo der entsorgte Ehemann in einer angedeuteten Blutlache lag. Es tat mir in der Seele weh, meinen Schwager so zu sehen. Im Gegensatz zu Anja hatte ich mich bestens mit Joshi verstanden.

»Und?«, fragte Anja, als sie mir ein Stück Torte überreichte. »Wie läuft es mit Sanne?«

Ich hatte keine Ahnung, worüber sie sprach. »Gar nichts läuft da«, sagte ich. »Höchstens ich, nämlich weg.«

»Meinst du, ich habe nicht gemerkt, dass du dich für Sanne interessierst«, insistierte Anja. »Schon früher bist du jedes Mal in mein Zimmer gestürzt, wenn Sanne zu Besuch kam.«

Mir war unbegreiflich, dass die frisch geschiedene Anja nicht warten konnte, andere in einen Zustand zu bringen, aus dem sie sich gerade mithilfe eines Scheidungsrichters befreit hatte.

»Wer sagt, dass ich Single bin?«, konterte ich.

»Die Erfahrung«, entgegnete Anja trocken.

Ich verspürte keine Lust, meinen Beziehungsstatus mit Anja zu diskutieren. Dabei grübelte ich selbst, warum ich immer noch alleine war. Dank der ingeniösen mathematischen Formel des Astrophysikers Frank Drake und des statistischen Landesamtes, das auf seiner Website umfangreiches Datenmaterial über die Bevölkerung zugänglich machte, konnte ich akribisch berechnen, wie groß die Chance war, in Berlin meiner Traumfrau zu begegnen. Die Formel diente ursprünglich dazu, zu ermitteln, wie viele außerirdische Arten in der Galaxie der Milchstraße theoretisch zu erwarten waren. Ich hatte die Variablen so angepasst, dass sie eine mathematisch untermauerte Antwort auf die Frage lieferten, wie viele potenzielle Freundinnen ich in Berlin erwarten durfte. Meine Ausschlusskriterien waren nicht sonderlich exzentrisch. Meine Zukünftige sollte im Umkreis von 25 Kilometern wohnen, einen festen Job haben, sich nicht mehr als fünf Jahre im Alter unterscheiden und unverheiratet sein. Am besten war sie Mitglied eines Sportvereins (ein bisschen mehr Sport könnte mir nicht schaden) und mochte Horrorfilme (die Sammlung aus Jugendtagen wartete schon lange auf Wiederentdeckung). Von den 1.779.366 Frauen, die in Berlin gemeldet waren, blieben auf diese Weise circa 4.000 mögliche Kandidatinnen über. Dazu musste ich berücksichtigen, dass mir etwa fünf Prozent der Frauen rein optisch gefielen. Umgekehrt konnte ich höchstens bei drei Prozent mit meiner Erscheinung punkten. Am Ende meines Katalogs kam ich auf sechs Frauen, die rechnerisch alle meine Kriterien erfüllten. Die logistische Herausforderung war, sie im Dschungel der Großstadt zu finden.

»Vielleicht gibt es schon bald was Neues«, erklärte ich kryptisch.

»Erzähl«, forderte Anja mich auf. Geduld war noch nie ihre Stärke. Begeistert winkte sie Beate und Carla herbei. »Tom hat eine neue Freundin«, verkündete sie.

In drei Augenpaaren leuchtete die Vorfreude auf lang erwartete Neuigkeiten aus meinem Liebesleben. Ich zweifelte, ob meine mathematisch weder bewanderten noch interessierten Schwestern meine Theorien nachvollziehen konnten.

»Ich geh eine rauchen«, kürzte ich die Diskussion ab.

»Seit wann rauchst du?«, fragte Beate irritiert.

»Seit eben«, meinte ich.

Ich war nicht der Einzige, der Anjas Scheidungsparty wenig abgewinnen konnte. Im Garten stieß ich auf Carlas Tochter Florentine, die mit einem Stock in den Blumenbeeten des Schlossparks herumstocherte und gefundene Regenwürmer in einer leer getrunkenen Colaflasche festsetzte. Mit dem mageren Körper, den großen Zähnen, den kurzen Haaren und dem schlammfarbenen Hoodie sah sie aus wie der Neffe, den ich nicht hatte.

»Für meinen Kompost«, erklärte sie. »Ich züchte Würmer.«

Florentine war mir in vielen Punkten ähnlich. Sie hielt nichts von geselligen Familienfeiern. Und von Beziehungsdramen.

»Anja tut nur so, als wäre sie glücklich«, analysierte Florentine treffsicher. »Ich glaube, sie ist nur deswegen so laut, damit niemand merkt, wie sehr sie Joshi vermisst.«

Mit zwölf Jahren war Florentine schlauer als alle Erwachsenen um sie herum. Sie warf einen traurigen Blick durch die großen Scheiben, hinter denen Anja unter dem Beifall ihrer beiden Schwestern den Tanz eröffnete. Mit einem exzentrischen Solo.

»Ich hab was für dich«, sagte Florentine und fischte aus ihrer Hosentasche eine zerknitterte Einladungskarte. Auf feinstem Papier lud die Handelskammer Frau Florentine Bender zum Netzwerktreffen des Young Business Clubs.

»Mama hat mir verboten, hinzugehen«, beklagte sie sich. »Sie zwingt mich, um acht Uhr ins Bett zu gehen. Wenn wir nicht gerade Scheidung feiern.«

Florentine überraschte mich immer wieder: »Wie kommst du an eine Einladung der Handelskammer?«

»Ich habe mich wegen eines Gründerdarlehens an die gewandt«, erklärte meine Nichte ernst. »Eine neue Geschäftsidee.«

»Und du bist noch nicht dazu gekommen, zu erwähnen, dass du zwölf Jahre alt bist«, riet ich.

Florentine nickte: »Junge Unternehmer werden überall diskriminiert. Selbst in der eigenen Familie.«

Auf der Tanzfläche nahm das ABC-Team Florentines Schwestern in ihre Mitte und tanzte albern und ausgelassen herum. Keine schien uns zu vermissen.

»Reicht dein Taschengeld nicht aus für deine Pläne?«, fragte ich.

»Mama hat es gestrichen, seit ich bei meinem letzten Experiment aus Versehen den Küchentisch angekokelt habe«, rückte Florentine heraus.

Ich fand den Entdeckergeist meiner Nichte phänomenal: »Wie viel Kredit brauchst du?«

»50 Euro«, gestand Florentine.

»Das ist eine Menge«, gab ich zu bedenken.

»Ich kann dir eine Firmenbeteiligung anbieten«, erklärte meine Nichte mit gewichtiger Stimme. Sie hatte sich gründlich eingelesen und packte das Problem Finanzierung professionell an. Die Geschäftstüchtigkeit ihres Vaters manifestierte sich deutlich in der nächsten Generation. Leider war Alexander in Russland. Oder war es Asien? Seit mein eigener Vater an meinem sechsten Geburtstag die Familie verlassen hatte, hatten sich alle männlichen Zugänge in der Familie Morbach als flüchtige Gäste erwiesen. Anja war geschieden, Beate fühlte sich zu Frauen hingezogen, und Carlas Gatte, zugleich Florentines Vater, war als Vertriebsmann beruflich so eingespannt, dass er wie ein entfernter Verwandter wirkte, wenn er in seiner eigenen Familie auftauchte. Ich hoffte, er nahm sich wenigstens in der Ferne Zeit dafür, stolz auf Florentine zu sein.

Ich zückte mein Portemonnaie. »Mein Beitrag ist eine stille Beteiligung«, warnte ich und legte den Finger auf meine Lippen. Ich hatte keine Lust, mich mit Carla anzulegen.

»Ich maile dir den Businessplan und die Verträge«, versprach Florentine. »Und du gehst zum Netzwerktreffen der Handelskammer und erzählst mir alles.«

Die Entschlossenheit, mit der sie mir die Einladung in die Hand drückte, überraschte mich nicht. Ich machte mir über ihre unternehmerische Zukunft weniger Sorgen als über die meinige.

»Wer weiß«, fügte sie hinzu, »vielleicht lernst du da eine nette Frau kennen.«

Ich lächelte matt. Wenn sich selbst Zwölfjährige Gedanken über mein Liebesleben machten, war die Lage ernster als gedacht.

2

Eins plus 1

Der Sonntag nach der Scheidungsparty begann mit einem Kater. Und mit Nichts. An sechs Tagen in der Woche konnte ich mir einreden, dass ich mein Singleleben, in dem ich nur für mich selbst verantwortlich war, genoss. An Sonntagen begegnete man in den Straßen eng umschlungenen Pärchen, Familien im Wochenendmodus und Frischverliebten, denen die Intimität der ersten gemeinsamen Nacht anzusehen war. Mein Terminkalender war genauso leer wie der Kühlschrank. Niemand hatte meinen Lieblingsjoghurt besorgt, »die Wurst, die du so magst« oder eine Flasche Prosecco fürs Frühstück im Bett. Die Tatsache, dass ich weder Prosecco noch Krümel im Bett besonders schätzte, tröstete mich nur bedingt über meinen Sonntagsblues hinweg. Selbst mein abgegriffener Stoffpinguin aus Kindertagen ließ den Kopf hängen. Ich konnte von Glück sagen, dass Pinguine monogame Wesen waren. Sonst hätte er mich vermutlich schon längst aus Langeweile verlassen.

Florentine hatte recht. Es musste etwas passieren. Durchschnittlich heirateten Männer mit 33,6 Jahren eine vier Jahre jüngere Frau. Die Statistik lehrte, dass die meisten

Paare sich fünf Jahre kannten, bevor sie den Schritt zum Traualtar wagten. Unter diesen Voraussetzungen hatte ich allen Grund, kurz vor meinem 29. Geburtstag in Panik zu geraten. Wenn meine Altersgenossen zuhauf Beziehungen eingingen, die einmal in der Ehe enden würden, potenzierte sich die Gefahr, dass sich eine meiner sechs Damen in diesen Minuten einem anderen zuwandte. Mit jedem Tag, der in Einsamkeit verstrich, schwanden meine Chancen, dass sich in diesem Leben noch einmal etwas an meinem Beziehungsstatus ändern würde. Die Frauen waren überall. Nur nicht in meinem Bett. Ich war Single. Quasi von Geburt an. Wenn man von meiner Kurzbeziehung mit Sophie einmal absah.

Bis zu meinem Geburtstag am 21. Juni blieben mir 23 Tage. Die Wahrscheinlichkeit, in dieser knapp bemessenen Zeitspanne einer der sechs Frauen, die rein rechnerisch mein Leben komplettieren könnte, in der Bäckerei um die Ecke, beim Zahnarzt oder auf der Straße zu begegnen, tendierte gegen null. Schließlich musste ich zu alledem noch den Tom-Quotienten hineinrechnen. Selbst wenn ich meiner Traumfrau in der U-Bahn gegenübersitzen würde, würde ich mich mit allergrößter Wahrscheinlichkeit so absonderlich und schrullig verhalten, dass jede Kandidatin entsetzt die Flucht ergreifen würde, noch bevor sie sich in mich verlieben konnte. Frank Drakes Formel offenbarte in Zahlen, was ich längst ahnte: Vermutlich würde ich eher einem Alien begegnen als meiner Zukünftigen.

Die Suche nach der Richtigen ähnelte der Jagd nach dem Gottesteilchen. Forscher hatten in den Sechzigerjahren herausgefunden, dass so ein Elementarteilchen existieren musste, der praktische Nachweis ließ Jahrzehnte auf sich warten. Ich verdrängte den Gedanken, wie viel Zeit und

Geld das Kernforschungszentrum CERN hatte aufwenden müssen, das theoretisch Mögliche in der Wirklichkeit zu beweisen. Wenn das Schicksal sich nicht freiwillig ergab, musste ich mit wissenschaftlichen Methoden nachhelfen. Die Formel zum Glück lautete für mich *Eins plus 1*. So nannte sich eine Online-Partnervermittlung, die, zu meiner großen Freude, von Mathematikern geleitet wurde. Die Software der Firma kombinierte Menschen anhand der Daten, die ihre Kunden selbst eingaben. 150 Fragen umfasste der Katalog der Eigenschaften. Bei *Eins plus 1* glaubten sie fest daran, dass Algorithmen der Schlüssel zu ewiger Liebe waren. Wenn eine meiner möglichen Partnerinnen bei der Plattform zu finden war, würde ich sie in Rekordzeit aufspüren. Alles, was ich tun musste, war, mich einzuschreiben. Seit Tagen hatte ich mich mit dem Angebot und dem Kleingedruckten vertraut gemacht. Jetzt war der Moment gekommen, die Theorie hinter mir zu lassen und mich via Computer anzumelden. Sekundenschnell erhielt ich die vorformulierte Antwort eines gewissen Nico, dem Gründer von *Eins plus 1*. *Wie schön, dass du zu uns gefunden hast,* schrieb er. *Lass dir Zeit zum Beantworten der Fragen. Aber nicht zu viel. Spontaneität gewinnt.*

Ich war noch nie gut darin gewesen, Leistung auf Kommando abzurufen. Nicht einmal in meiner Paradedisziplin Mathe. Wenn ich in der Schule an die Tafel gerufen wurde, konnte ich davon ausgehen, dass mir, einmal vorne angekommen, nichts mehr einfiel.

Wie das Kaninchen vor der Schlange saß ich in Schockstarre vor dem Bildschirm. Größe, Alter, Gewicht: Die exakten Daten waren schnell ausgefüllt. Die persönlichen Fragen überforderten mich. Den halben Sonntag brütete ich über der Entscheidung, ob ich eher in die Wüste oder den Wald wollte, den Urlaub lieber im Segelboot, auf dem Fahrrad oder beim Sonnenbaden verbrachte, klassische Musik dem Pop vorzog oder Bachblüten Aspirin. Wie sollte ich wissen, ob das Glas halb voll, halb leer oder einfach nur unpassend war? Zu allem Überfluss sollte ich meine Antworten auf einer Skala von eins bis zehn gewichten. Die Entscheidung, wie bedeutsam Ordnung in meinem Leben war im Vergleich zum Kinderwunsch und einem gesunden Ausgleich zwischen Arbeit und Freizeit, bereitete mir stundenlanges Kopfzerbrechen. Noch schwieriger war die Auswahl eines passenden Profilfotos, das weibliche Kandidatinnen animieren sollte, in Kontakt mit mir zu treten. Lag es an der linkischen Haltung, den merkwürdigen Klamotten, dem Seitenscheitel im ungekämmten Haar oder meinem chronisch verschreckten Fotografiergesicht? Ich brauchte keine Streberbrille mit dicken Gläsern, um auszusehen wie ein ungeküsster Frosch. Mit Magenschmerzen schickte ich mein Profil in die Welt. Das große Warten hatte begonnen.

3

Von null auf hundert

Nichts. Null. Nada. *Eins plus 1* ließ nichts von sich hören. Ganz offensichtlich war das System überfordert, in den bestehenden Datensätzen eine Partnerin für mich aufzuspüren. Der Montagmorgen begann wie jeder andere Montag. Um 6.45 Uhr sprang ich aus dem Bett, legte meine Uhr an, öffnete erst den linken, dann den rechten Teil des Vorhangs und begab mich ohne Zwischenhalt Richtung Dusche, wo ich sechs Minuten lang zwischen heiß und kalt wechselte, um den Kreislauf auf Trab zu bringen. Um den Tag nicht mit Nebensächlichkeiten zu beginnen, hatte ich meine Kleidung bereits am Vorabend herausgesucht. Zu einer hellen Hose und kariertem Hemd trug ich Schuhe mit blauem Schlangenmuster. Die auffälligen Treter waren ein Geschenk meines Exschwagers Joshi, der mir aufgetragen hatte, das mit neuartigem Kautschuk besohlte Schuhwerk für seinen Webshop auf Haltbarkeit zu testen. Beim Anblick des exzentrischen Musters zweifelte ich, ob ich die Aufgabe nicht zu ernst nahm.

Infernalisches Getöse verhinderte, dass ich einen klaren Gedanken fassen konnte. »Hands up, nigga, hands up, hands up in the air«, brüllte ein Rapper. Wüster Gangster-Hip-Hop mit elektronischen Bässen dröhnte durch die Decke zwischen den Geschossen, begleitet von unermüdlichem Gestampfe auf Parkett. Über mir wohnte seit Neuestem Kimmie, eine zwölfjährige Möchtegern-Hip-Hopperin mit leichtem Übergewicht. Ihre alleinerziehende Mutter besaß mehrere Studios für Haarentfernung, die so gut liefen, dass sie sich hatte leisten können, eine Horde polnischer Bauarbeiter zu engagieren, die das marode Dachgeschoss unseres Hauses zum luxuriösen Penthouse ausgebaut hatten. Nach monatelangem Hämmern, Klopfen und Bohren waren Tamara und Kimberly kurz nach Ostern eingezogen. Seitdem tanzte Kimmie mir auf dem Kopf herum. Trotz überzähliger Kilos träumte das Mädchen vom Showbusiness. Sie hatte beim Ansehen Hunderter Castingshows verinnerlicht, dass sich eine Bühnenkarriere durch beständiges Wiederholen und Trainieren erzwingen ließ. Ich stand mit dem Rücken zur Wand. Mit dem Blick auf zukünftige Wohnwünsche ihrer Tochter hatte Tamara die unterliegende Etage miterworben. Mit mir als Mieter.

Bevor die Damen Schmitz eingezogen waren, liefen meine Morgende wie ein schnurrendes Uhrwerk, in dem alle Zahnräder mühelos ineinandergriffen. Jetzt blieb mir ein 15-minütiges Zeitfenster, mich ungesehen zum Bäcker zu stehlen, bevor das Mutter-Tochter-Duo zur Schule und Arbeit aufbrach. Zur Sicherheit kontrollierte ich jeden Morgen am Spion, ob ich Gefahr lief, auf der Treppe in eine Unterhaltung verwickelt, oder, schlimmer noch, von Paris und Aphrodite beschnüffelt zu werden, Tamaras eleganten afghanischen Windhunden, die sich für etwas Besseres hielten. Wie ein Verbrecher in der Nacht stahl ich mich zur Bäckerei Schwab, wo ich von der immer gleichen und immer gleichgültigen Angestellten namens Annette zwei Brötchen, jeden dritten Tag ein halbes Brot und zweimal im Monat frischen Kaffee erwarb. Meine Exfreundin Sophie hatte ständig versucht, mich dafür zu gewinnen, das riesige Sortiment von Schwab durchzuprobieren. Ich hing an meinen Gewohnheiten: »Anstatt mir beim Bäcker den Kopf darüber zu zerbrechen, was ich heute essen will, kann ich ungestört an dich denken«, erklärte ich ihr.

Wenig später verzichtete sie auf meine frischen Brötchen und warmen Gedanken.

Sophie war weg, die Schmitzens so anwesend, wie man anwesend sein konnte. An guten Tagen bewältigte ich kollisionsfrei das Treppenhaus, an schlechten stieß ich frontal auf meine neue Vermieterin und wurde auf nüchternen Magen bestraft mit Gesprächen über das Wetter, die Flüchtlingskrise, Kimberlys nächste Aufführung, die Verdauung ihrer Hunde oder den Weltfrieden. Heute war ein besonders schlechter Tag. Die Afghanen, rettungslos verheddert in ihre Flexileinen, blockierten den Rückweg. Kimmie, noch in der Wohnung, kreischte durchs Treppenhaus, dass sie weder ihren zweiten Schuh noch die Schulaufgabe oder gar den Schlüssel finden konnte.

Tamara lächelte das morgendliche Chaos weg. »Ich hab was für dich«, verkündete sie und kramte aus ihrer übergroßen Handtasche ein Werbegeschenk, das mich zur Eröffnung ihrer Filiale im Einkaufszentrum am Leipziger Platz einlud. Der überwältigende Geruch von Seife lieferte einen Hinweis, was in der edlen Pappschachtel enthalten war.

»Komm einfach auf ein Glas Rosé vorbei«, säuselte sie. »Es wird Zeit, dass wir uns ein bisschen näher kennenlernen.«

Erschöpft widmete ich mich meiner Tasse Espresso, verspeiste am Klapptisch in der Küche erst die untere, dann die obere Hälfte des Brötchens. Nach der zweiten Tasse Kaffee hatte ich mich so weit von Tamara und ihrer Tochter erholt, dass ich mich psychisch und physisch dazu in der Lage fühlte, mit der Arbeit zu beginnen. Als selbstständiger Unternehmensberater war für mich der Juni traditionell der umsatzschwächste meiner umsatzschwachen Monate. Die stärker werdende Sonne versetzte die Kleinunternehmer und Existenzgründer, die ich bei Businessplänen und Logistik unterstützte, in einen kollektiven Sommerrausch, der sie bei passenden Temperaturen locker bis in den Oktober trug. Mein Kundenstamm, der so nur in der Hauptstadt zu finden war, lebte mit den Jahreszeiten. Wer will sich schon mit Unternehmenszahlen auseinandersetzen, wenn man gleichzeitig im Biergarten mit Gleichgesinnten neue Ideen ventilieren kann? In Ermangelung eines zeitfressenden Privatlebens blieb mir ausreichend Zeit, mich der Werbung von Neukunden zu widmen. Auf einem Zettel hatte ich die Namen potenzieller Geschäftspartner und idealer Zielkunden notiert. Ich trank eine außerplanmäßige Tasse Kaffee, um Zeit zu gewinnen und mein Telefonskript noch einmal durchzugehen. *Guten Tag, mein Name ist Thomas Morbach. Ich habe mich ausführlich mit Ihnen und Ihrem (Produkt – Dienstleistung ergänzen) beschäftigt. Ich habe Ideen, wie Sie jährlich erhebliche Summen einsparen können. Darüber würde ich mich gerne einmal persönlich mit Ihnen unterhalten.*

Einschlägige Ratgeber zum Thema Telefonmarketing empfahlen, beim Überbringen unerwünschter Werbebotschaften zu lächeln. Angeblich vermittelte sich freundliche Aufgeschlossenheit selbst dann, wenn sie nur gespielt war.

Ich trank eine weitere Tasse Kaffee. Mit ein bisschen mehr Koffein klang meine Stimme aufgeweckter. Gegen Mittag flatterte mein Herz so stark, dass ich die Kaltakquise aus gesundheitlichen Gründen auf den nächsten Tag verschob.

Mein Freiberuflerdasein gestaltete sich komplizierter als gedacht. Dabei hatte ich mein Berufsleben einmal als Senkrechtstarter begonnen. Ich hatte gerade mal fünf Semester theoretische Mathematik an der Frankfurter Universität hinter mir (absichtlich weit weg von Berlin, meinen Schwestern und den Erinnerungen), als ich einen Sommerjob bei einer Bank annahm. Als Aushilfe im Hausbotendienst. Tag für Tag schob ich mit meinem quietschenden Wägelchen Postgut, interne Schreiben, Akten und bestellte Brötchen durch das 28 Stockwerke zählende Hochhaus.

Nach zwei Wochen ausgedehnter Wanderungen durch die verwinkelten Gänge, Konferenzsäle und Zimmerfluchten zitierte mich Mareike Vogel, eine der jüngeren Investmentbankerinnen, in ihr Büro, um mich zur Rede zu stellen.

»Wie machen Sie das?«, hatte sie gefragt. »Die Post kommt drei Stunden früher als bei unserer festen Kraft.«

Ich hatte nichts anderes zu berichten, als dass ich mir die Büronummern, Stockwerke und Namen gemerkt und zu Hause ein softwaregestütztes Verteilsystem entwickelt hatte. Seitdem fragte Frau Vogel mich regelmäßig um Hilfe bei logistischen Problemen. Kurz vor Weihnachten teilte sie mir einen eigenen Schreibtisch im dritten Stock zu. Zermürbt von ewigen Geldsorgen, erlag ich der Versuchung, die theoretische Mathematik aufzugeben und stattdessen meinen Weg ins Arbeitsleben abzukürzen. Von der Null in der Poststelle ins Eckbüro in hundert Tagen! Ich arbeitete nicht an der Kundenfront, sondern im Backoffice der Bank, wo die Büros überfüllt, Gehälter knapp bemessen, Anzüge von der Stange und Schuhe ausgetreten waren. Statt zu studieren, berechnete ich nun 14 Stunden am Tag, welche Risiken mit den Wertpapiergeschäften der Abteilung Vogel verbunden waren. Ihr Ehrgeiz, immer neue und immer komplexere Finanzprodukte zu entwickeln, war atemberaubend. Dass sich das alles nicht rechnete, wollte niemand hören. Je höher man in den Bürotürmen stieg, umso weniger begriffen die Banker die Zahlen und Statistiken, die ich tagtäglich produzierte. Regelmäßig beschimpfte Frau Vogel uns Quants, wie die quantitativen Analysten genannt wurden, als Erbsenzähler und Verhinderer. Als Mareike Vogels Luftschlösser im Zuge der Kreditkrise in sich zusammenfielen, war unsere Abteilung eine der ersten, die aufgelöst wurde. Mareike Vogel erhielt einen Bonus und wechselte in den Vorstand, das Backoffice wurde kollektiv wegen erwiesener Unfähigkeit entlassen. Ohne Studienabschluss und mit dem Engagement im Risikomanagement einer angeschlagenen Bank als einziger beruflicher Qualifikation war die Flucht in die Freiberuflichkeit pure Notwehr. Genauso wie die Rückkehr nach Berlin. In Rekordtempo fand ich in Friedrichshain eine erschwingliche Wohnung. Die kleinen Start-ups, die sich in meinem stylish heruntergekommenen Viertel angesiedelt hatten, wurden meine neuen Kunden. Junge Weltverbesserer, die an grünen Ideen bastelten, Eventagenturen, der Tante-Emma-Laden, der komplett auf Einwegverpackungen verzichtete, die Hausfrau, die selbst gebackene Kuchen via Fahrrad vertrieb, die töpfernde Trude, die altes Geschirr aufkaufte und mithilfe von applizierten Fotos in Kunstobjekte verwandelte, die unermüdlichen App-Bastler: Die Firmengründer waren chronisch pleite und chronisch gut gelaunt.

In atemberaubendem Tempo feuerten sie Ideen in den Raum, als wären ihre Einfälle Silvesterböller. Ihr Leben war geprägt von der ungebrochenen Hoffnung, das nächste eBay, Facebook, SnapChat oder amazon zu erfinden und dabei genug Freizeit zu haben. Weil die Unternehmer von morgen heute knapp bei Kasse waren, arbeitete ich mit Rückstellungen und Unternehmensbeteiligungen. Meine Auftraggeber nannten sich Entrepreneurs und verließen sich auf das Gesetz vom blinden Huhn und dem Korn, das sich irgendwann findet, wenn man nur ausdauernd genug pickt. Die Gesetze der Wahrscheinlichkeit gaben ihnen recht. Vielleicht waren meine Klienten blinde Hühner, aber sie waren unermüdlich: Wenn die Idee, Stadtführungen als lockeren Marathon zu veranstalten, nicht zündete, dann vielleicht die neue Website, die individuelle Reiseleiter vermittelte, oder das Start-up, das Lotto-Tippgemeinschaften bündelte, um so die Chancen zu erhöhen. Ich half beim Finden von Gründerkrediten und EU-Subventionen, bei logistischen Problemen und noch viel häufiger bei Insolvenzen. Zum Stundenpreis. Seit der Einführung eines Start-up-Bonus arbeitete ich unter Marktwert. Ich hatte ein buntes Sortiment Firmen-T-Shirts, eine endlose Auswahl Stoffbeutel mit flotten Aufdrucken und am Monatsende Kopfschmerzen, wie ich meine Miete bezahlen sollte. Florentine hatte recht: Das Netzwerktreffen kam wie gerufen.

4

Kreisbewegungen

Das Ziel des Abends bei der Handelskammer war fest umrissen: Neukunden werben. In meiner Hosentasche warteten nagelneue aufklappbare Visitenkarten auf ihren Einsatz. Auf der Vorderseite des blassweißen Kartons mit dem einseitigen Perlmutteffekt verkündeten eingestanzte Buchstaben das Credo meiner jungen Firma: *Ich bringe Ihre Zahlen in Ordnung.*

»TMP Consulting«, las das Mädchen an der Eingangskontrolle den Text der Innenseite vor.

»Thomas Morbach und Partner«, wiederholte ich.

Das P im Firmenlogo existierte vorerst nur aus ästhetischen Gründen. Das Partner-P, so meine Berechnung, schuf Raum für meine Kunden, den zukünftigen Erfolg meiner Unternehmensberatung in mich hineinzufantasieren, bevor er sich wirklich einstellte. Theoretisch sollte mir das kleine Stück Papier Türen öffnen, praktisch gesehen scheiterte ich an einer überforderten Abiturientin, die, als Hostess verkleidet, die Einlasskontrolle durchführte.

»Morbach hamwanich«, nuschelte sie und sah mich aus hilflosen Bambiaugen an, als müsste ich sie trösten.

»Das bedeutet …?«, erkundigte ich mich.

»Weißjezzauchnich«, murmelte sie. »Mussichfragn.«

Seit Tagen quälten mich Magenschmerzen bei dem Gedanken, was mir am heutigen Abend bevorstand. Als Single und selbstständiger Unternehmer glich mein Leben einer Dauerwerbesendung, in der es um nichts anderes ging, als mich selbst so gut wie möglich zu verkaufen. Mit Mühe rang ich die Fluchtgedanken nieder, die mich überfielen wie ein ausgehungerter Mückenschwarm. Ein einziger Neukunde, sagte ich mir vor. Das musste zu schaffen sein. Schade, dass die Abiturientin das anders sah.

»Meine Assistentin hat den Schriftverkehr geführt«, unternahm ich einen neuen Versuch, die Gesichtskontrolle zu überwinden. »Florentine Bender.«

Das Mädchen fuhr mit ihrem abgeknabberten Fingernagel die endlose Namensliste ab. Jede Niederlage brachte Vorteile mit sich: Eine bessere Ausrede, mich der Anstrengung eines Netzwerktreffens zu entziehen, hätte ich mir nicht ausdenken können.

»Benda«, freute sich die Hostess. »Hamwa.«

Mit strahlendem Lächeln stattete sie mich mit einem Armband aus, als wäre es eine ganz besondere Auszeichnung. Die Farbe, so erklärte sie mir, deutete die Zugehörigkeit zu einer von fünf geladenen Branchen an. Dank Florentine lief ich unter blau: Wissenschaft und Technik.

Ich drehte eine erste Runde: Der Young Business Club scheute keine Kosten und Mühen, seine Gäste zu verwöhnen. Im hell erleuchteten Innenhof zwischen den Bürohochhäusern der Sponsoren hatte sich ein gutes Dutzend Foodtrucks in einem Halbkreis versammelt. Die fahrenden Gourmetimbisse versprachen unterschiedlichste kulinarische Genüsse, die man sich kostenlos einverleiben durfte. Ihre Namen leuchteten von den bunten Lkws: Neben *Timos Wunderwraps*, *Alles Wurst* und dem *Austernkönig* traten unter anderem *Taco Republic* und *Käthes Käsekuchen* an. Die Durstigen drängten sich vor den mobilen Getränkebars. In Ermangelung eines Gesprächspartners griff ich nach dem ersten und besten Drink, den ich aus lauter Verlegenheit so hastig herunterstürzte, dass ich Gefahr lief, innerhalb kürzester Zeit der Farbe meines Armbands alle Ehre zu machen. Ich drehte eine zweite, dritte und vierte Runde. Meine Augen glitten hilf- und haltlos über die Gruppen junger Unternehmer, die nicht mal dann Berührungsängste zu kennen schienen, wenn die Farben ihrer Armbänder nicht matchten. Mein Handy vibrierte in meiner Jackentasche. Außer meiner Schwester schien niemand Interesse daran zu haben, mit mir ins Gespräch zu kommen. Carla hatte schon den ganzen Tag probiert, mich zu erreichen. Im besten Fall beschwerte sie sich lauthals, dass ich Florentine ohne Absprache Geld zugesteckt hatte, im schlechtesten Fall hatte meine Nichte gerade das Haus abgefackelt. Mit Chemikalien, die sie dank meines Beitrags möglicherweise erworben hatte. Vielleicht hätte ich genauer nachfragen sollen, an welchem Projekt sie arbeitete. Bei Florentines Forschergeist konnte man nie sicher sein, ob eine neue Geschäftsidee Experimente mit leicht entzündlichen Materialien notwendig machte. Fest stand nur, dass Florentine die Sache beim Netzwerktreffen besser bewältigen würde. Nach wenigen Minuten verspannte sich mein Nacken, so sehr bemühte ich mich, zwischen all den Unternehmern, Möchtegern-Managern, selbst ernannten Direktoren und zukünftigen Start-up-Königen wohltuende charmante Präsenz, Authentizität und Erfolgsbereitschaft auszustrahlen. Ich war geradezu erleichtert, als sich mein Handy meldete und mich aus meiner Not erlöste.

Wir wollen dich so schnell wie möglich loswerden leuchtete die Betreffzeile im Display. Die Mail kam nicht von Carla, sondern von Nico, der mich mit überschäumender Herzlichkeit bei seiner virtuellen Dating-Community begrüßte, als wäre ich ein seit Langem vermisster Freund. Schade, dass Nico zu erfolgreich war, sich auf Netzwerktreffen für junge Unternehmer herumzudrücken. Wie gerne hätte ich mit einem Gleichgesinnten über die Algorithmen gefachsimpelt, mit denen *Eins plus 1* ihre 2,3 Millionen Mitglieder in Pärchen sortierte, als sei es ein gigantisches Memoryspiel. Setzten sie auf Übereinstimmung (Gleich und Gleich gesellt sich gern) oder Ergänzung (Gegensätze ziehen sich an)? Kombinierten sie selbst erklärte Chaoten miteinander, oder führten sie einen Ordnungsfanatiker absichtlich einem Pedanten zu? Matchten sie Hobbyköche? Oder sorgten sie dafür, dass ein Kochmuffel mit einer Küchenfee verkuppelt wird? Achteten sie darauf, dass Gewicht, Länge und Lieblingsgericht übereinstimmten? Oder schüttelte Nico heimlich die Profile durcheinander und überließ dem Zufall freies Spiel, weil er heimlich der Zwangsehe huldigte. Meine Kollegen Networker, deren Stimmung mit jedem Drink stieg, wirkten nicht so, als wollten sie mit mir in die Diskussion einsteigen, wie viel Mathematik in dem Phänomen Liebe steckte. Keine und keiner wollte mich vom Fleck weg engagieren. Weder als Lebens- noch als Geschäftspartner.

Anstatt beherzt auf potenzielle Auftraggeber zuzugehen, um mich und meine Unternehmensberatung zu positionieren, schloss ich mich der Fraktion der Hungrigen an. Im

Stau vor den Foodtrucks sah man ungeheuer beschäftigt aus. Mit ein bisschen Glück konnte ich mit den Anzugträgern vor und hinter mir fachsimpeln über die Länge der Schlange und das vermutliche Tempo, in dem die geschäumte Kürbissuppe, der Biofleischspieß und die eingelegten Jakobsmuscheln zu erreichen waren. Das Glück war mit den anderen. Die Jungunternehmer gesellten sich zu zweit oder dritt in die Schlange und setzten ihre Konversation fort, ohne mich wahrzunehmen. Die Themenbreite reichte über das ewige Chaos bei der Abfertigung am Flughafen Paris-Charles-de-Gaulle, die Diskussion, ob ein Engagement auf den *emerging markets* dem deutschen Kerngeschäft vorzuziehen war, den verdammten Knieproblemen, die den Start beim Berlin-Marathon infrage stellten, bis zum letzten Shoppingtrip (»New York ist auch nicht mehr das, was es mal war!«).

»Mister Nerd«, rief eine laute Stimme. »Mister Nerd, ich fasse es nicht!« Die munteren Gespräche verstummten schlagartig. Die Jungunternehmer sahen sich neugierig um, wer damit wohl gemeint sein könnte. Als ob das nicht schlimm genug wäre, folgte ein knallendes »Mein Lieblings-Tom«.

Einer der Foodtrucker hüpfte wie ein hysterischer Gummiflummi auf und ab, um sich bemerkbar zu machen. Der Mann trug Pudelmütze, Fünftagebart, dicke Hornbrille und ein graues Sweatshirt zu hysterisch karierten kurzen Hosen. Seine Erscheinung passte so gar nicht zu den Anzugträgern, die vor seinem Foodtruck anstanden. »Ich bin's«, brüllte der Postkarten-Hipster über die Köpfe der Wartenden hinweg. »Joshi. Ich war mal flüchtig mit deiner Schwester verheiratet.«

Begeistert drängte Joshi sich zu mir durch, küsste und

umarmte mich. Eine Duftwolke aus Ingwer, Koriander, Schweiß und Weißwein umfing mich. Als ich meinen Exschwager das letzte Mal getroffen hatte, arbeitete er für einen Internethändler, der sich auf Schuhe spezialisiert hatte. In den zwölf Monaten, die wir uns nicht gesehen hatten, war er um fünf Jahre jünger geworden. Selbst wenn er stillstand, hüpften seine Augäpfel munter in der Gegend herum. Endlich hatte ich die ungeteilte Aufmerksamkeit meiner Kollegen, die sich über die Szene amüsierten. Zum ersten Mal konnte ich Anja verstehen, die behauptete, dass Joshi einfach zu viel sei.

»Willkommen in meinem neuen Leben«, rief er und küsste mich noch einmal.

Vor mir stand der Scheidungsgrund in Form eines knallroten Foodtrucks, auf dem der Name *Curry Up* prangte. Joshi hatte den runtergekommenen Lkw ausgerechnet an dem Tag präsentiert, an dem Anja beschlossen hatte, dass es an der Zeit war, ihre Stewardessenkarriere an den Nagel zu hängen und sesshaft zu werden.

»Damit gehen wir auf Weltreise«, hatte Joshi meiner Schwester eröffnet.

Anja konnte der Idee, von der Saftschubse zur Currykönigin aufzusteigen, nichts abgewinnen. Nach zehn Jahren in der Luft, nach unzähligen Stopps in Hotels und Flughäfen, hegte meine Schwester nicht das geringste Bedürfnis, den Rest der Welt kennenzulernen. Sie träumte von einer Eigentumswohnung mit Kinderzimmer, Joshi vom Abenteuer. Leider hatten sie verpasst, sich rechtzeitig darüber zu verständigen.

»Anja und ich wollten immer dasselbe«, hatte Joshi seine Ehe einmal zusammengefasst. »Leider nie zur selben Zeit.«

»Und du?«, rief mein Exschwager und schlug mir freundschaftlich auf die Schulter, als wolle er meine Leidensfähigkeit testen. »Immer noch derselbe Loser?«

Reflexartig hielt ich ihm meine Visitenkarte hin. Joshi war so beeindruckt, dass er mich sofort seinen Kollegen vorstellte: »Wenn ihr einen Verrückten braucht, der ausrechnet, warum ihr pleite seid, fragt Tom.«

Wie sich herausstellte, brauchte vor allem Joshi jemanden, der seine Finanzen in Ordnung brachte.

»Arbeitest du auch für mich?«, fragte er. »Ich habe da ein paar logistische Probleme. Sobald ich die gelöst habe, verschwinde ich Richtung Süden.«

Ich mochte Joshi. Ich mochte Anja. Und ich mochte den momentanen Familienfrieden. Ich malte mir aus, wie meine Schwestern reagieren würden, wenn ich auf die Feindesseite wechselte. Noch besser konnte ich mir vorstellen, wie mein weiterer Abend verlaufen würde, wenn ich mich wieder unters Volk mischen müsste, um den einen Kunden, den ich mir vorgenommen hatte, zu werben.

»Weil du es bist«, sagte ich großzügig zu.

War dieses Engagement nicht sogar als Freundschaftsdienst gegenüber meiner Schwester zu verstehen? Wie oft hatte Anja sich nach der Scheidung beklagt, dass sie sich nicht mehr nach draußen traute.

»Ich könnte ihn überall treffen«, sagte sie. »Da bleib ich lieber zu Hause.«

In einem ultimativen Akt von Bruderliebe würde ich dafür sorgen, dass Joshi Berlin verließ und Anja nie mehr Gefahr lief, ihrem Ex an den altvertrauten Orten zu begegnen. Mit einem Joshi-Termin in der Tasche und dem Gefühl, Großartiges geleistet zu haben, verabschiedete ich mich.

Ich schloss gerade meine Haustür auf, als mein Handy den Eingang einer neuen Mail anzeigte: *Ich habe fantastische Nachrichten,* verkündete Nico mit überschäumendem Enthusiasmus. *Die Allerbesten, die du dir vorstellen kannst. Wir haben »sie« gefunden.*

5

Der achte Zwerg

Sie nannte sich *L!saH* und haute mich um: Ihre Mail begann mit der vielversprechenden Zeile *Allein unter Zwergen*.

In der dritten Klasse habe ich beim Schultheater mitgespielt, schrieb sie. *Ich war die Beste in Deutsch und träumte davon, Schneewittchen zu spielen. Leider hatte ich eine Klasse übersprungen und war viel kleiner als alle anderen. Bei der Generalprobe stellten sie fest, dass man mich nicht von den Zwergen unterscheiden konnte. Am Ende bekam Ilona aus der Parallelklasse die Rolle, und ich wurde nachträglich zum Chef der Zwerge ernannt. Dabei blieb es: Ich war der achte Zwerg, eine von den Jungs, ihr bester Kumpel. Ilona bekam den Prinzen und noch vor dem Abitur ein Baby, ich machte Karriere. Aber kann das alles sein? Jeden Tag zur Arbeit gehen und abends erschöpft in ein ungemachtes Bett sinken?*

Der achte Zwerg hatte es mir sofort angetan. 19 Tage vor meinem 29. Geburtstag schien das Blatt meines Lebens sich zu wenden. Ich hatte mit Joshi einen neuen Kunden gewonnen, der mich rund um die Uhr auslastete, und die Aussicht auf ein erfülltes Liebesleben. Die Frau, der so ein Einstieg gelang, teilte nicht nur meinen Humor, sie musste auch ein Verhältnis zu Zahlen haben. Im besten Fall ein erotisches. Und sportlich war sie obendrein. Jeden Morgen machte sie vor der Arbeit am Schlachtensee halt, schrieb sie, um für das Müggelsee-Wettschwimmen zu trainieren.

Fünf Tage bastelte ich an der perfekten Antwort. Ich feilte so lange, bis sich Fragen und Erzählen in einer perfekten Balance befanden. Wenn ★L!saH★ meine Frau fürs Leben war, würde sie die geheime Botschaft, dass ich eine gleichberechtigte Partnerschaft anstrebte, entziffern. Die Schlussformel stellte mich vor größere Probleme. Mir war bewusst, dass die erste Mail kein anderes Ziel verfolgte, als die Hürde zu überwinden, die zwischen mir und einer wirklichen Verabredung stand.

»Denk dir was aus«, schlug Joshi vor. »Irgendwas Kreatives. Künstlerische Ambitionen kommen bei Frauen immer gut an.«

Da ich beim Schultheater immer nur für das Licht zuständig gewesen war, blieb mir nur die Wahrheit. *Ich habe im Januar eine neue Krankenversicherung abgeschlossen, die auch Angehörige mitversichert*, schrieb ich. *Ich würde mich freuen, wenn du meine Angehörige sein möchtest.*

»Das ist der unromantischste Brief des Universums«, prustete Joshi, als ich ihn um seine Meinung bat. Ich entschied mich dafür, Joshis Heiterkeitsanfall zu ignorieren. Joshi mochte ein Frauenheld sein. Von dauerhaften Beziehungen hatte er keine Ahnung.

Ich formulierte die Passage vierzehnmal um und probierte acht verschiedene Schrifttypen. Vor allem solche, die Google als potenziell romantisch klassifizierte. Am Ende verwarf ich die verschnörkelten Typen. Mein Text sah auf einmal so kitschig aus, als wollten Zwerg und Schneewittchen ihre Hochzeit bekannt geben. Ich entschied mich für eine Schrift, bei der die Ziffern mit Ober- und Unterlängen ausgestattet waren, sodass sie sich harmonisch in den Text einfügten.

⋆L!saH⋆ ließ mich 51 Stunden und 36 Minuten lang zweifeln, ob ich über mein Versicherungsverhältnis nicht besser geschwiegen hätte. Vielleicht hatte sie noch jede Menge anderer Zwerge zur Auswahl? Nach zwei Tagen erreichte mich eine knappe Mail. Lisa überging meinen Krankenkassen-Hinweis. Stattdessen wechselte sie abrupt das Thema. *Spielst du Pool?*, erkundigte sie sich.

Ich zerbrach mir den Kopf darüber, welche Antwort am besten wäre. Möglicherweise war ⋆L!saH⋆ dritte Berliner Landesmeisterin im Billard und konnte sich nicht vorstellen, ihr Leben mit jemandem zu verbringen, der nichts für ihr Hobby übrighatte. Wie lange müsste ich trainieren, bis ich dazu in der Lage war, die Kugeln unfallfrei zu versenken? Ich traute mir ohne Weiteres zu, die zu spielenden Kurven perfekt zu berechnen. Die Umsetzung stellte einen Unsicherheitsfaktor dar. Schon immer lag die Theorie mir mehr als die Praxis.

Nach ausführlichem Abwägen sämtlicher Alternativen entschied ich mich für eine selbstbewusste Vorwärtsverteidigung: *Kein Pool*, schrieb ich. *Noch nicht einmal zum Schwimmen.*

Noch eine Gemeinsamkeit!!!, schrieb sie begeistert zurück. *Ich kann auch nicht spielen.*

Ich reagierte sofort: *Warum fragst du dann?,* mailte ich. Offenbar spielte Lisa gerne über Bande.

Meine Mutter spielt Pool, antwortete sie. *Sie glaubt, von einem Mann, der elegant ein Queue hantieren kann, darf man Großes erwarten. Ich hasse Pool.*

Nico, Chef von *Eins plus 1*, riet dem geneigten Kunden, Antworten auf Kontaktmails ein wenig hinauszuzögern, um der Fantasie Raum zu geben, sich zu entfalten. Ich beschloss, nicht auf ihn zu hören. Wir chatteten in Echtzeit.

Wann warst du das letzte Mal wirklich glücklich?, erkundigte ich mich.

Ihre Antwort fiel knapp aus: *Sonntag um 21.45 Uhr.*

Nach fünf Minuten folgte eine Ergänzung: *Ich bin jeden Sonntag um 21.45 Uhr glücklich.*

War Lisa ein fernsehsüchtiger Couch-Potato? Ich hoffte, dass sie wenigstens die Krimis im Ersten meinte und nicht etwa Fan der romantischen Filme im Gegenprogramm war, in denen Schlossherren, Landadelige oder afrikanische Großgrundbesitzer vor malerischer Kulisse blumige Liebeserklärungen seufzten.

Tatort?, riet ich hoffnungsfroh.

Waschsalon, schrieb sie zurück. *Jeden Sonntag schleppe ich 13 Kilo dorthin. Nach eineinhalb Stunden liegt mein Leben frisch und faltenfrei vor mir. Ich mag es, wenn mein Kleiderschrank nach Neuanfang duftet.*

Was ist dein kostbarster Besitz?, hatte eine Frage aus Nicos offiziellem Fragenkatalog gelautet. *Nicht viel besitzen zu müssen*, hatte Lisa geantwortet. Anscheinend gehörte das Nichtbesitzen einer Waschmaschine zu den Glücksmomenten in ihrem Leben.

Das Gefühl, jemanden zu vermissen, den ich noch nie gesehen hatte, traf mich ebenso unvorbereitet wie heftig. Ich sah mich bereits in ihrem blendend weißen Schlafzimmer, in dem alle Spuren gewesenen Scheiterns weggewaschen waren, und wagte den ultimativen Vorstoß: *Schickst du mir ein Foto von dir?*

Das Bild, das mir zehn Minuten später in den Posteingang flatterte, räumte meine Zweifel aus. Ich tippte die letzte, entscheidende Frage: *Wann können wir uns treffen?*

6

94 Prozent

»Wir sind verabredet«, sagte ich. Ich fand, der Satz klang lässig, vielversprechend, großartig geradezu. Seit der Trennung von Sophie vor eineinhalb Jahren hatte ich abends nicht allzu oft etwas vor. Sicher nicht, wenn es um Unternehmungen ging, die erst durch weibliche Begleitung zum wirklichen Ereignis wurden.

»Es hat geklappt?« Joshi war so verblüfft über meine Mitteilung, dass er vergaß, weiter in seinen Töpfen herumzurühren. Pünktlich zum Sonnenuntergang hatte Joshi, Eigentümer, Chefkoch und einziger Mitarbeiter von *Curry Up,* seinen knallroten Foodtruck am Schlachtensee geparkt, wo er heiße Suppe und kalte Getränke verkaufte. Während er aus dem Truck sein Essen auf Rädern anbot, brütete ich an einem wackligen Campingtisch über Joshis rudimentärer Buchhaltung. Die logistischen Probleme hatten sich als schnöde Differenzen mit dem Finanzamt entpuppt, das Joshi ein Ultimatum für die Einreichung seiner Steuererklärung gestellt hatte. In Ermangelung eines repräsentativen Büros bot die Unternehmensberatung TMP, Tom Morbach und Partner, ihre Dienstleistungen flexibel und vor Ort an. In Notfällen auch am abendlichen Badesee. Bei Joshi waren steuerliche Angelegenheiten grundsätzlich Notfälle.

»Betriebswirtschaft engt den Geist ein«, verkündete er im Brustton der Überzeugung. »Die wesentlichen Dinge im Leben lassen sich nicht zählen.«

Joshis Zwangslage half mir, mich elegant davon abzulenken, dass ich wirklich nichts Besseres zu tun hatte, als meinen Exschwager bei seinen Problemen mit dem Finanzamt zu unterstützen. Steuer war nicht mein Fachgebiet, das von Joshi noch viel weniger. Für Joshi bedeutete Buchhaltung, Belege so lange in Schuhkartons zu horten, bis sie Sammlerwert besaßen. Seine unermüdliche Suche nach dem perfekten Stehschuh, der ihn blasenfrei durch seine 16-Stunden-Tage im Foodtruck bringen sollte, produzierte einen nie enden wollenden Strom neuer Schuhkartons mit Überraschungen. Drei Wochen dauerte der Prozess, Licht in Joshis administratives Dunkel zu bringen, bereits an. Tag für Tag schwitzte ich auf einem wackligen Campingstuhl. Trotz der hohen Temperaturen verzichtete ich nicht auf korrekte Kleidung. Es war mir wichtig, auch unter sommerlich gekleideten Freiluftanbetern Professionalität zu demonstrieren.

Joshis Leben lag wie ein offenes Buch vor mir: ein ungeordneter Haufen aus Kontoauszügen, Quittungen, Parkzetteln, Kaufverträgen, Lieferscheinen, Fahrtenbüchern, Kilometerabrechnungen, Vorsteuernachweisen, Kostenvoranschlägen, Auftragsbestätigungen, Kassenbons, Einnahmebelegen und Telefonnummern von Kundinnen. Dazwischen verborgen sein Gesundheitszeugnis, der Gewerbeschein, die Ausschankgenehmigung, Bestätigungen über Schulungen zum Infektionsschutz, zur Lebensmittelhygiene und im Gaststättengewerbe. Die Buchhaltung erzählte nicht nur vom mühsamen Kampf mit den Behörden um Genehmigungen und Stellplätze, sondern auch vom zunehmenden kommerziellen Erfolg. Gleichzeitig zeichneten die Papiere den Niedergang seiner Ehe mit Anja nach. Telefonrechnungen, die vergebliche Anrufe in Sekundenlänge dokumentierten, wurden abgelöst durch Ankaufbelege von Blumenbuketten, Notizen über die Annahmeverweigerung und Rezepte für Schlafmittel. Nachdem der Strom von Anwaltsrechnungen abebbte, tauchten vermehrt Bewirtungsrechnungen auf, mit immer neuen weiblichen Namen.

»Kundenpflege«, erklärte Joshi.

»Das ist privat«, befand ich kategorisch. Mein Exschwager befand sich nicht in der Position, seinen Bearbeiter beim Finanzamt zusätzlich zu reizen.

Die Buchhaltung gewährte mir einen intimen Eindruck in Joshis unübersichtliches Liebesleben. Mit Freude ließ er mich an seinem reichen Erfahrungsschatz teilhaben. Seit ich den Fehler begangen hatte, eine Mail mit Vorschlägen von *Eins plus 1* mit ihm zu diskutieren, ließ er es sich nicht nehmen, meine Versuche, etwas an meinem Familienstand zu verändern, mit Rat, Tat und ausführlichem Augenrollen zu begleiten. Er traute mir nicht zu, dass ich es tatsächlich wagen würde, mich mit einer der Kandidatinnen im realen Leben zu verabreden.

»Wir feiern in meinen Geburtstag rein«, erklärte ich so beiläufig wie möglich, ohne den Kopf vom Blättersalat zu heben.

Eine Gruppe schnöseliger Männer im uniformen Freizeitlook aus cremefarbenen Chinos, pastelligen Hemden und nackten Füßen in teuren Loafers hielt Joshi davon ab, mich weiter zu löchern. Die teuren Uhren am Handgelenk, der mitgebrachte Champagner und der schnittige Ton, in dem sie ihre Bestellungen bellten, identifizierten Joshis Kunden zweifelsfrei als Angehörige der Finanzwelt, die sich zu einer Bootstour verabredet hatten. Ihr eitles Erscheinungsbild, ihre Ungeduld und gönnerhafte Herablassung perlten an Joshi ab. Mit absichtlicher Langsamkeit führte er ihre Bestellung aus. Mir war nicht danach, in meiner misslichen Lage von einem meiner Exkollegen entdeckt zu werden. Ich rückte die Sonnenbrille ins Gesicht, senkte den Kopf und wünschte inständig, ich hätte die Souveränität meines Exschwagers.

»Welche ist es geworden?«, nahm Joshi den Faden unseres Gesprächs wieder auf, nachdem die vor Wut schäumenden Banker verschwunden waren. »Das blonde Busenwunder«, riet er. Seit er mit seinem rollenden Imbisswagen die sommerlichen Seen abfuhr, hatte der mathematische Begriff der Kurvendiskussion für ihn neue Dimensionen angenommen.

Ich schüttelte entsetzt den Kopf.

»Die mit dem Pudel«, unternahm er einen zweiten Versuch.

Joshi würde so lange nachfragen, bis ich genervt aufgab. Da konnte ich ebenso gut die Bombe platzen lassen: »Die mit dem Schwimmbad«, berichtete ich ehrlich.

Vom ersten Moment war ich fasziniert von der exzentrischen Perspektive gewesen, die Lisa für ihr Profilfoto gewählt hatte. Joshi weit weniger. Die Aufnahme zeigte die Beine einer Frau, die in einem einsamen, von Palmen gesäumten Schwimmbad einen eleganten Handstand vollführte. Ihre Fesseln waren perfekt definiert, die rot lackierten Zehen ragten selbstbewusst in den knallblauen Himmel. Lisas Füße waren einfach perfekt: Der große Zeh war tatsächlich der größte, und der kleinste schmiegte sich zärtlich an seinen Nachbarn.

»Wer weiß, was die zu verbergen hat?«, warnte Joshi. »Sie kann schwanger sein oder hässlich, im schlimmsten Fall beides.«

»Du musst genauer hinschauen«, forderte ich Joshi auf.

Die Makroeinstellung enthüllte Lisas unverwechselbares Kennzeichen. Am linken Fuß zählte sie sechs Zehen. Ich hatte das Phänomen sofort im Internet recherchiert: Die Fachsprache fasste das Phänomen unter dem Begriff Hexadactylie. Für mich war das Zeichen genug.

»Jemand mit einer Abweichung, die wie ein mathematischer Körper klingt, muss für mich bestimmt sein«, versuchte ich Joshi zu überzeugen. Das nächste Foto, das sie in einem hippen Café zeigte, bestätigte mein Urteil. *Höhepunkt meiner Woche: Mit Frühstück Nummer 5, Phoenix aus der Asche, in den Tag* lautete die Bildunterschrift. *L!saH* sah anders aus als alle anderen Frauen, die mir auf dem Dating Portal begegnet waren. Halblange dunkle Haare, noch ein bisschen zerzaust von der Nacht, große ungeschminkte Augen, ein blasser Teint und ein voller roter Mund. Lisa brauchte nur in Jeans und ein einfaches Männer-T-Shirt zu schlüpfen, um umwerfend und geheimnisvoll auszusehen. Ihre Extravaganz lag darin, dass sie sich nicht die geringste Mühe gab, verführerisch zu wirken. Sie lächelte nicht, kräuselte nicht die Lippen zu einem falschen Kussmund und wirkte auch sonst nicht, als wolle sie um jeden Preis gefallen. Ich konnte kaum erwarten, sie nach 18 E-Mails im realen Leben kennenzulernen.

Vehement verbot ich Joshi, weiter laut darüber nachzudenken, was Lisa in ihren Briefen möglicherweise verschwiegen hatte. Ich wünschte mir, dass meine ideale Frau nicht nur Ausgeburt meiner Fantasie war. Ich malte mir aus, dass dieses moderne Schneewittchen die Frau war, mit der man Geburtstage feiern könnte. Zum Beispiel meinen neunundzwanzigsten.

»Die Zehenfrau«, stellte Joshi ernüchtert fest. Sein Ton machte deutlich, dass er an meiner Kernkompetenz in puncto Frauen zweifelte.

»Wir haben 94 Prozent Übereinstimmung«, verteidigte ich mich. »Sie ist meine ideale Partnerin. Schon aus mathematischen Gründen.«

Joshi stöhnte auf. Von Onlinedating hielt er nichts. Von Algorithmen noch viel weniger.

»Was suchst du? Einen Doppelgänger oder die große Liebe?«, fragte er.

»Es ist doch schön, im gleichen Takt zu schwingen«, gab ich zu bedenken.

»Mit einem Klon zu leben ist total unpraktisch«, widersprach Joshi. »Ich wünsche mir jemanden, der den Erdbeerjoghurt aus dem gemischten Sechserpack aufisst oder die dunkle Schokolade aus der Großen Vielfalt von Merci. Jemand, der nach einem Essen mit Freunden den schweren Rotwein austrinkt, den ich so hasse. Ich bin eine Nachteule, ich brauche unbedingt einen Frühaufsteher an meiner Seite, der schon mal die Heizung und die Kaffeemaschine anstellt.«

Ich hielt dagegen: »Der Mensch weist 99,4 Prozent genetische Gleichheit mit einem Schimpansen auf. Daran kannst du ablesen, wie viel die kleinste Abweichung ausmacht.«

Joshi gab auf: »Ich hoffe, die sechs Prozent, die euch unterscheiden, sitzen an den richtigen Stellen.«

Einen Moment lang sehnte ich mich nach einer Festanstellung ohne Kundenkontakt. Ich pfefferte die Belege zurück in die Schuhbox. Joshi würde die Magie der Zahlen nie begreifen.

7

Nummer sicher

Vor das Treffen mit Lisa hatten die Götter das große Aufräumen gesetzt. Ich war nicht auf weibliche Gäste vorbereitet, meine vier Wände waren es noch viel weniger. Die Zweizimmerwohnung, die ich seit meiner Rückkehr nach Berlin bewohnte, war klein, dafür lag sie im aufstrebenden Friedrichshain. In der alten Straße wohnten finanzstarke neue Bewohner, die, wie Tamara, ihre Altbauwohnungen mit spektakulären Dachausbauten in die obersten preislichen Regionen katapultierten. Nur vereinzelt stieß man noch auf einfach verglaste Fensterfronten mit halben Ado-Gardinen, Fleißigen Lieschen und dem blass gewordenen Weihnachtsstern, den die evangelische Kirche jedes Jahr am ersten Advent allen Bewohnern über 75 Jahren mit einer persönlichen Friedensbotschaft überbrachte.

Ich stellte mir vor, wie ich gemeinsam mit Lisa an Frau Fröhlich vorbeischlendern würde, die als tapferes Überbleibsel der Fünfziger jedem Wandel trotzte. Bei Wind und Wetter hing sie im offenen Fenster im Erdgeschoss unseres Hauses. Ihre großen Brüste ruhten, eingerahmt von runden Ellenbogen, auf dem Fensterrahmen, als sei das ihr natürlicher Platz. Von ihrem Aussichtsposten überwachte sie Nachbarn, Passanten und den Fortgang der Renovierungsarbeiten, die die ganze Gegend erfasst hatten. Die Melodie des Viertels wurde bestimmt vom ewigen Klopfen der Handwerker und dem Hupen ungeduldiger Autofahrer, die sich über die Lkws der Möbelläden ärgerten, die die schmale Straße regelmäßig versperrten. Die Gentrifizierung hatte Friedrichshain fest im Griff. Frau Fröhlich war die letzte Überlebende eines gnadenlosen Verdrängungswettbewerbs. Und die interessierte Zeugin meiner für sie ungewohnten Betriebsamkeit.

Unter den kritischen Blicken von Frau Fröhlich hatte ich neben anderen Einkäufen eine Flasche Crémant herangeschleppt, die jahrelang gepflegte Sammlung Pinocchio-Senfgläser entsorgt und durch edle Weingläser ersetzt und das Altpapier weggebracht. Den Soundtrack zur Räumaktion lieferte wie üblich Kimberly. Jede freie Minute stampfte sie mit den Beats um die Wette. Der Gangster-Hip-Hop dröhnte in Dauerschleife von oben. Vergeblich knallte ich die Teleskopstange des Staubsaugers an die Decke. Kimmie ließ sich in ihrem Karrierestreben und Gehopse von Nebensächlichkeiten nicht stören.

Die Reispapierlampe von Ikea vibrierte rhythmisch über meinem Kopf und flackerte unregelmäßig. Ich hoffte, bis zum späten Abend wäre Kimmie ausgetanzt. Sonst würde das blaue Licht des Computermonitors die einzige Lichtquelle bleiben. Ich meinte mich zu erinnern, dass irgendwo im Schlafzimmer noch ein originalverpackter Dimmer aus der Zeit mit Sophie liegen müsse. Statt des elektronischen Spielzeugs fand ich eine Urkunde aus Schülerzeiten. Nicht gerade hilfreich. Welche Frau ließ sich schon davon beeindrucken, dass ich als 14-jähriger Berliner Landesmeister im Kopfrechnen war? Ich beschloss, mich nicht weiter mit dem verschwundenen Schalter aufzuhalten, und widmete mich der Umgestaltung des Schlafzimmers. Wahllos sortierte ich meine strikt nach Farben aufgereihten Hemden in eine kreativ anmutende Unordnung und verstaute das Bügelbrett. Bügelnde Männer, so belegte eine Statistik, hatten 30 Prozent weniger Sex als männliche Geschlechtsgenossen, die auf klassische Arbeitsverteilung bestanden. Mit ein paar Tritten beförderte ich das Bügelbrett und den Stapel mathematischer Fachbücher unter das frisch bezogene Bett. Stattdessen legte ich auf allen Abstellflächen Geo-Hefte und Bildbände aus, die Weltläufigkeit ausdrücken sollten, und ersetzte die eingestaubten, depressiv eingeknickten Kerzen, die von meinem letzten, desaströs verlaufenen Date mit Sophie stammten. Sie hatten so lange ungenutzt in der Sonne auf der Fensterbank gestanden, dass sie mühelos als Symbolfoto für Erektionsstörungen durchgingen. Zur Sicherheit kontrollierte ich die Packung Kondome auf das Haltbarkeitsdatum. Bei Joghurt konnte man Großzügigkeit walten lassen, bei Latexprodukten sollte man auf eigene Testreihen verzichten.

Zufrieden betrachtete ich das Endergebnis. Ich konnte der Entscheidung auf die Frage »Zu mir oder zu dir?« gelassen entgegensehen. Wann immer sie fallen würde. Ich war kein Mann für die erste Nacht. Und keiner für die zehnte. Bislang waren meine Beziehungen auf dem Weg vom ersten Date zur Konsolidierung im Sande verlaufen. Diesmal, das schwor ich mir, würde ich alles daransetzen, dass eins und eins auch wirklich eins wurden.

8

Wolke sieben

Zahlen waren meine Verbündeten und meine größten Feinde. Natürlich brach ich viel zu früh zu meiner Verabredung mit *L!saH* auf. Bei Festen konnte ich Gift darauf nehmen, der erste Gast zu sein. Ich hatte Übung darin, den gestressten Gastgeber im Badezimmer zu überraschen, bei letzten Einkäufen zu assistieren, Klappstühle aufzustellen und Gläser zu polieren. In meiner Welt hieß halb acht halb acht. Pünktlichkeit war etwas für Anfänger, Verlierer und für mich.

Ich wurde nervös. Zu viel stand auf dem Spiel. Ich hoffte so sehr auf eine neue Frau in meinem Leben. Eine, die morgens unter der Dusche sang und abends auf dem Sofa ihren Kopf in meinen Schoß legte. Eine, die mich daran erinnerte, wie sich nackte Haut anfühlte und ein Wochenende im Bett. Ich wünschte mir eine Frau, die meine Sätze zu Ende sprach, noch bevor ich wusste, was ich überhaupt sagen wollte, eine, die wissend nickte, wenn ich über meine Schwestern sprach oder über die Magie der Ziffer 931, eine, die bei einem sonntäglich leeren Kühlschrank mit Spaghetti aglio e olio zufrieden war. Ich wünschte mir eine Frau, bei der ich fähig war, alles richtig zu machen. Und jetzt war ich kurz davor, durch einen peinlich frühen Auftritt alles zu ruinieren.

Zur Sicherheit legte ich einen Zwischenstopp bei Doro's ein, einem tristen Schnellimbiss in der Nähe der Kantstraße. An der einen Seite donnerte der Verkehr stadtauswärts, auf der anderen Seite beförderte die S-Bahn Pendler, Kaufwütige und Touristen ins Zentrum. Bei Doro's hatte der fehlerhafte Apostroph im Namen Methode. Alles an Doro war falsch. Die Fingernägel, die Wimpern, die blonden Locken, der Busen, das ausgewaschene Stretchkleid, die Entscheidungen. Die Enttäuschung, dass sich die echten Kerle, auf die sie stand, jedes Mal als falsche Wahl herausstellten, hatte tiefe Spuren in ihrem Gesicht hinterlassen. Träge löste sie sich von ihrem Kreuzworträtsel: Ein Spargeltarzan, der Cola light bestellte, war für sie kaum die 20 Schritte zum Kühlschrank wert.

Ich griff zum Telefon und textete an Lisa: »Bin aufgehalten worden. Komme etwas später«. Damit signalisierte ich, wie gefragt und beschäftigt ich war. Gleichzeitig erinnerte ich auf subtile Weise an die gemeinsame Verabredung, falls Lisa mich seit meiner letzten Mail vergessen hatte. Die SMS war Joshis Idee gewesen. Mein Exschwager bewegte sich mit schlafwandlerischer Sicherheit auf dem gesellschaftlichen Parkett. Joshi wusste als Erster, wann es galt, den Hipsterbart abzunehmen, sich ein Tattoo anzuschaffen, zu welchem Anlass Mann brombeerrote Hosen und graue Pullover mit V-Ausschnitt trug, welche Zutaten beim Kochen die ultimativ aphrodisierende Wirkung garantierten und warum der angesagte Japaner am nicht mehr ganz so angesagten Ku'damm der falsche Ort für unser erstes Treffen war. »Vor Anja hatte ich eine Affäre mit einer Japanerin«, warnte er. »Eine einzige Katastrophe. Die war so verklemmt. Eine Umarmung in der Öffentlichkeit fiel bei der schon in die Kategorie unerwünschte Intimitäten.«

»Die wollte nichts von dir«, widersprach ich. »Das war das Problem.«

Mir gefiel Lisas Vorschlag. Bei meinen vorbereitenden Recherchen hatte ich herausgefunden, dass die Gerichte im Koi nummeriert waren. Sollte sich meine Verabredung für gegrilltes Rindfleisch auf Reis und eingelegtem Sauergemüse entscheiden, konnte ich ein lässiges »Die 13 klingt lecker« einfließen lassen, ohne mich an Worten wie *Gyuuniku no Robatayaki* verschlucken zu müssen.

Nervös rutschte ich auf dem mit rotem Plastik-Tigerprint bezogenen Barhocker herum. Die Zeit dehnte sich wie ein Kaugummi. Aus purer Verzweiflung rief ich auf dem Smartphone den Stellenmarkt auf. Nach den quälenden Erfahrungen mit Kaltakquise und Netzwerktreffen hegte ich die stille Hoffnung, doch noch ein festes Engagement zu finden, das mich von den unerwünschten Nebenwirkungen des Freiberuflerdaseins befreite. Ich liebte meine Arbeit, ich hasste es, erst nach ihr suchen zu müssen. Ich bewarb mich auf jede offene Stelle, die einigermaßen in mein Portfolio passte. Außer einer Logistikstelle bei der Großbäckerei Schwab war nichts Neues im Angebot. Reflexartig schickte ich meine Unterlagen an die zuständige Personalagentur. Berührungsängste mit der mir fremden Branche hatte ich keine. Ich wäre nicht der erste Banker, der kleinere Brötchen backt. Es waren gerade mal vier Minuten vergangen.

Wie lange dauern Dinge? Ein- und ausatmen: drei Sekunden. Stellenanzeigen checken: 50 Sekunden. Bewerbungsunterlagen verschicken: drei Minuten. Bei Doro's eine Cola bestellen: fünf Minuten. Eine mittlere Grippe: fünf bis zehn Tage. Den Sekundenzeiger anzustarren und zu kalkulieren, wann der geeignete Augenblick gekommen war, den Japaner zu betreten: endlos.

Als ich, wie geplant, um siebzehn nach sieben Doros abgewrackte Trinkerhöhle verließ, um ein paar Ecken weiter das schnörkellose japanische Restaurant aufzusuchen, hatte sich die Angst, zu früh aufzutauchen, übergangslos in das Schreckbild, zu spät zu kommen, verwandelt. Durfte man eine Frau ungestraft 17 Minuten warten lassen? In dem übersichtlichen Gastraum lenkte keinerlei Dekoration vom Essen ab. Ich sah sofort, dass meine Verabredung noch nicht eingetroffen war. Verwirrt nahm ich am reservierten Tisch in der Mitte des Restaurants Platz. Ich war umschwirrt von Gesprächen, von Lachen und Geselligkeit. Um mich herum speisten acht Pärchen, eine Gruppe von Frauen, die tagsüber ein Großraumbüro teilten, und zwei Familien. Eine mit maulfaulen Teenagern, die andere mit drei wohlerzogenen Söhnen im Kindergartenalter, die vorbildlich mit Stäbchen hantierten und ununterbrochen Bitte und Danke sagten. So gesittet und ruhig war es bei mir und meinen Schwestern nie zugegangen.

Bin stand by vermeldete Joshi via WhatsApp. Wir hatten ein Notsignal vereinbart für den Fall, dass sich das Treffen mit ⋆L!saH⋆ zum epischen Drama auswachsen sollte. Mir war schon schlecht, bevor es losging. Vielleicht war das eine ganz dumme Idee gewesen, in meinen Geburtstag reinfeiern zu wollen. Geburtstage waren für mich weniger Fest als Gelegenheit, Bilanz zu ziehen. Als Kind hatte ich eine Familienstatistik geführt, in der ich akribisch notierte, wer wie viele Gäste, Gratulanten, Glückwunschkarten und

Geschenke empfing. Da meine Kurve im Gegensatz zu denen meiner Schwestern jahrelang in einer gleichbleibend flachen Linie auf dem Boden herumkroch, hatte ich die Statistik aufgegeben. Der Drang, mit mir selbst abzurechnen, verließ mich dennoch nicht. Das drohende Ende des Lebensjahrzehntes zwang mich geradezu, mich damit auseinanderzusetzen, ob mein Dasein sinnvoll und mit ausreichend Leben gefüllt war. Nicht umsonst fand man Neun-Ender besonders häufig bei Seitensprung-Portalen unter den Ersttteilnehmern eines Marathons; oder in Selbstmordstatistiken. Als Neun-Ender hatte man etwas zu beweisen.

Ich habe kein Talent für Geburtstage, textete ich an Joshi. *Noch nie gehabt.*

Joshi war lange genug Mitglied der Familie gewesen, um zu wissen, worauf ich anspielte. Bei jedem Geburtstag in der Familie Morbach wurde die angestaubte Anekdote über das Drama meiner Geburt wieder ausgegraben. Erst von meiner Mutter, nach ihrem frühen Tod von meinen Schwestern, die nahtlos in die Rolle der Erziehungsberechtigten geschlüpft waren. Ich kam, drei Wochen zu früh, am Hochzeitstag meiner Eltern zur Welt. Mein Geburtsgewicht stimmte überein mit dem Gewicht der Hirschkeule, die meine Mutter ihrem Ehemann anlässlich des gemeinsamen Ehrentags kredenzen wollte. Es war eine kapitale Keule und ich eine Zumutung für jede Gebärende. 36 Stunden wehrte sich der Körper meiner Mutter energisch dagegen, mich vorzeitig freizugeben. »Ich war nicht auf dich vorbereitet«, erklärte meine Mutter ein ums andere Mal. »Ich hatte keinen Plan, wie ich nach drei Töchtern einen Jungen großziehen sollte.«

Als meine Mutter zwei Wochen später das Krankenhaus mit Stammhalter verlassen konnte, schlug ihr zur Begrüßung der süßlich stechende Geruch verwesenden Fleischs entgegen. Die Hirschkeule lag unberührt und vergessen in der Vorratskammer, wo meine Mutter sie abgelegt hatte, als die Wehen einsetzten. Mein Vater hatte das ABC-Team 14 Tage lang ins Restaurant ausgeführt und dabei die Notreserve, die meine Mutter vor seinen räuberischen Touren in der Mehldose verbarg, auf den Kopf gehauen. Meine Ankunft läutete den Anfang vom Ende der Familie Morbach ein. Es gab kein schlimmeres Omen, als am Hochzeitstag unglücklich verheirateter Eltern das Licht der Welt zu erblicken. Für die Ausbildung meiner mathematischen Fähigkeiten war das elterliche Elend ein Glücksfall. Wann immer sie stritten, zählte ich laut, um ihre Stimmen zu übertönen. Zahlen schafften Ordnung und Klarheit. Am 18. Hochzeitstag, zugleich mein sechster Geburtstag, erreichte der Ehekrach seinen Höhepunkt. Bei Ziffer 1.912 schlug mein Vater die Haustür für immer hinter sich zu.

Für meine Mutter markierte mein Geburtstag jedes Jahr aufs Neue einen Tiefpunkt. Traditionell läutete sie das Jubiläum ihres Glücks und ihres Scheiterns um Mitternacht mit einer Flasche Whiskey ein, deren Reifegrad der Zahl ihrer einsamen Jahre entsprach. Da sie sonst nie trank, vertrug sie das Ritual so schlecht, dass sie am nächsten Morgen nicht aus dem Bett und zur Arbeit kam, geschweige denn einen Geburtstagstisch für mich decken konnte. Sie überlebte das Ende ihrer Ehe nur um wenige Jahre. Bis zu ihrem Tod hatte sie die Hoffnung nicht aufgegeben, dass ihr verschollener Ehemann sich an das gemeinsame Jubiläum erinnerte und ebenso überraschend wie versöhnungsgesinnt auf der Türschwelle erschien. Zu Schulzeiten war ich froh, dass ich keine Freunde hatte, die erwarteten, dass ich meinen Geburtstag mit Topfschlagen und Eierlaufen feierte. Ich hatte überhaupt keine Freunde. Weder in der ersten Klasse, wo ich mich mit Buchstaben quälte, noch in der dritten, wo ich beim Rechnen alle überflügelte. »Der Junge ist schief talentiert«, konstatierte Frau Wagner, meine Grundschullehrerin. Mit Schaudern erinnerte ich mich an ihre quälenden Versuche, mich in Kontakt mit Altersgenossen zu bringen. Alleinsein störte mich nur, wenn mich jemand dabei beobachtete. Beim Japaner verriet das zweite Gedeck auf dem Tisch meine Niederlage. Die Besucher des Restaurants konnten unschwer erkennen, dass ich unvollständig war und blieb.

»Das Wetter hat sie aufgehalten«, tröstete mich der Ober, der sich als Lee vorgestellt hatte. »Was soll es sonst sein? Sie sehen nett aus.«

Jedes Mal, wenn Lee meinen Tisch passierte, schenkte er mir einen herzzerreißenden Blick, als wäre er in einem Stummfilm für die mimische Darstellung eines gebrochenen Herzens engagiert. Ich nippte an meinem dritten Asahi-Bier und fühlte mich wie die quietschbunte Winkekatze, die von der Bar unbeirrbar mit der linken Pfote grüßte. Alle 90 Sekunden checkte ich, ob Lisa sich gemeldet hatte. Dazwischen kalkulierte ich den Umsatz, den das Restaurant an diesem Abend machen würde. Eine Berufsdeformation. Geübt im Hinterfragen bestehender Strukturen, rechnete ich aus, ob das Koi zu viel Personal im Einsatz hatte, wenn Lee so viel Zeit für mimische Einlagen blieb. Ich spürte die mitleidigen Blicke, die sich mir von den Nebentischen in die Seite bohrten. Vergeblich sagte ich mir, dass ein Geburtstag ein Tag wie jeder andere war. Warum glorifizierte man eigentlich den Umstand, dass die Erde mal wieder 365 Tage um die Sonne gekugelt war? Es gehörte eine Portion Überheblichkeit dazu, dies als persönliche Leistung zu werten und zu feiern. 365 war ohnehin keine sympathische Zahl. Jede Ziffernfolge sendet geheime Botschaften. Man muss sie nur richtig lesen können. Unter der holprigen Oberfläche mancher Zahlen verbarg sich eine erstaunliche innere Harmonie und Schönheit. Die 365 besaß vier Teiler, deren Summe magischerweise 444 ergab. Und trotzdem: Mit der 365 war es nicht viel besser als mit den Frauen. Man konnte sich nicht auf sie verlassen. Wenn man sich gerade daran gewöhnt hatte, dass ein Jahr 365 Tage hatte, folgte ein Schaltjahr. Auf den ersten Blick war die 366 die harmonischere Zahl. Bei genauerer Beschäftigung entblätterte sie ihre wahre Bedeutung: Die Summe der Teiler ergab 744, deren Teilersumme wiederum 1.920. Und das war das Geburtsjahr des Vaters meines Vaters, der kein Vater für mich sein wollte.

»Soll ich abdecken?«, fragte Lee unvermittelt in meine Überlegungen hinein. Lisa war 43 Minuten überfällig.

»Wie feiert man eigentlich in Japan Geburtstag?«, erkundigte ich mich.

»Gar nicht«, erklärte Lee und legte eine Trauermiene auf. »Nicht in meiner Familie.«

Das Land war mir sofort sympathisch. Die Japaner hatten vollkommen recht: Geburtstage zu feiern, war zutiefst unlogisch.

Gerade als ich auf meinem Smartphone überprüfen wollte, ob ich, wie früher, am Geburtstag freien Eintritt im Stadtbad Charlottenburg haben würde, flog die Restauranttür mit einem dumpfen Knall auf. Die abgehetzte, sichtbar nervöse Frau legte einen beeindruckenden Auftritt hin. Ich gab mich keiner Illusion hin: Die Frau, die wortreich und hektisch ihren Mantel, Mütze, Schultertuch, Einkaufsbeutel und Handtasche bei Lee ablud, war meine Verabredung. Panisch setzte ich den Notruf an Joshi ab.

9

Minute zwölf

Ich erkannte sie sofort: die weichen Gesichtszüge, der neugierige Blick aus abgründig dunklen Augen, der helle Teint, die halblangen braunen Haare. Das Äußere stimmte. Und dann auch wieder nicht. Auf den Bildern hatte Lisa mich mit einer unangestrengten Purheit beeindruckt. Diese Frau war das Gegenteil von Minimalismus. Mit ihrem großgeblümten Kleid, den Lagen aus dicken Ketten und einer überdimensionierten Brille war sie eine Erscheinung. Sie fuchtelte mit einem Regenschirm herum, als wolle sie den voll bepackten Lee erstechen. Alle Blicke waren auf meine exzentrische Verabredung gerichtet. Selbst wenn man berücksichtigte, dass das Restaurant mit den indirekt beleuchteten Wänden aus Reispapier ungewöhnlich hell war und jede Falte nachdrücklich ausgeleuchtet wurde, war kein Zweifel möglich. Die Frau war mindestens 20 Jahre älter als behauptet: Mein Schneewittchen befand sich mitten in den Wechseljahren.

Ich konnte mir nicht vorwerfen, naiv an das Unternehmen Internetdating herangegangen zu sein. Bei meinen Überlegungen hatte ich den menschlichen Faktor eingerechnet. Alle elf Minuten, so versprach Nico in einer Werbebotschaft, verliebt sich ein Single über die Dating-Agentur *Eins plus 1*. Wirklich interessant wurde es ab Minute zwölf, wenn man sich zum ersten Mal persönlich gegenüberstand. Jeder, der sich auf die Partnersuche im Internet einließ, schaffte beim Kreieren eines Profils ein runderneuertes Ich: erfolgreicher, größer, dünner, reicher und jünger. Wie anders konnte man erklären, dass die registrierten Mitglieder von Online-Partnerbörsen durch die Bank weg fünf Zentimeter länger waren als der Bundesdurchschnitt. Für die Auswahl des Fotos operierte ich mit einer ähnlich simplen Formel. Je attraktiver das Bild, desto wahrscheinlicher, dass die Aufnahme älteren Datums war. Ich hatte peinlichst genau darauf geachtet, keiner Frau zu antworten, deren Profilfoto überproportional verführerisch war. Das Risiko war zu hoch: Anstatt mit Charlotte, der temperamentvollen, sportlichen Architektin (29) aus Hamburg, zu flirten, lief man Gefahr, in Wirklichkeit mit Horst verbunden zu sein, einem 49-jährigen Arbeitslosen aus Fulda, der seine knapp bemessene Frührente damit aufbesserte, mit anregenden Textnachrichten die überwiegend männliche Klientel von Dating-Seiten bei Laune zu halten. Die einzige europäische Stadt, deren Statistik mehr weibliche als männliche Singles verzeichnete, war Mailand. Leider konnte ich kein Italienisch.

Mein Date erkannte mich sofort: »Es ist nicht so, wie es aussieht«, hob sie an.

Ich wollte aufspringen und weglaufen, stattdessen ergriff mich ein tiefes Gefühl von Lähmung. Wie gut kannte ich mich selbst? War meine ideale Partnerin in Wirklichkeit eine Frau um die fünfzig, die mich an meine drei älteren Schwestern erinnerte? Bis Minute zwölf hätte ich geschworen, dass mein Bedarf an einer mütterlichen Freundin bis in alle Ewigkeit gedeckt war.

Die Frau setzte sich und warf in ihrer flattrigen Nervosität erst einmal das Bier um. Selbst Lee machte sich, seinem Gesichtsausdruck nach, Sorgen.

»Es tut mir leid«, sagte die Frau. »Sie sind meine achte Verabredung in dieser Woche. Ich versuche, meine Erwartungshaltung nach unten zu drücken, und bin doch jedes Mal aufgeregt wie beim ersten Mal. Man weiß nie, ob derjenige so ist, wie man ihn sich vorgestellt hat.«

Warum siezte sie mich? Waren wir nicht längst per Du?

»Ich kann Ihnen alles erklären«, platzte die Frau heraus, die so gar nicht der Lisa glich, auf die ich wartete. Freundlich streckte sie mir die Hand über den Tisch entgegen: »Penelope«, stellte sie sich vor. Die Armbänder an ihrem Handgelenk klirrten. Ihre Hand schwebte in der Luft. Ich verzichtete darauf, einzuschlagen. Wenn diese exzentrische Unbekannte meine Traumfrau war, stimmte entweder etwas nicht mit Nicos Computerprogramm oder mit mir. Im schlimmsten Fall mit beidem.

Mein anhaltender Lähmungszustand zwang meine Tischdame, weiterzusprechen. »Jeder sollte den Namen wählen, der am besten zu einem passt, meinen Sie nicht? Ich bin viel eher eine Penelope als eine Petra.«

Penelope? Petra? Lisa? Ich hatte keine Idee, welcher Name zu dieser Frau passte. Ich war noch nie in die Verlegenheit gekommen, mir einen Namen auszudenken. Wenn man einmal von dem Hamster absah, den ich 1993 als Trost zu meinem ersten vaterlosen Weihnachten bekommen hatte. Bevor mein Vater verschwand, hatte er mir versprochen, einen Basketballkorb an die Garage zu schrauben und mit mir zu trainieren. Ich taufte den Hamster auf den Namen Zorro. Meine Schwester Anja, rasend, weil sie mindestens ebenso traurig war und kein Haustier bekam, bestand darauf, dass unser neuer Bewohner ein Weibchen sei und auf keinen Fall Zorro heißen könne. Sie taufte den kleinen Nager kurzerhand auf den Namen Blümchen. Ich wollte keinen Hamster besitzen, der Blümchen hieß, gab aber nach, nachdem Anja ihrem Vorschlag mit einem kräftigen Tritt gegen mein Schienbein den nötigen Nachdruck verliehen hatte. Nicht einmal Blümchen hielt es in der vaterlosen Rumpffamilie aus. Als tierische Reinkarnation des Zauberers Houdini verschwand Zorro noch vor Silvester aus dem fest verschlossenen Käfig. Bis heute bin ich das Gefühl, eine meine Schwestern könnte dahinterstecken, nicht losgeworden.

»Hallo. Sind Sie noch da?«, fragte Penelope ungeduldig.

Mir fielen viele Orte ein, an denen ich gerne wäre. Neufundland zum Beispiel oder Australien. Der Japaner am Ku'damm stand nicht auf meiner Liste.

»Vielleicht sollten wir uns gar nicht näher kennenlernen«, sagte ich. »Ich erwäge, in Kürze auszuwandern. Nach Japan.«

Penelope lachte, als hätte ich einen besonders guten Scherz gemacht.

»Wissen Sie, was mir an Ihrem Profil so gefallen hat? Sie sind erfrischend unvollkommen. Man sucht ja den perfekten Partner und nicht den perfekten Menschen. Ich bin sicher, wir werden gute Freunde.«

Wo blieb Joshi? In meinem Kopf ratterten die Empfehlungen der Dating-Seite herunter: Nico hatte nachdrücklich darauf hingewiesen, dass bei äußerlichen Defiziten zügig zu handeln sei. *Vermeide lange Unterredungen und beende ungewollte Dates so schnell wie möglich,* hatte er mir in einer E-Mail empfohlen. *Je länger du wartest, umso komplizierter wird es.*

»Keine Angst«, nahm Penelope das Gespräch auf: »Ich bin zurzeit geschieden. Und das will ich auch so halten.«

Ich schluckte. »Es tut mir leid. Ich würde mich gerne länger mit Ihnen unterhalten. Ein Notfall … «

»Es ist nicht so, wie es aussieht«, gestand Penelope. »Wenn alles so läuft, wie ich mir das vorstelle, werde ich Ihre Schwiegermutter«, ließ sie die Bombe platzen.

Ich hoffte, dass Joshi jeden Moment auftauchen würde, um mich aus meiner Zwangslage zu befreien.

»Ich bin Lisas Mutter«, sagte Penelope. »Meine Tochter ist leider verhindert. Aber wo wir schon mal hier sind, warum unterhalten wir uns nicht ein bisschen?«

Ich grub in meinem Gehirn, ob in den achtzehn Mails etwas über eine Mutter gestanden hatte. Frage 87, so erinnerte ich mich, behandelte das Verhältnis zu den Eltern. *»Familie? Ja!«*, hatte *L!saH* geschrieben. *Mit allen Nebenwirkungen.* Die Nebenwirkungen saßen jetzt vor mir und feuerten Fragen im Sekundentakt auf mich ab: »Sind Sie schon lange in Berlin? Was macht Ihre Firma überhaupt? Wie sehen Ihre Pläne für die Zukunft aus? Können Sie meine Tochter überhaupt ernähren?«

Sie lachte, um sich den Anschein zu geben, zu scherzen. Ich konnte mich des Eindrucks nicht erwehren, dass ihre Fragen bitterernst gemeint waren.

Lee, der ahnte, dass etwas nicht stimmte, schob die Speisekarten zwischen uns.

Penelope winkte ab: »Ich bin zu nervös, um selber was zu bestellen. Ich klaue Essen von Ihrem Teller. Sie wollen nichts mit Fisch, Reis oder Gemüse.«

Ich verstand die Welt nicht mehr: »Wieso sind wir dann beim Japaner verabredet?«

»Das Koi ist Lisas Lieblingsrestaurant«, erklärte Penelope. »Nicht das meine.«

Ein Gefühl von Panik stieg in mir auf: »Sie suchen für Ihre Tochter den Mann aus?«

Penelope leugnete nicht einmal. »Heute wählen alle selbst einen Partner, und was passiert? Die Scheidungsrate ist so hoch wie nie. Außenstehende beurteilen viel zuverlässiger, ob ein Paar zusammenpasst oder nicht.«

Eheanbahnung in Japan, hatte Joshi berichtet, war Sache der Familie. Noch heute wurden viele Ehen anberaumt, indem man ein »zufälliges« Treffen der Heiratskandidaten arrangierte. Meine eigene Mutter hatte nie das geringste Interesse an meinem Liebesleben gezeigt. »Du siehst deinem Vater ähnlich«, hatte sie manchmal gesagt. Es klang nicht nach einem Kompliment. Trotzdem hatte sie bis über die Ohren gestrahlt, als sie mich auf dem Sterbebett mit Anton verwechselte und glaubte, ihr Ehemann sei zu ihr zurückgekehrt.

»Das Programm, das uns zusammengebracht hat, ist nichts anderes als ein moderner Kuppelautomat«, betonte Penelope.

»Ich suche eine Freundin, keine Schwiegermutter«, beendete ich die Unterredung. Vielleicht hätte ich weniger energisch aufspringen sollen. Mit einem ohrenbetäubenden Knall krachte mein Stuhl auf den Marmorboden. Ich drückte Lee wahllos einen Schein in die Hand, dessen Höhe wohl in die Trinkgeldannalen des Koi eingehen würde, und flüchtete nach draußen.

Scharfer Wind peitschte mir Regen ins Gesicht. Zur Beruhigung zählte ich jeden Schritt, der Abstand zwischen mir, dem Koi und dem Desaster schuf. Joshi hatte recht. Ich hätte mich nie darauf einlassen sollen, mich ausgerechnet in einem japanischen Restaurant zu verabreden. Das konnte nur ein schlechtes Omen sein.

Die Tropfen kühlten meine Wangen und Nerven. Bei Schritt Nummer 87 schob sich ein Regenschirm über mich. Wie hatte Penelope so schnell zu mir aufgeschlossen? Mit kleinen Schritten trippelte sie neben mir.

»Haben Sie mir geschrieben?«, platzte ich heraus.

»Ja«, antwortete Penelope. »Ja und nein. Eher nein als ja.«

Ich verdrehte die Augen.

»Ich habe kein Wort erfunden«, erklärte Penelope. »Jeder Satz, den ich dir geschrieben habe, stammt von Lisa. Aus ihren WhatsApp-Nachrichten, aus unseren Skype-Gesprächen, den E-Mails.«

Penelope war offenbar der Meinung, dass der Prozess unserer Annäherung so weit gediehen war, dass es zum dauerhaften Du reichte.

»Manchmal habe ich meine Tochter sogar angerufen, um nachzufragen. Partnersuche ist ein Fulltimejob. Du ahnst nicht, wie viele Idioten sich auf der Dating-Seite tummeln.«

»Noch mehr Schwiegermütter?«, bemerkte ich spitz.

Penelope überging meine Bemerkung: »Ich bin quasi Lisas Pressesprecherin.«

Ich blieb so abrupt stehen, dass Penelope gegen mich knallte. Eine Wolke ihres schweren Parfüms umfing mich.

»Weiß Ihre Tochter, dass sie auf einer Dating-Seite eingeschrieben steht?«, fragte ich.

Ich war wohl ein bisschen laut geworden. Eine Hundebesitzerin, die ihren unwilligen Dackel an seiner Leine durch den Regen zerrte, hielt interessiert inne.

»Ja«, antwortete Penelope; und dann ein bisschen zögerlicher: »Beinahe.« Und dann noch ein bisschen verhaltener: »Ich wollte dich erst einmal kennenlernen. Meine Tochter hat ein grandioses Talent, immer an den Falschen zu geraten.«

Ich hatte vierzehn verschiedene Szenarien entwickelt, wie mein erstes Treffen ablaufen könnte. Für jede Variante hatte ich Eröffnungsfragen, Small-Talk-Themen und einen Fluchtplan vorbereitet. In meinen kühnsten Träumen hatte ich mir nicht ausgemalt, dass ich mich erst einmal bei einer mütterlichen Prüfungskommission durchsetzen musste.

»Jeder kluge Mann sollte erst einmal die Schwiegerfamilie kennenlernen, bevor er sich für eine Partnerin entscheidet«, setzte Penelope einen obendrauf.

Ich dachte an Joshis knallenden Einstand in der Familie Morbach, fünf Minuten vor der standesamtlichen Trauung. Selbst war ich noch nie bis zu potenziellen Schwiegereltern vorgedrungen. Bislang hatten all meine Beziehungen ihr unrühmliches Ende gefunden, bevor es zur Deponierung von Zahnbürsten in fremden Badezimmern, Hausschlüsseltausch und wechselseitigen Besuchen im heimischen Kinderzimmer gekommen war.

»Du brauchst keine Angst zu haben«, versprach Penelope, die ahnte, was in meinem Kopf vorging. »Ich fungiere nur als Matchmaker. Ich habe nicht vor, mich dauerhaft in euer Leben einzumischen.«

Japaner wussten, wie man sich bei Erdbeben zu verhalten hat: Man musste in jedem Fall die Nähe zu Gebäuden, Brücken, Strommasten, Bäumen und allen Dingen meiden, die einstürzen oder herunterfallen könnten. Penelope, die nicht spürte, dass die Erde bebte, redete weiter: »Ich bin pflegeleicht, immer beschäftigt und unempfänglich für Schmeicheleien. Bei mir musst du weder das Essen loben noch meinen exquisiten Einrichtungsstil oder die neue Frisur. Du musst nicht mal zu gemeinsamen Ausflügen antreten. Wir sehen uns am zweiten Weihnachtsfeiertag, an Ostern und bei den Geburtstagen von Tante Hilde. Zu Festtagen schenkst du mir Gutscheine, die ich nie einlösen werde, weil ich sie verliere. Ich rufe jeden dritten Sonntag an, im Juli häufiger, weil dann das jährliche Familienfest ansteht und ich am Rande des Nervenzusammenbruchs bin, weil ich zu spät mit den Vorbereitungen angefangen habe und dringend männliche Unterstützung brauche. 10. August. Wenn du dir schon einmal den Termin notierst, können wir das Konfliktpotenzial reduzieren.«

Mir wurde alles zu viel: »Ich glaube nicht, dass das funktioniert.«

»Ich schaue nicht mal böse, wenn du in kurzen Hosen erscheinst«, versprach Penelope. »Ich bin sehr liberal. Ich will nur eins: dass du meine Tochter wieder zum Lachen bringst.«

Ihre Methode war gewöhnungsbedürftig, die Sorge um die Tochter klang ehrlich.

»Lisas letzter Freund hat sie vor sechs Monaten verlassen. Einfach so«, erklärte Penelope. »Seitdem schüttet sie sich mit Arbeit zu. Sie hat nicht einmal Zeit, zu klagen. Das kann nicht gesund sein. Lisa verdient, glücklich zu sein.«

Mich quälte nur noch eine einzige Frage: »Wie würde Ihre Tochter reagieren, wenn sie von Ihren Plänen wüsste?«

»Sie würde mich umbringen«, erklärte Penelope ehrlich.

Lautes Hupen setzte unserer Unterhaltung ein jähes

Ende. Mit quietschenden Reifen bremste Joshis Foodtruck neben mir.

Penelope stoppte mich ein letztes Mal. Sie hielt mir einen Zettel hin, den sie offenbar vorbereitet hatte.

»Lisa muss von alledem nichts wissen«, schlug Penelope vor. »Du rufst meine Tochter an und tust so, als hättest du dich verwählt. Und am nächsten Tag wieder. So lange, bis ihr ins Gespräch kommt.«

Ihre Hand mit der Telefonnummer schwebte in der Luft zwischen uns beiden. »Mein Bauch sagt mir, dass ihr eine gute Kombi seid«, insistierte sie.

»Ich will niemanden kennenlernen, der nicht einmal weiß, dass er mich sucht«, beschied ich und stieg in Joshis Truck, ohne mich noch einmal umzusehen.

»Ich rede mit meiner Tochter«, rief sie mir hinterher. »Du hörst von mir.«

Es klang wie eine Drohung.

10

Alte Rechnungen

Joshi bewies, dass er ein echter Freund war. Er verschonte mich mit neugierigen Fragen, mit Anmerkungen, Kommentaren, Ratschlägen und philosophischen Betrachtungen über die fundamentale Einsamkeit des Menschen. Er sparte sich Beerdigungsreden, salbungsvolle Worte von Trost und Mitleid und alle aufmunternden Anekdoten, die verdeutlichten, dass Dating-Katastrophen den Allerbesten widerfahren. Kurz: Er verzichtete auf alle Tricks, mit denen meine Schwestern Beziehungskrisen zu begegnen pflegten. Joshi kam, sah und schwieg. Kommentarlos setzte er mich zu Hause ab.

Um Mitternacht saß ich auf dem Sofa. Hungrig und mit der Gewissheit, alles falsch angepackt zu haben. Obwohl ich die Flasche Crémant alleine trank, blieb das Ergebnis des Abends ernüchternd: Ich besaß kein Talent für Geburtstage. Noch dramatischer fiel die Bilanz aus, wenn es um Frauen ging.

Meine Gedanken schwebten in vielen Welten gleichzeitig: der realen, der erträumten, der vergangenen, der gegenwärtigen und der zukünftigen. Ein Teil von mir wollte die Tage unbeschwert von Liebesdramen verbringen, ein anderer Teil bestand darauf, mit der wahren Lisa Kontakt aufzunehmen, ein dritter quäkte, dass ich mich weiter auf der Dating-Seite umsehen sollte, der vierte beschloss zu handeln. Noch in derselben Nacht schrieb ich eine Mail an Nico. Da er mir unablässig freundliche Ratschläge erteilte, fühlte ich mich ermuntert, es ihm gleichzutun. *Was nutzen deine Formeln, wenn das Datenmaterial nicht stimmt?,* schrieb ich. *Wir lügen alle. Mehrmals am Tag. Wir belügen andere. Und oft auch uns selbst. Jeder, der sich bei einer Online-Partnerbörse einschreibt, macht sich ein bisschen besser, als er wirklich ist. Wie wäre es, du würdest eine letzte, alles entscheidende Frage zufügen: »Wie ehrlich bist du auf einer Skala von eins (nie) bis zehn (immer)?« Das Ergebnis ist umgekehrt proportional zu bewerten. Diejenigen, die hier eine zehn ankreuzen, lügen eher als andere, die zugeben, nicht immer ehrlich zu sein. Niemand, der nicht in der neuen Frage 151 übereinstimmt, sollte je miteinander kombiniert werden.*

Nach dem Versenden der Mail fühlte ich mich besser. Ich beschloss, ⋆L!saH⋆ zu vergessen und mich auf das zu konzentrieren, worin ich wirklich gut war: Zahlen. Joshis Zahlen zum Beispiel.

11

Maßarbeit

»Jetzt schon?« Mein Exschwager staunte, als ich am frühen Morgen vor der Lagerhalle auftauchte, die die Basis von *Curry Up* darstellte, um ihm die fertige Buchhaltung zu überbringen. Leider hatte er keine Zeit, sich ausführlich zu freuen. Nervös tigerte er in der ehemaligen Autoreparatur auf und ab, die ihm gleichermaßen als Lager, Küche und Schlafstatt diente. Seit seiner Trennung von Anja hatte er seine Zelte im Wedding aufgeschlagen, in einer Gegend, wo die Fassaden unverputzt, gewerbliche Mieten erschwinglich und die Bewohner verschwiegen waren. Für Joshi war jedes Provisorium gut genug. Er liebte die Idee, jederzeit mit seinem Foodtruck zu neuen Ufern aufbrechen zu können. Ambitionen, zu expandieren, ein Kochbuch zu schreiben oder seine Rezepte für eine industrielle Fertigung anzubieten, hatte er keine. Dabei verfügte er über eine imposante Kundenliste. Joshi war der begehrteste Caterer der Berliner Büromeilen. Und der teuerste.

»Wir tun den Leuten einen Gefallen, wenn wir teuer sind«, begründete er seine Preispolitik. »Menschen können sehr schlecht einschätzen, ob etwas gut oder schlecht ist. Sie sind gewöhnt, dass der Preis verrät, wie man ein Produkt zu bewerten hat. Nur wenn wir teuer sind, fühlen die Leute, wie außergewöhnlich das Essen ist, das wir anbieten. Sie begreifen, dass sie sich etwas Besonderes gönnen.«

In seinem früheren Leben hatte Joshi Betriebswirtschaft studiert. Er hätte problemlos Karriere machen können, wenn er an einer Karriere interessiert gewesen wäre. Joshi glaubte nicht an höher, weiter, schneller, stärker und immer mehr.

»Einzeller denken nicht über Fortschritt nach«, so sein Argument. »Und trotzdem haben sie eine ungeheure Vielfalt an Arten hervorgebracht. Ohne jemals eine höhere Komplexität zu entwickeln. Und genau deswegen werden sie uns alle überleben.«

Joshi war der Einzige, der sich bei der Frage »Alles oder nichts?« für nichts entschieden hätte. Nervös wurde er nur, wenn eine Lieferung nicht stimmte.

»Wenn du Hunger hast, bediene dich«, rief Joshi mir als Begrüßung zu und wies auf die bunten Stapelkörbe. »Heinz liefert heute wieder sein Überraschungspaket.«

Ein grauer gebeugter Mann mit weiten Hosen, die nur von Hosenträgern an ihrem Platz gehalten wurden, trug unermüdlich Waren in die Lagerhalle. *Schwab bäckt für Sie* lautete der markige Slogan auf seinem bunten Hütchen. Vor allem Plunder. Ich konnte mir kaum vorstellen, dass Joshi auf einmal Unmengen von süßen Teilchen bestellt hatte.

»Ich habe heute ein Engagement am Hamburger Bahnhof«, seufzte Joshi. »Die Besucher der Vernissage freuen sich bestimmt, statt Weißbrot Buttercremetorte und Mandelbrezeln in die Suppe zu tunken.«

»Ich arbeite nur auf Schein«, erklärte der Fahrer ungerührt. »Auf Bestellschein.«

Heinz lieferte, was der Vertrieb in den Wagen lud. Für den Rest war die Verwaltung zuständig.

Joshi griff zum Telefon. Doch vor die Mitarbeiter des Kundendienstes hatte die Bäckerei Schwab ein Computermenü gesetzt, das die Verwaltung entlasten sollte.

»Bitte geben Sie Ihre Kundennummer ein«, wiederholte die Stimme mit gnadenloser Emotionslosigkeit.

Joshi las seine Nummer ab, als spräche er mit einem Schwachsinnigen, und landete prompt in der Vorhölle der Warteschleife. Mein Exschwager stand auf Jazz, auf großes Orchester und singende Geigen. Morgendliche Beschallung mit Fahrstuhlmusik brachte sein Blut in Wallung. Der Kundendienst war überbelastet und unterbesetzt. Heinz kannte den Grund dafür: »Der neue Chef glaubt, jeder Mitarbeiter, der keine Brötchen für ihn bäckt, ist ein überflüssiger Mitarbeiter.«

Gleichgültig setzte er dem Stapel die Krone auf: eine Torte, die laut Marzipanziffern für einen 88. Geburtstag gedacht war. Wenn der Fehler nicht bald gefunden war, würden Opa Leo und seine Geburtstagsgesellschaft ohne die bestellte Mokkasahne feiern müssen.

Ich schnappte mir eine Tasse Kaffee und zog mich aus der Gefahrenzone zurück. Kein Wunder, dass die einen neuen Mann für die Logistik suchten. Ich war der Bäckerei Schwab mehrfach in Joshis Steuerunterlagen begegnet. Die Anstrengungen des Firmenleiters, die marode Logistik zu modernisieren, manifestierten sich in einer wahren Papierflut. Da wurden Rechnungen gestellt, korrigiert, zurückgezogen, Fehlbuchungen annulliert und unbezahlte Rechnungen angemahnt. Wären Schwab und Joshi auf einer Dating-Seite angemeldet, erhielten sie vermutlich die allerhöchsten Matchingpunkte in den Kategorien Buchhaltungschaos und Leidensfähigkeit. Ihre Korrespondenz glich einem erbitterten Stellungskrieg. Joshi verfügte über einen unerschöpflichen Schatz bunter Anekdoten zum Themenfeld Schwab, Kundendienst, Telefon und Nervenzusammenbruch.

Heinz trat ungeduldig von einem Bein auf das andere. Sein halber Wagen war noch voll. »Wenn ich nicht pünktlich liefere, bin ich meinen Job los«, konstatierte er traurig. »Sie kennen den jungen Schwab nicht: Weil er selbst nicht weiß, wie er den Laden in den Griff bekommt, macht er ständig bei anderen Druck. Bei dem heißt es immer: Tempo, Tempo, Tempo.«

Mein frühes Erscheinen bei Joshi entwickelte sich zum wahren Glücksfall. Sollte die Bäckerei Schwab mich zum Bewerbungsgespräch bitten, hatte ich einen klaren Wettbewerbsvorteil gegenüber meinen Mitbewerbern: Insiderinformationen aus erster Hand. Der angenehme Nebeneffekt war, dass ich bereits 15 Minuten nicht an Lisa und mein Dating-Desaster gedacht hatte.

»Darf ich mal?«, fragte Heinz und wies auf das Telefon.

Der Fahrer hatte seine eigene Methode entwickelt, zum Kundendienst vorzudringen. Statt die Ziffern deutlich zu artikulieren, stieß er tierische Grunzlaute in das Telefon und lächelte stolz in die Runde.

»Meine Tochter jobbt als Operator in einem Callcenter«, erklärte er. »Sie hat mir verraten, wie ich am schnellsten durchkomme.«

Energisch röhrte er ein zweites Mal in den Hörer. Beim dritten Mal verabschiedete sich das Sprachsteuersystem.

Das Freizeichen ertönte, kurz darauf erklang eine gelangweilte Stimme: »Loretta Biermann, was kann ich für Sie tun?«

Joshi übernahm wieder, nicht ohne den Ton laut zu stellen, sodass der Fahrer mithören konnte.

»Freundlich bleiben«, mahnte Heinz. »Sie ist ein bisschen schwierig.«

»Frau Biermann«, säuselte Joshi, »wenn ich Wundertüten bestellen will, dann bestimmt nicht bei Schwab. Von Ihnen möchte ich ausschließlich Brot. Am liebsten das Brot, das ich gestern bestellt habe.«

Ironische Anspielungen trafen bei Frau Biermann auf taube Ohren. Zwei Dutzend Jahre im Nahkampf mit unzufriedenen Kunden hatten sie mit einer Stressbeständigkeit gesegnet, die an universelle Gleichgültigkeit grenzte.

»Ihre Kundennummer?«, fragte sie ungerührt.

»Dieselbe Nummer wie letzte Woche, als sie mich zweimal auf der Tour vergessen haben. Sie erinnern sich vielleicht …«

»Einen Moment bitte«, unterbrach Frau Biermann barsch.

Joshi verdrehte die Augen. Unhöflichkeit wurde bei der Dame aus der Zentrale umgehend mit einer weiteren Runde in der Warteschleife abgestraft. Über den Lautsprecher ertönte das Angebot der Woche: Aprikosenplunder für sagenhafte 3 Euro im Zweierpack, Muntermacherbrötchen zum Schleuderpreis von 90 Cent statt der üblichen 1,03 Euro.

18 Minuten nicht an Lisa gedacht.

Joshi tat es Heinz gleich. Verzweifelt röhrte er ins Telefon. Sein Ruf verhallte ungehört.

»Ich kümmere mich um die Biermann«, versprach Heinz

und verschwand samt Telefon in den Innenhof, wo er sich erst einmal eine Zigarette genehmigte. Man spürte seine Not, die Sache zügig hinter sich zu bringen, ohne einen tief gehenden Konflikt mit seinem Arbeitgeber zu riskieren.

»Warum arbeitest du mit denen zusammen?«, fragte ich.

»Sie backen das beste Brot«, erklärte Joshi. »Und sind die Einzigen, die mir immer wieder Kredit geben.«

Das war mein Stichwort. Mit großer Geste zog ich drei säuberlich beschriftete Leitz-Ordner aus einer Plastiktasche. In einer Nacht-und-Nebelaktion hatte ich Joshis Einkünfte und Ausgaben sorgfältig in den richtigen Spalten kategorisiert. Joshi staunte, dass ich seine Loseblattsammlung in rekordverdächtiger Zeit in etwas verwandelt hatte, das einer Steuerprüfung standhalten konnte.

»Wieso brauchst du Kredit?«, fragte ich. »Du hast ein dickes Plus auf dem Konto.«

Curry Up hatte sich zu einem absoluten Erfolgsmodell entwickelt und so viele finanzielle Reserven aufgebaut, dass Joshis Lebenstraum greifbar nahe war.

»Du kannst morgen zu deiner Weltreise aufbrechen«, verkündete ich die frohe Botschaft.

Joshi schien eher schockiert als glücklich: »Dein Date muss eine Katastrophe gewesen sein«, lenkte er ab. »Wenn du die Erinnerung daran unter so viel Arbeit begraben musst.«

Beinahe hatte ich Lisa vergessen. Joshi war der Meinung, dass genug Zeit vergangen war, um das heikle Thema anzusprechen.

»Erzähl«, forderte er mich auf.

»Ich habe 94 Prozent Übereinstimmung mit einer Fantasiefigur«, gab ich zu. »Ich frage mich, wen ich das nächste Mal kennenlerne. Goofy?«

Mein Vertrauen in die virtuelle Partnervermittlung war in den Grundfesten erschüttert und wurde nur noch übertroffen durch mein Misstrauen gegenüber dem Offlinedating.

»Die Welt ist voll mit tollen Frauen«, tröstete Joshi, nachdem er die ganze Geschichte gehört hatte.

»Deine vielleicht«, entgegnete ich.

Als Anja noch verheiratet war, hatte sie sich leidenschaftlich über Joshis zahlreiche Verehrerinnen aufgeregt. »Ganz offensichtlich halten die Damen Joshi für Nachtisch auf zwei Beinen«, schimpfte sie. Es war für sie ein Grund mehr, den Foodtruck abgrundtief zu hassen.

»Frauen überfordern mich«, gestand ich.

Ich konnte mühelos berechnen, wie viel Joshis Steuerschuld betrug, an welchem Wochentag die Französische Revolution begonnen hatte und wie viel schneller man von einem Ende der Stadt zum anderen gelangte, wenn die Ampelphasen an mehrspurigen Kreuzungen um 20 Sekunden reduziert wurden. Frauen blieben dagegen ein unberechenbares Rätsel für mich.

»Wieder ein Geburtstag ohne aufsteigende Linie«, gab ich zu.

»Du musst jeden einzelnen Tag zu einem Fest machen«, schlug Joshi vor. »Vielleicht hätte es in deiner Kindheit mehr zu lachen gegeben, wenn ihr statt Geburtstag Schnapstage gefeiert hättet.«

In aller Geschwindigkeit überschlug ich, dass die Periode der Schnapstage mit 30 Jahren endete, wenn ich 11.111 Tage alt wurde. Mein nächstes Jubiläum stünde erst wieder mit 61 Jahren, am 22.222. Tag, auf dem Programm. Dazwischen hätte ich drei Jahrzehnte lang Ruhe vor einsamen Geburtstagen. Eine ideale Welt. Sollte ich zwischenzeitlich feststellen, dass mir etwas fehlte, konnte ich immer noch Palindrom-Geburtstage einschieben und Feierlichkeiten zum 12.321. oder 13.531. Tag anberaumen.

Weiter kam ich nicht mit dem Denken. Der Fahrer von Schwab erschien mit freudigem Gesicht: »Ihr Brot ist unterwegs«, verkündete er. »Den Rest können Sie behalten.«

»Und die Torte für meinen Freund?«, flüsterte Joshi und wies verstohlen auf mich. »Er wird heute 29.«

Statt einer Antwort griff Heinz in die Mokkatorte von Opa Leo und knabberte so lange an den Marzipanzahlen herum, bis die 88 einer leicht verkrüppelten 29 glich. Mit dem Zeigefinger drückte er die Ziffern in die derangierte Sahne.

»Alles Gute zum Geburtstag!«, strahlte er und brach in dröhnendes Gelächter aus. Unsere schockierten Gesichter belustigten ihn.

»Machen Sie sich keine Sorgen«, versicherte Heinz. »Ich habe schon unter dem alten Schwab gedient. Der Junge traut sich doch nicht, mich rauszuschmeißen.«

12

Eine wie keine

Die Erinnerung an den herbsüßen Geschmack von Mokkatorte begleitete mich durch den Tag. Genauso wie die Frage, wie ein Unternehmen, das so himmlisches Backwerk herstellte, so schlecht geführt sein konnte. Heinz zu entlassen, wäre wohl kaum der richtige Weg, die offensichtlichen Logistikprobleme in den Griff zu bekommen. Als wolle man den Schiefen Turm von Pisa retten, indem man das oberste Stockwerk renovierte. War ich nicht selbst aus der Balance geraten? Seit ich mein Schicksal Nicos Rechenkünsten anvertraut hatte, war mein Fundament ins Wanken geraten. Normalerweise lief ich hoch konzentriert durch die Stadt, und während meine Beine noch über das Pflaster trabten, war mein Kopf bereits bei meinem nächsten Klienten. In den Tagen nach dem großen japanischen Beben war alles anders. Was auch immer ich probierte: Es gelang mir nicht, die Frau vom Palmenfoto aus meinen Gedanken zu vertreiben. Ununterbrochen dachte ich daran, dass es besser wäre, Lisa zu vergessen. Bevor ich mich bei *Eins plus 1* angemeldet hatte, war die Tatsache, dass es irgendwo auf dieser Welt eine Frau gab, die zu mir passte, ein theoretisches Konstrukt gewesen. Seit Nicos begeisterter Ich-habe-fantastische-Nachrichten-Mail hatte die Sehnsucht ein Gesicht und einen Namen. Ich verzichtete darauf, den Geburtstagseinladungen meiner Schwestern nachzukommen, und ließ mich ziellos durch die Stadt treiben. Anstatt wie üblich den kürzesten Weg von A nach B zu wählen, mischte ich mich unter die Kauflustigen an der Friedrichstraße, fuhr U-Bahn statt Fahrrad, schlenderte über den Wochenmarkt am Boxhagener Platz. Überall suchte ich das Gesicht von Lisa in der Menge. Sie konnte in jedem Auto sitzen, in jedem Bus, auf dem Motorrad, das gerade wegfuhr. Womöglich kaufte sie gerade in dem Bioladen ein, an dem ich achtlos vorbeiging, oder saß ausgerechnet jetzt beim Zahnarzt, den ich seit Monaten mied. Ein ums andere Mal senkte ich den Kopf zu Boden, immer in der Hoffnung, unter den Millionen Füßen, die über den Asphalt trippelten, die eine Damensandale zu entdecken, in der sechs Zehen steckten. Mir wurde schwindelig von den Menschen um mich herum. War ich wirklich in der Lage, das Kapitel Lisa zuzuschlagen, ohne die Frau dahinter kennengelernt zu haben?

Erschöpft ließ ich mich auf einer Bank nieder und vertiefte mich zum hundertsten Mal in ⋆L!saH⋆s Mails. In der Rückschau las ich ihre Mitteilungen vollkommen neu. Wieso nur war mir entgangen, dass meine Brieffreundin dauernd über ihre Mutter sprach? Nicht weniger als 13 E-Mails enthielten Seitenhiebe auf Penelope. Welche Frau auf Partnersuche kreiste mit ihren Gedanken ständig um die Mutter? Die Gegenprobe bestätigte meinen Eindruck. Nur ein einziges Mal hatte ich in einem Nebensatz erwähnt, dass meine Familie aus drei Schwestern, drei Nichten, einem abwesenden Schwager und einem verschollenen Vater bestand. Ich hätte Lisas Mails besser einer quantitativen Analyse unterzogen, anstatt mich von Nicos 94 Prozent Übereinstimmung blenden zu lassen. Mail für Mail kämmte ich unsere Korrespondenz durch. Das Merkwürdige war: Selbst nach dem Desaster beim Japaner ergriff mich wieder dasselbe Kribbeln, das mich dazu bewogen hatte, mich mit der unbekannten Schreiberin zu treffen. Was, wenn die echte Lisa genau so war, wie Penelope sie porträtierte und ich sie mir vorstellte?

Die Vibration meines Handys riss mich aus den Gedanken. Ich konnte es kaum fassen. Eine neue Nachricht von Lisa. Zwei Seelen, die in Einklang schwangen. Mit zittriger Hand öffnete ich die Mail. Sie war von Penelope.

Sie haben vollkommen recht, schrieb sie. Offenbar fand Lisas Mutter es nötig, wieder zu einer formellen Anrede zurückzukehren. *Man kann niemanden retten, der nicht gerettet werden will. Das Einzige, was ich tun kann, ist, Sie in Zukunft vor mir zu beschützen. Es tut mir leid. Und machen Sie sich keine Sorgen um mich: Ich finde jemanden, der mir am 10. August bei meinen Festvorbereitungen hilft.*

Zehn Sekunden später hatte ich meine Antwort getippt. *Ich habe es mir überlegt. Ich will Lisa kennenlernen.*

Hektisch drückte ich auf Senden. Binnen Sekunden kam die Mail als unzustellbar zurück. Panisch rief ich Lisas Profil auf, aber es war zu spät. Penelope hatte ihren Entschluss bereits in die Tat umgesetzt: Der Account von ⋆L!saH⋆ war gelöscht. Verzweifelt tippte ich auf die Schaltfläche »Fehler melden«. Nichts passierte. Mein Freund Nico, der mir normalerweise 24 Stunden am Tag Rede und Antwort stand, ließ nichts von sich hören. Sein provokantes Schweigen forderte meinen Ehrgeiz nur noch stärker heraus: Ich würde Lisa finden. Mit oder ohne Nicos Unterstützung.

13

Dreizehn Kilo Glück

Wer bist du, wenn niemand guckt? hatte eine der kniffligsten Fragen auf der Dating-Seite gelautet. Am heutigen Tag hätte ich vollmundig antworten können: ein Stalker. Ich wollte Lisa ein einziges Mal sehen. Wenn die Algorithmen von *Eins plus 1* stimmten, würde sich die Magie auch bei einem spontanen Treffen einstellen. Alles, was ich tun musste, war, dem Zufall zu Hilfe zu eilen und mich zur richtigen Zeit am richtigen Ort einzufinden. Zum Beispiel an einem Sonntag. Um 21.45 Uhr.

Nico war mir keine Hilfe. Er hatte es nicht für nötig befunden, auf meinen Hilferuf, mir eine Kontaktadresse zukommen zu lassen, zu reagieren. Kaum gab es Schwierigkeiten, ging mein Dating-Experte auf Tauchstation. Existierte er überhaupt? Womöglich handelte es sich bei Nico um einen fiktiven Charakter, der dem Kundenverkehr der Firma den persönlichen Touch geben sollte. Vermutlich sah Nico, oder wer auch immer sich hinter dem Namen verbergen mochte, keine Notwendigkeit, seine Unterstützung auch jenseits der Algorithmen anzubieten. Ich war bei meiner Suche nach Lisa auf mich alleine gestellt.

Von oben dröhnte der bekannte Nigga-Hip-Hop, in meinem Kopf schwirrten Thesen, Annahmen und Vermutungen. Die Berliner konnten, wie ich durch Recherche festgestellt hatte, zwischen 36 Selbstbedienungs-Waschsalons wählen. Wenn ich jeden einzelnen kontrollieren wollte, brauchte ich bis weit ins neue Jahr, um herauszufinden, wo Lisa ihre sonntägliche Wäsche erledigte. Über meinem Haupt schwebte das Damoklesschwert, dass Lisa jederzeit eine eigene Maschine anschaffen könnte. Wenn ich sie »zufällig« treffen wollte, musste ich schnell handeln.

Ich entfaltete den Stadtplan, den ich mir besorgt hatte, und markierte alle geografischen Hinweise, die ⋆L!saH⋆ in ihre E-Mails eingeflochten hatte. Menschen gaben auch dann Informationen preis, wenn sie glaubten, besonders diskret zu sein. Das Foto von »Frühstück Phoenix«, das über die simple Google-Suche und einen Abgleich mit Online-Speisekarten eindeutig einem Café in Kreuzberg zuzuordnen war, bildete den Ausgangspunkt meiner Überlegungen. Ich zog Linien und Kreise, berechnete Abstände und wog ab, wie viel Aufwand jemand betreiben würde, außer Haus zu frühstücken. Ich arbeitete mit der Hypothese, dass Lisa für den Japaner einen weiteren Weg in Kauf nahm als für das Frühstück und sie, wenn es ums Schleppen von kiloweise Wäsche ging, pragmatisch denken und den kürzesten Weg wählen würde. Die so getroffenen Angaben kombinierte ich mit den Öffnungszeiten und dem Fassungsvermögen der Waschtrommeln in den diversen Salons. In ihrer E-Mail war explizit die Rede von 13 Kilo Kleidern, die möglichst zeitsparend gewaschen werden mussten. Und weil das vielleicht zu logisch war, rechnete ich eine mögliche Abweichung von 20 Prozent ein. Das Koordinatennetz, das ich auf diese Weise entwickelte, ließ drei Optionen übrig. Am Ende entschied ich mich für den Salon, den ich selbst wählen würde. Ich vertraute darauf, dass sich 94 Prozent Übereinstimmung auch in Fragen der praktischen Lebensführung manifestieren.

Das *Wash & Gogo* lag in einer Kreuzberger Gegend, in der der Friseur »Notaufnahme« hieß, das Schuhgeschäft »Lolas Lustgarten« und Cafés über überdimensionierte, unbehandelte Eichentische verfügten, an denen Freiberufler vor ihren MacBooks frisch gebrühten Filterkaffee schlürften. Der war dreimal so teuer wie bei der Konkurrenz, dafür wurde er von einem dem Eigentümer persönlich bekannten Bauern in einem UNESCO-Biosphärenreservat in Kolumbien angebaut. Inmitten der hippen Geschäfte, schräg gegenüber vom Waschsalon, lag eine altertümlich anmutende Filiale der Bäckerei Schwab, die als letztes Geschäft in der Straße Dinge des täglichen Bedarfs anbot. Der Laden sah aus, als wäre er aus der Zeit gefallen.

Das *Wash & Gogo* empfing mich mit einem Schwall warmer Luft und lauter Musik. Im Waschsalon herrschte Hochbetrieb. Eine Gruppe spanischer Studenten, die nicht nur Wäsche, sondern auch Wein, Weib und Gesang mitgebracht hatten, sorgte für Stimmung. Wie ums Lagerfeuer versammelt, lümmelten sie in den engen Gängen, flankiert von einer silbernen Armee dezent rumpelnder Waschmaschinen und Trockner. Im Raum hing eine schwüle Wolke aus Waschmittel, Weichspüler und Liebesgeflüster. Ein Pärchen fläzte ineinander verknotet auf einem Blümchensofa, beide ein Laptop auf den Knien. Die Wände waren geschmückt mit einer langen Wäscheleine, auf der einzelne Socken aufgereiht hingen, die, wie ich, auf der Suche nach ihrer besseren Hälfte waren. Wollte Lisa noch vor Schließung der Filiale mit ihrer Wäsche fertig werden, müsste sie jede Minute auftauchen.

Ich wählte eine 13-Kilo-Maschine, erwarb, wie empfohlen, die doppelte Menge Waschpulver und warf die Wäsche, die ich zu Hause mühsam zusammengesammelt hatte, in die Trommel. Glücklicherweise bot der Waschsalon nur noch einen einzigen freien Tisch mit zwei Stühlen. Ich jubilierte innerlich. Sollte Lisa eintreffen, blieb ihr keine andere Wahl, als sich zu mir zu gesellen. Ich würde mit ihr gemeinsam in die Trommel schauen und fast automatisch ins Gespräch kommen. »Ob die kurze Waschzeit wirklich effizient ist?«, würde ich fragen, oder: »Macht dich Buntwäsche auch so durstig?«. Sicherheitshalber wechselte ich einen großen Schein, um am Getränkeautomaten zuschlagen zu können. Das Geräusch des Geldwechslers klang, als hätte ich schon jetzt den Jackpot gewonnen.

»Willst du die Laken toasten?«, dröhnte eine wütende Stimme aus dem Hintergrund. »Wenn du nicht ziehst, verkokeln die.«

An der Mangel standen zwei bärtige Muskelpakete, die Bettwäsche glätteten. »Blödsinnige Zeitverschwendung«, fand der eine.

»Dienstleistung«, fand der andere. »Schließlich hat man auch bei Airbnb Konkurrenz.«

»Was interessiert mich die Konkurrenz!«, blaffte der Erste. »Ich will mal wieder im eigenen Bett schlafen.«

»Und wer verdient dann das Geld. Du vielleicht?«

Ohne Rücksicht auf Verluste trugen die beiden ihre Beziehungsprobleme lautstark an der Bügelmaschine aus, als wären sie Akteure einer Seifenoper. Das streitende Paar faszinierte mich so sehr, dass ich Lisas Auftritt verpasste. Auf einmal rollte sie mit einem knallroten Koffer quer durch den ganzen Salon. Ihre hohen Schuhe sorgten dafür, dass niemand sie überhören oder übersehen konnte.

Ich trage gerne mal Absätze, hatte sie über ihre modischen Vorlieben berichtet, *und ich will nicht die Erste sein, die feststellt, dass mein Freund Haarausfall hat.*

Lisa war schmaler, als ich sie mir vorgestellt hatte, ungekämmter und gänzlich uninteressiert. Ich leistete innerlich Abbitte bei Nico. Es war kein Zufall, dass ich auf Anhieb den richtigen Waschsalon gewählt hatte. Es war das Ergebnis von Nicos ingeniösen Formeln, die treffsicher Menschen kombinierte, die im Gleichklang schwangen. Fasziniert beobachtete ich die Frau, mit der mich so viel verband. Mit klarem Blick aufs Ziel besetzte Lisa zwei benachbarte Maschinen, bückte sich und stopfte ihre Wäsche in die Automaten. Ich war nicht der Einzige, der feststellte, dass die Länge ihres Rocks perfekt geeignet war, einen Blick auf ihre makellosen Beine freizugeben, ohne etwas zu enthüllen. Die Spanier beobachteten sie feixend. Sie drehte sich um. Ihr Blick traf den meinen. Ihr Mund öffnete sich zu einem strahlenden Lächeln, als habe sie in mir einen lange erwarteten Freund erkannt. Mit ihrem blassen Teint, den roten Lippen und dunklen Haaren erinnerte sie tatsächlich an eine Märchengestalt. Ich war verliebt. Ein kleines bisschen in sie und noch viel mehr in die Idee, dass meine Suche ein Ende hatte. Mir wurde heiß, mir wurde kalt, mir wurde schlecht. Hektisch stand ich auf, griff nach der

Stuhllehne neben mir und zog den freien Stuhl ein Stück vom Tisch weg. Lisa brauchte sich nur zu setzen, und die Magie konnte ihr Spiel entwickeln. Ein paar Sekundenbruchteile noch, drei Schritte, zwei, einer ….

»Willste was?«, krächzte eine Stimme.

Ein streng nach Alkohol, Straße und Verzweiflung riechender Mann mit der Statur eines Bären ließ sich auf den Stuhl neben mir fallen. Er hielt mir eine riesige Tüte der Bäckerei Schwab hin: »Alles von gestern. Alles gratis«, erklärte er.

Lisa eilte an mir vorbei zum Getränkeautomaten – Kleingeld hatte sie offenbar genug –, als einer der Spanier sie ansprach und ihr ein Glas Wein anbot. Einen Moment zeigte sie sich irritiert, dann nahm sie den Plastikbecher an und gesellte sich zu der fröhlichen Studententruppe. Mein Leben war mit einem Schlag wesentlich komplizierter geworden.

Als ob Nico es geahnt hätte, schickte er ausgerechnet in diesem Moment seine Antwort auf meinen Vorschlag, eine zusätzliche Frage einzubauen, die den Faktor Ehrlichkeit betraf.

Lieber Tom, vielen Dank für deine Mails!!! Adressen können wir leider nicht rausgeben. Datenschutz und so. Deinen anderen Vorschlag haben wir mit Leidenschaft diskutiert. Das Phänomen Lügen scheint komplexer als anfänglich gedacht, da es geschlechtsspezifische Merkmale enthält. Langzeitstudien beweisen, dass Männer 20 Prozent mehr lügen als Frauen. Männer schwindeln bei Hobby, Auto und Karriere. Frauen lügen am meisten in Bezug auf Gewicht, Alter und Beziehungsstatus.

Ich sah auf. Lisas momentaner Beziehungsstatus war: beschäftigt. Anstatt intuitiv in mir den Mann ihres Lebens zu erkennen, prostete Lisa den spanischen Weltenbummlern zu, die der Zufall in den Salon geschickt hatte. Sie blieb stehen, um ihrer Musik zu lauschen. Die sechs spanischen Zwerge schirmten Schneewittchen ab. Warum hatte ich im Vorfeld nie darüber nachgedacht, dass ich ernst zu nehmende Konkurrenz haben könnte?

»Nimm schon«, insistierte mein Nachbar und rüttelte an der Tüte. »Geht sonst in die Biogasanlage. Da machen wir lieber selber Biogas.«

Begeistert über seinen Scherz schlug der Bär mir auf die Schulter. Mein favorisierter Sicherheitsabstand betrug 45 Zentimeter. So nahe durften mir fremde Menschen in der U-Bahn oder der Supermarktschlange kommen, ohne dass ich mich belästigt fühlte. Meinen Nachbarn interessierten meine Empfindlichkeiten wenig. Er rutschte noch näher an mich heran und half, meine Wäsche von der Waschmaschine in den Trockner umzuladen. Das Zeitfenster, das mir zur Verfügung stand, um bei Lisa einen unauslöschlichen ersten Eindruck zu hinterlassen, reduzierte sich auf die verbleibenden 14 Minuten Trocknerzeit.

Während ich fieberhaft nachdachte, was ich angesichts der spanischen Nebenbuhler unternehmen konnte, drehte Lisas Leben sich vor mir in der Waschtrommel. Zwei Badeanzüge – sie trainierte schließlich für das Müggelsee-Wettschwimmen – , Sportsachen, drei Paar Jeans, T-Shirts, Bett- und Unterwäsche. Lisa pflegte eine ausgeprägte Vorliebe für BHs in Pastellfarben. Ich ließ das Bullauge keine Sekunde aus den Augen und war, wie früher beim Memory mit Carla, begeistert, wenn ich in dem Durcheinander das passende Gegenstück zu einem Slip entdeckte. Ich fühlte mich meiner Schwester gegenüber schuldig. In der Hoffnung, das berechtigte Gewitter würde an mir vorüberziehen, wenn ich mich lange genug tot stellte, hatte ich bislang darauf verzichtet, Carla zurückzurufen.

Das Memory machte mich fertig. Anstatt spielerisch ins Gespräch mit Lisa zu kommen, beobachtete ich, wie ihre Unterwäsche vor mir in der Tunke herumschwamm. Was sollte aus einer Beziehung werden, in der man die Schwiegermutter vor der Freundin und die Dessous vor der Trägerin kennenlernte? Viel lieber würde ich Lisas Unterwäsche entdecken, wenn sie selbst darin steckte. Was kam als Nächstes? Ein Beziehungsdrama vor dem ersten Kuss? Die Scheidung vor der Hochzeit? Das Nichts vor dem Etwas? Das Ende vor dem Anfang?

Der Blütenduft, der aus der Maschine dampfte, vernebelte mein Gehirn. In dem voll besetzten Raum tanzte so viel verdampfendes Wasser in der Luft, dass der Anteil von Sauerstoff automatisch sank. Ich war nicht der Einzige, dem das subtropische Mikroklima zusetzte. Während Lisa mit den Spaniern Verbrüderung feierte, steuerte die Auseinandersetzung an der Heißmangel unaufhaltsam ihrem Höhepunkt entgegen.

Ich spürte, wie ich langsam eins wurde mit der Maschine vor mir. Ich starrte in die rotierende Trommel und fragte mich, bei wie vielen Umdrehungen pro Sekunde ein Zustand der Hypnose eintrat. Und noch wichtiger: Warum waren Waschmaschinen mit einem Fenster ausgestattet, Geschirrspüler jedoch nicht?

»Wegen der Socken natürlich«, klang die rauchige Stimme neben mir. »Sie dürfen die Maschine nicht aus den Augen lassen«, fügte der Obdachlose hinzu. »Diese ist besonders hinterlistig. Die frisst beide Socken und hofft, dass niemand es merkt.«

Der Mann war mit seiner Mahlzeit fertig und begann, sich neben mir bis auf die Unterwäsche auszuziehen. Mit verschwörerischem Blick warf er seine verstaubten Kleider in den Trockner: »Dreimal Lüften spart einen Waschgang«, vertraute er mir an. »Ich habe morgen ein Vorstellungsgespräch.«

In seinen Augen blitzte die Hoffnung, dass sich sein Leben noch einmal zum Besseren wenden könnte. Ich tat es den Spaniern gleich und gab meinem neuen Freund ein Getränk aus.

Immerhin stand ich jetzt. Zentimeter um Zentimeter schob ich mich näher an Lisa heran. Die ließ sich von dem Spanier mit der Gitarre ansingen und anschmachten. Beim Refrain fiel sie mit ein. Ihre eigentümlich heisere Stimme hallte in dem gefliesten Raum, als wäre er eine Kathedrale. Nichts in ihren E-Mails hatte mich auf den verführerischen Klang ihrer eigentümlich heiseren Stimme vorbereitet. Sie bewegte sich leise im Takt der Musik, drehte sich auf den Absätzen und sang die Sterne vom Himmel. Die profane Welt mit ihren Waschmaschinen, Brötchentüten und Netzwerktreffen versank. Ihr Blick traf den meinen. Die Welt blieb stehen. Für einen Moment war da nur Lisas Stimme. Und ihre Augen. Sie waren braun. Und sie waren ganz bei mir.

»Hey Dude, deine Wäsche ist fertig«, krächzte mein runtergekommener Nachbar durch den ganzen Salon.

Der Moment war vorbei. Die Chance ebenso. Lisa drehte sich weg. Noch bevor ich etwas sagen konnte, hatte sie mich vergessen.

14

Höhere Mathematik

»Wir haben 94 Prozent Übereinstimmung, und sie nimmt mich nicht einmal wahr. Als wäre ich unsichtbar.«

Ich saß auf dem Campingstuhl bei Joshi, der zur Mittagszeit mit seinem roten Foodtruck in der Nähe des Potsdamer Platzes Aufstellung genommen hatte.

Joshi hatte seine eigene Theorie, warum ich vom weiblichen Pech verfolgt war: »Wenn Onlinedating funktionieren würde, wäre Charakter eine unveränderliche Größe, die unser Handeln bestimmt, ohne dass wir Einfluss darauf haben. Du bist jeden Tag ein anderer.«

»Ich bin immer noch derselbe Loser wie vorgestern«, widersprach ich.

»Es liegt nicht an den Algorithmen«, erklärte Joshi uncharmant. »Es liegt an dir.«

Mit strahlendem Lächeln überreichte er einer gut aussehenden Businessfrau im eng anliegenden grünen Kostüm, die aus einem der Bürotürme rund um das Sony Center gekommen war, einen Teller ›Scharfes Huhn‹. »Geht aufs Haus«, sagte er.

Ich konnte es kaum glauben: Joshis Methode hatte Erfolg.

Immer wieder blinzelte die Dame in Grün von der Mauer, wo sie gemeinsam mit ihren Freundinnen zu Mittag aß, zu Joshi herüber. Und mit ihr alle anderen. Die Extradosis Chili führte bei den Freundinnen zu Schweiß- und Heiterkeitsausbrüchen. Als die grüne Dame das Geschirr zurückbrachte, blätterte sie ihm lässig ihre Visitenkarte hin.

»Rufen Sie mich an, wenn Sie in der Nähe sind«, säuselte sie. »Ich freue mich immer über was Scharfes.«

Joshi zog gelangweilt eine Schublade auf und warf die Visitenkarte auf einen Haufen, ohne sie näher zu betrachten.

Ich sah ihn fassungslos an: »Wie machst du das?«

Er drückte mir eine Portion Huhn in die Hand: »Es geht im Leben nicht darum, was du bekommst, sondern darum, was du gibst«, erklärte Joshi ernst.

»Die Gratisportion hat es gemacht?«, fragte ich ratlos. »Nie im Leben.«

Joshi beharrte auf seiner Einschätzung: »Dir passiert nichts Gutes, weil du nichts Gutes tust«, erklärte er. »Man bekommt nur zurück, was man selbst investiert.«

In meinen Ohren klang Joshi wie meine alte Tante, die gerne Sprichwörter drosch: »Es gibt nichts Gutes, außer man tut es«, »Wie man in den Wald hineinruft, so schallt es heraus«, »Tu Gutes und dir wird Gutes widerfahren« …

Ich japste nach Atem. Das Huhn brannte sich seinen Weg vom Mund in den Magen.

»Was bist du?«, ächzte ich. »Ein Glückskeks auf zwei Beinen? Zu jedem Essen einen scharfen Spruch dazu?«

»Das ist wie bei den Pfadfindern«, erklärte Joshi. »Jeden Tag eine gute Tat. Karma, Baby! Du wirst feststellen, wie radikal sich dein Leben verändert, wenn du Frauen positiv begegnest.«

»Mein Karma ist fantastisch. Merkt bloß keiner«, sagte ich und wedelte mit der flachen Hand vor meinem Mund herum, als könne ich damit die Schärfe vertreiben. Schweiß stand auf meiner Stirn. Es schüttelte mich am ganzen Körper.

»Dir passiert nichts Überraschendes«, insistierte Joshi, »weil du alles vorher durchkalkulierst.«

»Und was sollte ich deiner Meinung nach tun?«, fragte ich.

Joshi baute sich gewichtig vor mir auf: »Tue etwas, womit niemand rechnet. Erst dann nimmt dich deine Umgebung wahr.«

»Geht es auch weniger abstrakt?«, beschwerte ich mich. Mit allgemeinen Verhaltensregen hatte ich noch nie etwas anfangen können.

»Versuch's mit Geschenken«, schlug Joshi vor. »Mach einem Wildfremden ein Geschenk, und schon verändert sich deine ganze Welt.«

Ich dachte an die grüne Dame. Hätte sie Joshi wahrgenommen, wenn er ihr das Mittagessen kommentarlos verkauft hätte? Und was war mit dem Glas Wein, das der Spanier Lisa angeboten hatte?

»Du kannst jeden Sonntag in den Waschsalon gehen«, erklärte Joshi, »solange du nie etwas tust, was aus dem Rahmen fällt, hast du eine Tarnkappe auf.«

Ich war mir nicht sicher, ob Joshis abenteuerliche Theorie wirklich funktionierte.

»Du bist doch Mathematiker«, argumentierte Joshi. »Das Leben funktioniert wie eine mathematische Formel: Auf der linken Seite muss das Gleiche stehen wie rechts. Du bekommst nur etwas raus, wenn du auch etwas reinsteckst.«

Aus den Tiefen seiner Schublade holte er ein originalverpacktes Weihnachtsgeschenk. »Ich werde es dir beweisen.«

Ich erkannte die Handschrift auf dem Aufkleber sofort: »Das ist von Anja«, stellte ich verblüfft fest.

»Ich habe nicht gewagt, das Geschenk auszupacken«, gestand Joshi. »Es kam zwei Monate nach der Trennung.«

Anja und Joshi waren eine explosive Mischung gewesen, seit ihre Autos an der Siegessäule ineinandergerauscht waren. Meine Schwester war der Überzeugung, dass Joshi ihrem Mini die Vorfahrt genommen hatte, Joshi behauptete, dass ihre Fahrweise den Tatbestand des ›gefährlichen Eingriffs in die Straßenverkehrsordnung‹ erfülle. Anja hatte das aufbrausende Wesen unseres Vaters geerbt. Sie war immer auf dem Kriegspfad. Im Auto regte sie sich über die Radfahrer auf, die sich nicht an die Regeln hielten; saß sie auf dem Fahrrad, wetterte sie gegen Autofahrer, die keine Rücksicht auf Radler nahmen.

»Streit dient dem Interessenausgleich«, wiederholte sie ihr persönliches Mantra. »Das ist ein natürlicher Vorgang, vergleichbar mit dem Druckausgleich bei Tauchern.«

Joshi war fasziniert von ihrer ungestümen Energie. Er küsste sie einfach. Mitten auf der Rotonde. Vier Wochen später waren sie verheiratet. Und stritten weiter. Als sie während ihres ersten Besuches beim Ehetherapeuten erkennen mussten, dass sie sich nicht einmal einigen konnten, worüber sie stritten, war das Ende eine Frage der Zeit. Die Ausläufer des finalen Streits erfassten meine ganze Familie.

»Solange du diesen Idioten triffst, brauchst du dich bei mir nicht mehr blicken lassen«, hatte Anja kategorisch beschieden, als ich wagte, für meinen Schwager Partei zu ergreifen. Ich hatte mich daran gehalten. Bis zum Netzwerktreffen.

»Bist du nicht neugierig, was sie dir geschenkt hat?«, fragte ich.

Kommentarlos hielt Joshi mir die beiliegende Weihnachtskarte hin.

»Falls du beschließt, wieder ins Berufsleben zurückzukehren, hier schon mal der passende Schlips«, las ich laut vor. »Ich bin sicher, er schmeichelt deiner Männlichkeit.«

Als Kind war ich selbst Opfer und Zielpunkt von Anjas Gemeinheiten gewesen. Ich konnte nachvollziehen, dass Joshi sich nicht sicher war, ob ihm das Geschenk gefallen würde. Er hatte sich gar nicht erst die Mühe gemacht, das Päckchen auszupacken.

Aus den Tiefen meiner Jacke meldete sich das Telefon. Eine SMS war eingegangen. Ich konnte es nicht glauben.

»Lisa?«, fragte Joshi.

»Schwab«, antwortete ich.

»Schwab wie Bäckerei Schwab?«, fragte Joshi nach.

»Ich bin eine Runde weiter«, verkündete ich überrascht. »Sie bitten mich zum Vorstellungsgespräch.«

Joshi drückte mir Anjas Geschenk in die Hand.

»Die Krawatte wird dir Glück bringen«, gab er mir mit auf den Weg. »Geschenke bringen immer Glück.«

15

Die zweite Runde

Auf meine Nachbarinnen von oben war Verlass. Ich brauchte keinen Wecker. Pünktlich um 6.30 Uhr startete das Morgenkonzert aus schrillen Weckrufen, Stilettos, die hektisch über Parkett trappelten, und Hundegebell. Das alles überlagert von dem brüllenden Rapper (»Hands up. Nigga. Nigga. Hands up in the air«) und der üblichen Tanz-und-Stampf-Routine, der Kimberly auch am frühen Morgen pflichteifrig folgte. Ich vermied allzu physische Begegnungen mit den Damen. Wenn ich Kimmie im engen Stiegenhaus begegnete, ließ ihr Blick keinen Zweifel daran, wem von uns beiden die Zukunft gehörte.

Heute störte mich der morgendliche Lärm nicht. Im Gegenteil. Die Aussicht, dass sich das Tätigkeitsfeld der Unternehmensberatung TMP, Thomas Morbach und Partner, von der heimischen Küche in ein Unternehmen verlagern könnte, begeisterte mich. Ich sah die Zukunft klar vor mir. Mit einem Erfolgserlebnis im Rücken konnte ich dem nächsten Sonntag im Waschsalon gelassen entgegensehen. Bis dahin würde ich versuchen, ein besserer Mensch zu werden. Einer, der der Welt etwas zu geben hatte.

Auf dem Weg zur Dusche warf ich einen belustigten Blick durch den Türspion auf das Drama, das sich in der Todeszone Treppenhaus abspielte. Gegen 7.25 Uhr öffnete sich die Wohnungstür der oberen Etage. Der Aufführungsort des gemischten Quartetts verschob sich für den Showdown vom Penthouse auf die Treppen.

»Kimmie, wir kommen zu spät!«, kreischte Tamara und läutete damit den Höhepunkt der Vorstellung ein. Plötzlich drehte sie sich ruckartig Richtung Spion und fixierte mich durch die geschlossene Tür. Ich wich ertappt zurück und flüchtete ins Schlafzimmer. Es war Zeit, in meinen Bewerbungsanzug zu steigen.

Als ich das gute Stück aus dem Schrank holte, begrüßte mich der Geruch von Schweiß, Verzweiflung und Scheitern. Da halfen keine Reinigung, kein Lüften, kein teures Parfüm. Die Ausdünstungen von 37 vergeblichen Bewerbungsgesprächen hatten sich im Stoff festgesetzt wie die Kletten, die meine Schwestern mir früher in meine Locken geworfen hatten. Eine Alternative für einen perfekten ersten Eindruck hatte ich nicht. Ich fand, der teure Maßanzug drückte auf elegante Weise Understatement aus.

Er stammte aus den Anfangstagen meiner Bankenkarriere, als ich glaubte, das richtige Ensemble aus feinstem Kammgarn würde mir Gehör in den oberen Etagen verschaffen. Drei Monate hatte ich auf den Anzug gewartet. Das Prachtstück saß perfekt: Vorne knickten die Hosenbeine leicht ein, hinten bedeckten sie die halbe Ferse des Schuhs. Die Jackenärmel waren exakt so lang, dass die sündhaft teure Uhr, das favorisierte Statussymbol der oberen Stockwerke, ein klein wenig herausblitzen konnte. Dem Kenner enthüllte sich, dass die Knöpfe am Arm nicht bloß aufgenäht, sondern aufknöpfbar waren. Der Preis für das edle Stück war so monströs, das ich vorerst auf eine Angeber-Uhr verzichten musste. Genauso wie auf die Karriere. Später trug ich, wie alle im Backoffice, die Anzüge der Verlierer, bei denen immer irgendwas zu eng, zu lang, zu knittrig oder zu gewöhnlich war. Den teuren Anzug holte ich nur noch raus, wenn es um etwas ging.

Das Designhotel in der Innenstadt mit seiner kalten Glasfront, den neumodischen Kronleuchtern und rechteckigen Sofas wirkte merkwürdig abweisend für ein erstes Gespräch. Ein Plakat der Personalvermittlung verriet, dass in den Konferenzsälen 1, 3 und 6 Bewerbungsgespräche für verschiedene Posten und Firmen stattfanden. Im Gang vor den Besprechungsräumen drängte sich die Konkurrenz: drei Männer, sieben Frauen. Offenbar wurden die Bewerber in Gruppen empfangen, um Teamfähigkeit und soziales Vermögen unter Beweis zu stellen. Ich hatte keine guten Erfahrungen damit gemacht, bei Auswahltests gemeinschaftlich Spaghetti und Marshmallows zu tragfähigen Türmen zusammenzufügen oder unter Zeit- und Gruppendruck fingierte Postkörbchen nach Wichtigkeit zu ordnen. Die Gesichter meiner Rivalen kamen mir vage bekannt vor. Waren es immer dieselben Gestalten, die mit mir um die freien Stellen konkurrierten? In der Stadt wimmelte es von Exbankern auf der Suche nach einem festen Engagement. Ich war nicht der Einzige, der in der Zwischenzeit als freier Unternehmensberater über die Runden zu kommen versuchte. In den Augen der anderen erkannte ich das gleiche ängstliche Bemühen, Siegeswillen und Selbstsicherheit auszustrahlen, um den Schritt aus der Bedeutungslosigkeit zu schaffen. Ich hatte noch 17 Minuten Zeit. Meine Hände schwitzten, mein Mund fühlte sich pelzig an. Pelzig und trocken. Viel zu trocken, um etwas Vernünftiges hervorbringen zu können.

Leider empfing mich auf der Toilette einer dieser Wasserhähne, die erst gar nichts und dann zu viel Wasser auf einmal freigaben. Das kalte Nass spritzte in hohem Bogen auf meine Hose. Was nutzte der beste Anzug, wenn er verräterische Flecken an der falschen Stelle aufwies? Wer stellte einen Bewerber ein, der die Hände peinlich über dem Schritt faltete und schon bei der Begrüßung den Eindruck eines epileptischen Anfalls vermittelte? Hektisch schob ich den Papierkorb unter den Handföhn, stieg drauf und streckte meinen Schritt umständlich dem Gebläse entgegen. Noch 14 Minuten. Die Tür knallte auf. Ein leichenblasser Mann stürzte aufs Klo und lehnte seine Stirn an die kühlen Fliesen. Alles an dem Mann wirkte konturlos: sein Anzug, sein Kinn, seine Figur, seine Haltung.

»Ist alles in Ordnung mit Ihnen?«, fragte ich überflüssigerweise.

Der Mann schüttelte den Kopf. »Bewerbungsgespräche machen mich fertig. Haben Sie gesehen, wie viele da draußen sitzen?«

Nicht nur bei mir war das Selbstvertrauen angesichts der Konkurrenz in den Keller gesackt. In den Augen des Mannes stand nackte Angst.

»Ich bin so nervös«, klagte er. »Ich kriege garantiert nichts raus.«

Ich hatte wenig Interesse, den Gegner psychisch aufzurichten. Noch weniger Interesse hatte ich daran, mich meinen Mitbewerbern in nasser Hose zu präsentieren. Noch elf Minuten.

»Das wird schon«, sagte ich und wandte mich dem Trockner zu.

»Ich weiß nicht mal, was man heutzutage fragt. Man kann so viel falsch machen in Bewerbungsgesprächen.«

In seiner Hand zitterte ein abgegriffener Zettel, auf dem er mögliche Fragen notiert hatte.

»Dir passiert nichts Gutes, weil du selbst nie etwas Gutes tust«, tönte Joshi in meinem Ohr. »Karma, Baby.«

Wie oft war ich in Bewerbungsgesprächen gescheitert, wenn es darum ging, mit Teamfähigkeit zu punkten? Jetzt konnte ich beweisen, wie entspannt und selbstsicher ich mit der Konkurrenz umging.

»Das Wichtigste ist, sich nicht von Fangfragen beeindrucken zu lassen. Die wollen einen nur aus der Reserve locken«, sagte ich.

An seinem Blick las ich ab, dass ihm mein Hinweis viel zu abstrakt war. Ich wählte ein Beispiel: »Nennen Sie zehn Funktionen, die ein Bleistift erfüllen könnte. Sie dürfen alles nennen. Außer Zeichnen.«

Mein Rivale konnte es kaum fassen: »So was fragt man jetzt?«

»Es gibt keine richtige Antwort«, tröstete ich ihn. »Nicht mal bei Smartiesfragen.«

»Smarties?«, echote mein Widersacher.

»Wie viele Smarties passen in einen Smart? Solche Fragen«, sagte ich und bereute meine vorschnelle Bemerkung sofort. War der Mann zuvor nervös gewesen, wurde er dank meiner freundlich gemeinten Hilfestellung hysterisch. Anstatt mich zügig zu verabschieden, erklärte ich ihm etwas von Länge, Breite, Höhe der Süßigkeiten, von vereinfachten Annahmen, Formeln und der Quaderform des Smarts. Ich wollte karmatechnisch auf keinen Fall schuld sein, wenn der

Mann sein Bewerbungsgespräch vergeigte. Angesichts seines aufgelösten Zustands hegte ich Zweifel, ob er seinen Termin überhaupt erleben würde. Um nicht zusammenzusacken, klammerte er sich wie ein Ertrinkender an meinen Ärmel.

»Sagen Sie einfach sieben Millionen«, schlug ich vor. »Im Zweifel prüfen die das nicht nach. Es geht darum, Selbstbewusstsein zu demonstrieren. Und einen logischen Lösungsweg.«

Für weiter gehende arithmetische Überlegungen war der Mann nicht zu haben.

»Ich hatte ein Magengeschwür«, berichtete er. »Ich darf mich nicht aufregen.«

»Warum suchen Sie sich nicht einen Job, der weniger Stress für Sie bedeutet?«, fragte ich.

»Ich habe keine Wahl«, sagte der Mann. »Die Familie. Ich fürchte, es ist meine Bestimmung.«

»Sie glauben an so etwas?«, fragte ich. Das war meine Chance, das Gespräch abzukürzen. Meine Hand glitt in die Tasche. Ich überreichte dem Mann Joshis unausgepacktes Weihnachtsgeschenk, das ich als Talismann bei mir trug.

»Tragen Sie die. Die bringt Glück.«

Der Mann sah mich aus großen Augen ratlos an.

»Es ist ein Geschenk«, bestätigte ich noch einmal.

Umständlich überprüfte ich im Spiegel, ob die Hose trocken genug war, um mich selbstbewusst ins Gefecht zu werfen. Als ich mich umdrehte, war mein Mitbewerber verschwunden. Joshis Theorie entpuppte sich als blanker Unsinn: Der Mann hatte sich nicht einmal bei mir bedankt.

Ich war einer der Letzten, die ins Besprechungszimmer gebeten wurden. Ich hatte Glück. Ich musste weder Teamfähigkeit unter Beweis stellen, noch musste ich meinen

Lebenslauf mündlich erläutern. Ich musste überhaupt nichts mehr beweisen. Neben der Vertreterin der Personalberatung kauerte meine Toilettenbekanntschaft, die mir als Georg Schwab vorgestellt wurde. Ich fühlte, wie der Boden unter mir wegsackte. Meine Schwester hatte immer schon einen Hang zu gepflegten Intrigen und schlechtem Geschmack an den Tag gelegt. Die Krawatte übertraf jede Monstrosität, die ihr bislang eingefallen war. Der Schlips, den Anja für Joshi zu Weihnachten ausgesucht hatte, gehörte zu den geschmacklosesten Exemplaren, die mir je unter die Augen gekommen waren. Auf der überbreiten Krawatte war in purem Fotorealismus eine behaarte und muskulöse Männerbrust abgebildet. Die Tom-Selleck-Gedächtniskrawatte wölbte sich über Schwabs Bauchansatz.

»Wir kennen uns ja schon«, sagte der Mann, der wohl kaum mein Chef werden würde. Er wies auf die Frau neben ihm. »Frau Sauer von *Human Resource* hilft mir, eine gute Entscheidung zu fällen.«

Er lehnte sich zurück. Helfen hieß in seinem Fall, dass die Personalberaterin das Gespräch alleine führen musste. Sie wirkte müde und grau. Vor ihr lagen zwei Stapel Bewerbungsmappen. Ein sehr hoher und einer, der nur aus einer einzigen Mappe bestand. Hilflos blätterte sie in meinen Unterlagen, als wüsste sie nicht, wo sie überhaupt anfangen sollte.

»Ich habe heute einer Menge Blendern, Aufschneidern und Lügnern zugehört, die natürlich keine Träume haben, sondern Ziele«, hob sie an. »80 Prozent der Kandidaten erklären, dass ihre einzige Schwäche Perfektionismus sei. Machen wir es kurz: Was können Sie besser als Ihre Mitbewerber?«

»Scheitern«, platzte ich heraus und bereute meine Unvorsichtigkeit sofort.

Die kühn ausgesprochene Wahrheit verschlug Frau Sauer für einen Moment die Sprache.

»Schwab ist ein Unternehmen mit 17 Filialen und 420 Mitarbeitern«, hakte sie nach. »Darf ich fragen, worin Sie gerne in unserem Unternehmen scheitern wollen?«

»Meinem …«, mischte Schwab sich ein.

Frau Sauer sah ihren Auftraggeber irritiert an.

»In meinem Unternehmen«, betonte Schwab und war wieder raus aus dem Spiel.

Ich hatte mich bereits um Kopf und Kragen geredet. Weil ich nichts mehr zu verlieren hatte, konnte ich gleich die Wahrheit sagen.

»Ich bin besser in Zahlen als in Menschen, ich arbeite lieber alleine als im Team. Und ich behaupte, dass die Bäckerei Schwab mein perfekter Arbeitgeber ist, obwohl ich keine Erfahrung mit Brötchen habe. Mit Krapfen übrigens auch nicht. Oder süßen Plundern.«

Schweigen. Entsetzen. Fassungslosigkeit. Frau Sauer warf meine Unterlagen auf den hohen Stapel.

»Aber ich bin bereit zu lernen«, fügte ich hinzu. »Ich stehe jeden Morgen auf und versuche, ein besserer Mensch zu sein.«

»Herrgott, machen Sie es mir nicht so schwer«, ergriff Georg Schwab das Wort. »Ihre Wahrheitsliebe bringt einen ja um. Schmeicheln Sie uns wenigstens ein bisschen, sodass ich meiner Personalberaterin erklären kann, warum ich mich für Sie entscheide anstatt für andere, die besser qualifiziert sind.«

Frau Sauer sah Schwab entsetzt an. Nie wäre sie auf den Gedanken gekommen, dass ein Studienabbrecher und Quereinsteiger eine Chance bekam.

»Ich bin motiviert«, insistierte ich. »Und ich habe einen Blick für Zahlen und Logistik.«

»Sie waren in einer Bank tätig«, sagte Frau Sauer. »Im Risikomanagement.« Ihr Mund verzog sich, als habe sie auf etwas Übelschmeckendes gebissen.

Der Mann mit den falschen Haaren auf der Brust verlor die Geduld.

»Ihnen fehlt die solide Vorbildung. Machen wir aus Ihrer Tätigkeit bei *Curry Up* ein Engagement in der Gastronomie mit 76 Standorten, aus der Arbeit in der Poststelle einen Job in Lieferlogistik, aus Ihrem Intermezzo an der Universität ein abgeschlossenes Studium. Ihre kalkulatorischen Fähigkeiten haben wir ja schon in unserem Vorgespräch geklärt.«

Die Personalberaterin schnappte nach Luft: »Wir werden das diskutieren«, fuhr sie ihren Auftraggeber an.

Georg Schwab sah das offenbar anders: »Ich brauche einen Mann, der mit kühlem Kopf rechnet und sich nicht darum schert, ob andere ihn mögen«, beharrte Schwab auf seiner Wahl.

»Es war ein langer Tag«, sagte Frau Sauer, als ob sie mit einem Schwachsinnigen sprach.

Schwab war nicht geneigt, auf sie zu hören. »Melden Sie sich morgen an der Pforte«, sagte er. »Aber wagen Sie nicht, je wieder mit so einer Krawatte zu erscheinen.«

Benommen stand ich auf. Im Hintergrund hörte ich Frau Sauer empört zischen. »Aber wir waren uns doch einig, dass wir mit Frau Hoffmann die ideale Kandidatin gefunden haben.«

Die Tür fiel ins Schloss. Ich konnte mein Glück kaum fassen. Wer auch immer Frau Hoffmann war, ich hatte sie soeben aus dem Rennen gekegelt.

Konnte das wahr sein? Ich hatte eine Krawatte verschenkt

und einen Job bekommen. Sollte Joshis Karmaübung tatsächlich auch nur einen Funken Wahrheit beinhalten?

»Es hat geklappt«, brüllte ich ins Telefon. Ich hatte versprochen, Joshi direkt zu informieren. »Ich hab den Job.«

»Und genauso musst du jetzt weitermachen«, sagte Joshi. »Jeden Tag eine gute Tat. Jeden Tag ein Geschenk an die Welt. 28 Tage lang«, erklärte er. »So lange braucht eine neue Angewohnheit, um sich in den eigenen Verhaltensmustern festzusetzen. Und dann klappt es von ganz alleine mit den Frauen.«

Nach der Erfahrung mit Schwab klang Joshis verquere Idee unglaublich einleuchtend: Menschen, die sich jeden Morgen zum Joggen zwingen, drängt es irgendwann von selbst auf den Trimmpfad; Leute, die sich angewöhnen, jeden Morgen einen Apfel zu essen, können nach einiger Zeit nicht mehr ohne. Menschen, die ihrem Gegenüber Geschenke machen, lernen, auf andere einzugehen.

»Kontinuität ist wichtig«, betonte Joshi. »Wenn du die erste Hürde geschafft hast, wird die Gewohnheit zum Selbstläufer.«

Ich war ekstatisch. Wenn die kleinste Kleinigkeit so viel half, wie großartig würde sich mein Leben nach 28 Tagen gestalten? Ich war auf dem besten Weg, ein anderer Mensch zu werden. Einer, der eine Frau Hoffmann auf die Plätze verweisen konnte. Einer, den man nicht mehr übersehen konnte. Nicht einmal im Waschsalon.

16

Wie eine Eins

Mein erster Arbeitstag fiel auf Freitag, den ersten Juli. Büro und Produktionsstätte lagen am westlichen Stadtrand von Berlin, eine Weltreise von meiner Wohnung in Friedrichshain entfernt. Nach satten 90 Minuten Fahrzeit mit U-Bahn und Bus flackerte mir ein orangerotes Sch-ab als Begrüßung entgegen. Die Leuchtschrift spiegelte den desolaten Zustand des Unternehmens wider.

»Mein Arbeitsplatz«, eröffnete ich dem Busfahrer, als ob er sich dafür interessierte, was mich in das abgelegene Industriegebiet verschlug.

»Endstation«, verkündete er nüchtern.

Der Chauffeur hatte nicht ganz unrecht. Meine junge Karriere endete am Personaleingang.

»Halt«, rief eine energische Stimme. »So nicht, der Herr!«

»Thomas Morbach«, stellte ich mich vor. »Ich bin der neue Controller.«

»Olga. Auch Controller«, sagte eine rauchige Stimme. »Eingangscontroller.«

Das, was Olga an körperlicher Größe fehlte, glich sie mit Resolutheit aus. Sie sah aus wie die Tourmanagerin einer in die Jahre gekommenen Punkband. Ihre kurzen straßenköterblonden Haare stachen wild vom Kopf ab, als stünde sie unter Strom. Unter dem Kurzarmkittel blitzten muskulöse Oberarme hervor. Die Pförtnerin trug Cowboystiefel, die so spitz waren, dass sie gegebenenfalls auch als Waffe dienen konnten. Olga wirkte, als könne sie mühelos Pferde mit dem Lasso einfangen, Lkw-Reifen wechseln, mit Kettensägen hantieren oder Horden von Bäckern unter Kontrolle halten. Ihre Haltung vermittelte unmissverständlich, dass man ihren Anweisungen besser Folge leistete.

Ich blickte nervös auf die Uhr. Kein Wunder, dass die Firma Schwab Bewerbungsgespräche in der Stadt abhielt. Die Fahrt ins Industriegebiet hatte sehr viel länger gedauert als erhofft, weitere Verzögerungen konnte ich mir nicht leisten.

Bäcker in strahlend weißen Kitteln und schwarz-weißen Pepitahosen drängten an mir vorbei, junge Frauen schoben mich zur Seite, ohne mich eines Blickes zu würdigen. Wie beim Netzwerktreffen blieb ich bereits bei der Einlasskontrolle hängen.

»Herr Schwab erwartet mich«, erklärte ich.

Olga kannte kein Mitleid. »Und von mir erwartet er, dass Sie richtig gekleidet sind. Der Schwab hat einen Hygienewahn. Der macht mir die Hölle heiß, wenn Sie in Zivil in der Backstube auftauchen.«

Ich hatte zwei Stunden vor dem Kleiderschrank zugebracht, um zu entscheiden, welche Kleidung meinem neuen beruflichen Status angemessen war. Auf die Idee, dass selbst in der Verwaltung Berufsbekleidung angesagt war, war ich nicht gekommen.

Olga wühlte im Materiallager herum. Ihre kratzige Stimme klang dumpf aus dem Schrank: »Hier läuft alles nach festen Regeln. Früher traten die Reinigungsteams mit Mopp und Eimer zum Dienst an, jetzt haben selbst Wischlappen eine DIN-Norm und die Putztruppe ständig Schulungen.«

Endlich hatte sie gefunden, was sie suchte. Für unvorbereitete Besucher standen weiße Overalls zur Verfügung. Einen speziellen Raum, wo ich mich hätte umziehen können, gab es nicht.

»Was glauben Sie, wie viele Männer ich schon nackt gesehen habe?«, fragte Olga und strahlte bis über beide Ohren.

Die Hosenbeine legten meine Waden frei, dafür war der Oberkörper zu lang, wodurch der Anzug sich am Bauch aufblähte, als hätte ich zu viele süße Plunder zu mir genommen. Olga, der ich auch eine Karriere als Ringerin zutraute, zeigte sich erbarmungslos. Sie zupfte, zerrte und zog an der Kleidung, bis alles am richtigen Platz saß. Das Ende meines Elends war damit noch nicht erreicht. Aus einem Multispender zauberte meine selbst ernannte Modeberaterin leuchtend blaue Plastik-Schuhüberzieher und eine farbige Einwegmütze hervor.

»Die weißen sind für die Bäcker, die roten für Konditoren, die Techniker haben blau«, erklärte Olga. »Ich glaube, der Schwab hat die Farben nur eingeführt, weil er schlecht in Namen ist. Der ist schon froh, wenn er im Groben begreift, wo jeder arbeitet.«

Olga teilte mir eine orangefarbene Kappe zu: »Die sind für Besucher. Da weiß der Schwab sofort, dass er sich keine Mühe geben muss, sich das Gesicht einzuprägen.«

»Ich arbeite im Büro«, wandte ich ein.

»In Zivil läuft bei uns nur der Chef rum. Und Frau Biermann«, schloss die resolute Pförtnerin das Thema ab.

»Die Dame vom Kundendienst?«, erkundigte ich mich.

»Loretta Biermann ist vor allem Loretta Biermann«, erklärte Olga. »Aber das werden Sie noch merken.«

Ich stülpte das Vliesnetz über meine Haare. Mit dem orangefarbenen Fladen auf dem Kopf fühlte ich mich ähnlich fehl am Platze wie auf dem Netzwerktreffen. Dennoch freute ich mich auf meine Aufgabe. Je beschäftigter ich war, umso schneller würden die Tage bis Sonntag vergehen.

Die Pförtnerin riss mich aus meinen Gedanken: »Uhren und Schmuck an den Unterarmen sind verboten. Auch Eheringe«, merkte Olga an. »Wir sind ein Paradies für Seitenspringer.« Sie zwinkerte mir verschwörerisch zu. »Schwab sorgt dafür, dass wir ständig neues Personal reinbekommen. Sie sind mein vierter Controller in drei Monaten.«

Olga ließ mich keine Sekunde aus den Augen, während ich unter ihrer Kontrolle die Hände erst mit Seife wusch, dann desinfizierte.

»Wenn Sie Lebensmittel herstellen, stehen Sie immer mit einem Bein im Gefängnis«, erklärte sie.

Antworten waren überflüssig. Die mitteilungsfreudige Pförtnerin feuerte im Sekundentakt immer neue Geschichten auf mich ab: »Letztes Jahr hat das Ordnungsamt einen Mitbewerber in die Insolvenz gejagt. Die hatten einen Kleintierzoo in der Produktion. Ungeziefer liebt Mehl. Die Ratten sind nicht mal weggelaufen, als die Kontrolleure vom Veterinäramt kamen, so zutraulich waren die.«

Mit unverhohlener Leidenschaft schwelgte sie in drastischen Beschreibungen von Rattenkot, Maden und Tierkadavern, die bei der Konkurrenz zu finden waren. »Nicht mal die Betriebsreinigung hat die retten können. Alles wurde geputzt: Förderbänder, Maschinen, Lagerräume, alle Anlagen. Und was war? Alles noch da: Bakterien, Sporen,

Würmer … Die dachten wohl, beim Backen sterben die sowieso.«

Übergangslos hielt Olga mir die Tür nach draußen auf: »Gut stehen Sie da«, befand sie. »Wie eine Eins.«

17

Nimm zwei

Ich hörte die aufgeregten Stimmen schon von fern. Die eine, weinerlich und schwach, identifizierte ich unschwer als die von Georg Schwab. Die andere gehörte einer Frau und hatte einen heiseren Unterton, der mir durch Mark und Bein fuhr. Fasziniert lauschte ich.

»Ist Frau Sauer darüber informiert?«, fragte die weibliche Stimme.

»Frau Hoffmann«, hörte ich Schwabs singende Stimme. »Sie wissen doch, ich bin immer so unsicher.« Er verfiel in den typischen Jammerton, den ich bereits von unserem Zusammentreffen auf der Toilette kannte. »Ich dachte mir, zwei sind besser als einer.«

»Unter diesen Voraussetzungen bin ich nicht angetreten«, erklärte die Frau resolut.

»Ich halte mein Wort«, versprach Schwab. »Sie bekommen Ihre Chance. Überzeugen Sie mich. Beweisen Sie mir, dass Sie besser sind als Herr Morbach.«

Schwab verstummte. Erst jetzt merkte er, dass sie längst nicht mehr alleine im Gang standen.

»Da sind Sie ja«, rief er begeistert.

Mir verschlug es den Atem. Neben Schwab stand eine junge Frau, die ihn mit ihren High Heels um einen Kopf überragte. Sollte Schwab eine Glatze entwickeln, sie wäre die Erste, die es bemerkte. Ihre Lippen waren rot geschminkt, die Haut hell und zart, die dunklen Augen neugierig auf mich gerichtet. Ich erkannte Lisa sofort.

Schwab, noch nie ein Mann der klaren Worte, druckste herum: »Ich war mir nicht sicher, wer den Job am besten ausfüllen kann. Sie haben so viele Übereinstimmungen, dass wir uns entschieden haben, Ihnen beiden eine Chance zu geben.«

Frau Sauer hatte im Hintergrund ganze Arbeit geleistet, ihre Favoritin bei Schwab durchzudrücken. Ich konnte ihr nicht einmal unrecht geben. Ich erinnerte in meinem Anzug an einen in Mehl gewendeten Sumoringer, Lisa strahlte Kompetenz und Überlegenheit aus. Über einem einfachen Kostüm trug sie lässig einen offenen weißen Kittel. Ihre Haare fielen locker auf die Schultern. Auf eine Vlieshaube hatte sie verzichtet. Ich verstand die Botschaft sofort. Mein modernes Schneewittchen dachte nicht im Traum daran, sich irgendeinem Zwerg unterzuordnen. Während ich mich von Olga in einen Besucheroverall hatte stecken lassen, reklamierte Lisa schon rein äußerlich ihren Platz in der Firmenleitung. Die erste Runde ging zweifellos an meine Konkurrentin.

»Frau Hoffmann kommt von einem Caterer am Flughafen, mit dem wir früher eng zusammengearbeitet haben«, stellte Georg Schwab uns vor. »Thomas Morbach ist freier Unternehmensberater.«

Ich war überrascht, dass ich nicht überrascht war. Wieso auch? Nicht der Zufall war hier am Werk, sondern die Algorithmen. Ich hatte auf dem Onlineportal angegeben, dass ich jemanden suchte, der beruflich mit mir auf einer Wellenlänge schwamm. Lisa und ich schwangen so sehr im Einklang, dass es irgendwie logisch war, dass wir uns für denselben Job beworben hatten.

»Auf gute Zusammenarbeit«, sagte ich und streckte meiner Konkurrentin die Hand hin.

Lisa hielt sich nicht mit Höflichkeitsfloskeln und Small Talk auf. Sie ignorierte meine Geste und wandte sich stattdessen an Schwab:

»Lassen Sie uns die Sache gleich angehen.«

Der Bäckereichef nickte ergeben. Mit einer Frau, die ihm sagte, wo es langging, kam er besser zurecht als mit jemandem, der ihm zuhörte. Auch die zweite Runde ging eindeutig an Lisa.

Schwab war nicht geneigt, den Konflikt, den er heraufbeschworen hatte, auszuhalten. »Frau Hoffmann führt Sie gerne herum. Sie hat sich bereits kundig gemacht.«

Zum Abschluss gratulierte er uns, als ob es eine besondere Auszeichnung sei, dass wir beide hier sein durften: »Herzlichen Glückwunsch! Wir sehen uns am Montagmorgen zum Strategiegespräch.«

Er beeilte sich, auf seinen kurzen Beinen davonzukommen.

Ich war überwältigt, mit Lisa alleine zu sein. Besonders intelligent schien ich dabei nicht auszusehen.

»Schon mal eine Bäckerei von innen gesehen?«, fragte Lisa mit schneidender Ironie.

Runde drei war zu Ende, bevor sie überhaupt begonnen hatte. Offenbar hielt sie mich für einen dieser Unternehmensberater, dem es egal war, ob er einen Fernsehsender durchleuchtete, eine Möbelfabrik auseinandernahm oder eine Fischfabrik optimierte, weil er ohnehin frei von Sachkenntnis war. Eine schnelle Replik hatte ich nicht auf Lager. Verzweifelt versuchte ich, meine Strategie der neuen Situation anzupassen. Ich war ein guter Schachspieler. Schwierig war nur, einen Mitspieler zu finden, der es aushielt, dass ich die zugestandene Zeit zum Überlegen maximal auskostete. Mein Schweigen irritierte Lisa mehr, als es jede Antwort vermocht hätte. Ohne meine Reaktion abzuwarten, lief sie vor mir durch die Produktionshalle. Während ich auf meinen Plastikbeutel-Pantoffeln über den Boden rutschte, balancierte sie trotz hoher Absätze mühelos über alle Hindernisse.

Ich hörte nur den Klang ihrer Stimme, ich sah den Takt ihrer Bewegungen, ihre schwingenden Hüften, die Konturen ihres Körpers. Der Rest rauschte an mir vorbei.

»Warenannahme, Lager, Teigproduktion, Brot, Brötchen, Brezeltisch, Konditorei, Versand, fertig«, ratterte Lisa herunter und wies vage in alle möglichen Himmelsrichtungen.

Ich hörte nur rudimentär, was sie über die einzelnen Bereiche zu berichten hatte. Ihre heisere Stimme kroch an meinem Rückgrat hoch, verursachte mir ein Kribbeln im Nacken und benebelte Denk- und Sprachvermögen. Ich kannte das Gefühl. Das gleiche Kribbeln hatte ich bei der ersten Lektüre ihrer Mails verspürt. Ich nahm mir vor, Nico eine Mail zu schreiben und ihm zu seinen Algorithmen zu gratulieren.

»Der Rest ergibt sich von selbst«, schloss Lisa, ohne dass ich ihrem Vortrag wirklich hätte folgen können.

»Ich glaube, wir werden ein wunderbares Team«, sagte ich.

Lisa verlangsamte nicht einmal ihren Schritt. Sie machte keinen Hehl daraus, dass sie nicht das geringste Interesse daran hatte, sich weiter mit mir abzugeben.

»Ich sage es Ihnen gleich«, fing sie an. »Ich bin keine Opfernatur. Ich habe meine Arbeit auf dem Flughafen aufgegeben, um hier kurzfristig einzuspringen. Es tut mir leid für Sie. Eines der Probleme, das diese Firma quält, ist, ständig falsche Personalentscheidungen zu treffen.«

»Ist das eine Kriegserklärung?«, fragte ich.

»Ich habe drei Gören zu Hause, die ich ernähren muss«, erklärte Lisa. »Ich brauche den Job viel dringender als Sie.«

»Sie haben überhaupt keine Kinder«, platzte ich heraus.

Sie stoppte und musterte mich interessiert. Einen Moment fürchtete ich, sie würde mich als Kunden des Waschsalons identifizieren.

»Noch schlimmer«, erklärte Lisa. »Ich bin im gebärfähigen Alter. Ich muss Karriere machen, bevor die Kinder kommen.«

Ich verstand die Botschaft. Lisa ging über Leichen. Am liebsten über meine.

»Warum lassen wir uns von Schwab gegeneinander ausspielen?«, gab ich zu bedenken.

»Ich habe kein Problem damit«, antwortete Lisa selbstbewusst. »Das ist wie beim Boxen. Ohne Gegner kann man nur schwer beweisen, wie gut man ist.«

Das war die Lisa, die Penelope in ihren E-Mails porträtiert hatte. Frech, unkonventionell, immer für eine Überraschung gut. Ich fand sie umwerfend. Sie hielt mich für einen Idioten. Das mussten die sechs Prozent sein, die uns voneinander unterschieden.

18

Einsam zu zweit

»Was für ein unglaublicher Zufall«, sagte Joshi.

»Reine Arithmetik«, korrigierte ich. »Ich hatte bei der Einschreibung angegeben, in der Nahrungsmittelindustrie zu arbeiten. Natürlich matcht das Programm mich mit Lisa.«

Ich war von der Firma direkt zu Joshis Lagerhalle gefahren, um mich persönlich von ihm zu verabschieden, bevor er auf Tour ging. Nach Aufbruch sah es nicht aus. Im Gegenteil: Joshi war offenbar dabei, sich in der Halle, die ihm bislang nur als provisorische Schlafstatt gedient hatte, häuslich einzurichten. In den letzten Tagen hatte er die fehlenden Scheiben in den riesigen Fensterfronten ersetzt, den löchrigen Betonboden mit Teppichen abgedeckt und hässliche Stellen an den Wänden mit großformatigen Fotos aus seiner Foodtruckerkarriere dekoriert. Von den hohen Decken hingen seit Neuestem industriell aussehende Lampen, im Raum verteilt standen, wie hingeworfen, einzelne Möbel aus seiner Zeit mit Anja. Joshi schraubte gerade einen neuen Esstisch zusammen, den er frisch geliefert bekommen hatte.

»Bei mir ist heute Bescherung«, erklärte Joshi begeistert.

Unzählige Pakete stapelten sich in der neu eingerichteten Wohnecke. Seit seinen Tagen beim Schuhversand liebte Joshi virtuelle Shoppingtouren. Er surfte im Internet und bestellte alles, was ihm gefiel: exotische Grundstoffe für seine Currys, neuartige Schuhmodelle, technische Gadgets, chinesische Kunst, jetzt sogar Möbel. Für jemanden, der auf dem Sprung war, in die Welt zu ziehen, zeigte er sich überraschend anschaffungsfreudig. Monatelang hatte Joshi auf den Augenblick absoluter Freiheit hingefiebert, jetzt schien er keine Eile mehr zu haben, seinen Traum zu verwirklichen. Fröhlich wandte er sich dem nächsten Päckchen zu.

»Bei mir ist jeden Tag Weihnachten«, freute er sich. »Sonst schenkt einem ja keiner was.«

Begeistert wickelte er ein Glas aus einer Verpackung. »Wildschwein Chili«, las er vor.

Ich hatte keine Lust zu probieren. Ich hatte den Hals bereits voll von Backwaren. Im direkten und im übertragenen Sinn des Wortes.

»Wir haben vier Wochen Zeit, ein Konzept zur Rettung der Bäckerei zu entwickeln«, berichtete ich. »Das Ergebnis entscheidet, wer von uns beiden fest angestellt wird.«

»Das hast du von deinem idiotischen Matchingsystem«, sagte Joshi. »Auge um Auge, Zahl um Zahl.«

»Du hast dir deine Partnerin selbst ausgesucht. Hat das besser geklappt?«

»Du glaubst noch immer an diesen Online-Unfug?«

Ich verzichtete auf weitere Grundsatzdiskussionen.

»Ich muss Lisa nicht mehr bei *Wash & Gogo* auflauern. Meine Ausgangslage ist besser denn je«, erklärte ich. »Wie viele Paare kennst du, die sich in einem Waschsalon kennengelernt haben? Und wie viele Beziehungen beginnen am Arbeitsplatz?«

Joshi hielt dagegen: »Und der Spanier?«

»Ich bin besser«, meinte ich.

»In was?«, fragte Joshi nach, während er ungerührt weiter auspackte.

Ich meinte es ernst: »Ich weiß alles über ihre Vorlieben, ihren Geschmack und über ihre Mutter. Ich kann der Mann ihrer Träume sein. Ohne die geringste Anstrengung.«

»Du willst Lisa das Dating-Abenteuer mit Penelope verschweigen?«, fragte Joshi.

»Ich bin ihr einen Schritt voraus«, sagte ich. »So einen Vorteil wirft man nicht weg. Nicht am Anfang, wenn alles auf dem Spiel steht.«

Die Farbe wich aus Joshis Gesicht. Aus dem Paket kam ein gerahmtes Foto zum Vorschein. Die Aufnahme zeigte die lachende Anja, die in ihrem zerstörten Brautkleid vor Beates Kamera posierte. Meine Schwester konnte es nicht lassen, Joshi Geschenke zukommen zu lassen, über die er sich garantiert nicht freute. Joshi sank in sich zusammen, als habe ihn eine Abrissbirne getroffen. Wütend knallte er das Foto in die Ecke.

»Wieso habt ihr euch eigentlich scheiden lassen, wenn ihr immer noch aneinander hängt?«, fragte ich vorsichtig.

»Wer behauptet so einen Unsinn? Tun wir gar nicht«, sagte Joshi. »Ich bin froh, wenn ich Berlin endlich hinter mir lassen kann.«

Er ließ sich auf seine Pritsche fallen und starrte wütend an die Decke. Die Stimmung war ruiniert.

»Ich bin müde«, sagte er.

Zeit für mich, zu gehen. Nur wohin? Ich verschob den ausstehenden Anruf bei Carla und sagte Beate ab, die mich zum Essen eingeladen hatte. Ich konnte mir lebhaft vorstellen, wie meine Schwestern reagieren würden, wenn sie herausfanden, wie viel Zeit ich mit Anjas Ex verbrachte. Zum Schlafengehen war es viel zu früh. Das Adrenalin jagte durch meinen Körper. Anstatt die U-Bahn zu nehmen, lief ich zu Fuß nach Hause. Den ganzen Weg vom bürgerlichen Wedding, wo in Eckkneipen traurige Endvierziger debattieren und der »Sauna Club« gerade seine Pforten öffnete, über die verlassenen Einkaufstempel der Friedrichstraße bis ins wilde Leben nach Mitte, wo ich mich durch Junggesellenabschiede, japanische Touristen auf Europatournee, Kegeldamen, Schulklassen und Rollkofferbesitzer schlängelte. Aus den Kneipen schallte laute Musik auf die Gehwege. Nach dem Alexanderplatz verloren sich die Menschenmassen. Als ich in die Karl-Marx-Allee einbog, war ich wieder alleine mit mir und meinen Gedanken. Ich liebte die überdimensionierte Aufmarschmeile der DDR mit ihren Prunkbauten im sowjetischen Zuckerbäckerstil. Drei Kilometer lang wähnte ich mich mitten in Moskau, während ich die kolossalen Bauten mit ihren verfliesten Fassaden, den Arkaden, Kolonnaden und Säulen abschritt. Schnurgerade ging es dahin, immer Richtung Osten, immer Richtung Friedrichshain.

Als ich nach fast zwei Stunden einsamen Spaziergangs zu Hause eintraf, empfing mich fröhliche Hip-Hop-Beschallung. Offenbar hatte Tamara einen Termin und Kimmie somit die Chance, nun auch die Abendstunden zum Üben zu nutzen.

Weil an Schlaf nicht zu denken war, las ich mich ein in

die Geheimnisse der Herstellung von Croissants, Mohnschnecken, Nussbrezeln und Quarktaschen. Kein Mitarbeiter der Großbäckerei Schwab sollte merken, dass ein Ahnungsloser zur Firmenrettung antrat. Vor allem nicht Lisa.

19

Morgens früh um sechs

Pünktlich zu Beginn der Frühschicht erschien ich am Montag an der Pforte. Diesmal war ich besser vorbereitet. Ich trug einen weißen Kittel über einer hellen Hose und ein passendes Hemd. Keiner schien auf mich zu warten. Das Büro von Schwab war verlassen, von Lisa keine Spur.

»Ich weiß, wo der Chef ist«, sagte Olga.

Ihr ruppiges Äußeres, das hatte ich längst verstanden, war nur ein Panzer. In Wirklichkeit war Olga eine Seele von Mensch, gutherzig, mitfühlend, nur eben ein bisschen sehr mitteilsam. Ihr Mund stand nicht still, während sie mich durch den Personalbereich lotste, der durch eine imposante Schrankwand mit Dutzenden von Plastikschubfächern dominiert wurde.

»Das ist für das Mitarbeiterbrot«, erklärte Olga.

Ich las Namen wie Sienkiewicz, Rahmani, Özkan, dazwischen ein Früh, ein Reinhart, Simmer, bevor es wieder mit Al-Din, Pajanovic und Nakamura weiterging. Die Namen erzählten die Geschichte von EU-Osterweiterung, von Asylsuchenden und Gastarbeitern. Kein Wunder, dass Schwab Mühe hatte, jeden mit dem richtigen Namen anzusprechen.

»Ganz schön international«, meinte ich.

»Versuchen Sie mal, einen deutschen Mitarbeiter zu finden, der sich so früh aus dem Bett bemühen will«, klagte Olga. »Seit Neuestem bekommen wir über die Handelskammer sogar Lehrlinge aus Japan.«

Am Schwarzen Brett hingen Personalpläne, Geburtsanzeigen und die Einladung zum jährlichen Bäckerball. Ich zuckte zusammen. Jemand hatte meine Visitenkarte an die Wand gepinnt und ein knallrotes Ausrufezeichen danebengemalt: *Dienstag, 12.00 Uhr Kantine* stand daneben. Meine Ankunft schlug Wellen, noch bevor ich meinen ersten Schritt und Schnitt gemacht hatte.

»Unsere Mitarbeiter haben Angst, dass die Umstrukturierung mit Entlassungen verbunden ist«, erklärte Olga.

In den Blicken der Bäckereiangestellten war das Misstrauen deutlich zu lesen. Theoretisch sollte ich die latent aggressive Stimmung mit einer freundlichen Begrüßung durchbrechen. Aber wie? Ich vermisste die klaren Regeln der Bank, die das soziale Miteinander gesteuert hatten. In der Früh eilte man im Laufschritt an den 34 Schreibtischen des Großraumbüros vorbei und wünschte jedem Anwesenden einen guten Morgen. Ab halb elf wurde »Guten Morgen« durch »Mahlzeit« abgelöst, um ab 15 Uhr in ein fragendes »Gehst du schon?« überzugleiten. Ab 16.30 Uhr hieß es »Schönen Feierabend«. Bei Schwab, wo Schichtbetrieb herrschte, verlangten die Grundregeln kollegialer Höflichkeit komplexere Überlegungen. Ein »Guten Morgen« wirkte bei einem Bäcker der Nachtschicht, der um zehn Uhr auf dem Weg ins heimische Bett war, genauso deplatziert wie »Feierabend« oder »Schönen Tag noch«. Wer gehörte überhaupt in welche Schicht? Ich entschied mich für ein joviales Nicken in Richtung Personal. Es wurde von niemandem erwidert.

In einer Ecke im Eingangsbereich arbeitete ein junger Albaner an einer Eieraufschlagmaschine. Fasziniert beobachtete ich, wie sich die Saugnäpfe auf die Eier senkten, sie mit Vakuumkräften anhoben und dem ingeniösen Brechsystem zuführten. Ab und zu fischte der Mann in der Eiermasse, um unversehrt gebliebene Eier per Hand aufzuschlagen. Daneben bediente eine ältere Dame mit Kopftuch die Apfelschälmaschine, eine zweite, die aussah wie ihre Zwillingsschwester, zerteilte Pflaumen. Wie Sekretärinnen, die blind tippten, hatten die Arbeiterinnen ihre Handbewegungen so automatisiert, dass sie mühelos jeden Schritt, den ich machte, argwöhnisch verfolgen konnten. Wo immer ich in der Produktionshalle auftauchte, stieß ich auf eine Mauer des Schweigens.

Hatte ich bei meinem ersten Rundgang nur auf Lisa geachtet, setzte ich jetzt alles daran, mir beim Weg durch das unüberschaubare Gewusel Gesichter einzuprägen. Kein Wunder, dass bei den Bestellungen so viel schiefging. Der Arbeitsdruck war gigantisch. Ein baumlanger, hagerer Bäcker, der gerade an einem Arbeitstisch Teig walkte, schob einen Augenblick später Ware auf Rollwagen in die Kühlung, den Ofen oder die Packstation. Die Produktionshalle glich einem Ameisenhaufen, in dem alle und alles in permanenter Bewegung waren. Sämtliche Produktlinien liefen durcheinander. Neben kräftigem Vollkornbrot produzierte eine Gruppe Mischbrot und Ciabatta. Daneben ratterte die Brötchenmaschine, hinten ging es weiter mit Feingebäck. Zwei blutjunge Lehrlinge rollten Croissants, im Hintergrund tunkte ein dritter seinen Arm in die flüssige Schokolade, um die Füllmaschine in Gang zu bekommen. Überall auf dem Boden lagen missratene Schokocroissants herum.

»Schwab spart, wo er nur kann«, erklärte Olga. »Eigentlich brauchen wir längst eine neue Maschine.«

Daneben setzte eine Gruppe Bäcker verschiedene Vorteige mit Sauerteig, Backferment und Hefe an, die bis zum nächsten Tag bei wohligen Temperaturen reifen mussten. Morgen erst würde man Schrot, Mehl, Salz, Wasser, Körner und Saaten zugeben und backen. Olgas Mund stand nicht still. Ruhezeiten, Gärzeiten, Backzeiten, Jahreszeiten: Ich war überwältigt von der Fülle der Informationen, die auf mich niederprasselten.

Eine Metallwanne fuhr mir in die Hacken. Der hagere Bäcker rollte neues Eis zu den Teigmischern, die dafür verantwortlich waren, dass der empfindliche Grundstoff die richtige Temperatur erhielt. Sein Blick verhieß nichts Gutes.

»Ted, der Chef vom Brot«, flüsterte Olga. »Der hat schon den letzten Controller rausgeekelt.«

Ich atmete tief durch. Bloß nicht provozieren lassen. Ich vertraute darauf, dass sich die komplizierten Zusammenhänge runterbrechen ließen auf etwas, was man in Zahlen messen konnte. Wenn man zum ersten Mal in den nächtlichen Sternenhimmel blickte und mit einem strukturlosen Durcheinander von großen und kleinen Lichtern konfrontiert war, wirkte das Weltall wie Chaos. Je länger und genauer man hinsah, umso mehr enthüllte sich die geheime Struktur. Was geordnet ist, braucht einem keine Angst zu machen. Ich sehnte mich danach, im Büro die Zahlen durchzunehmen, um die verborgenen Muster zu entschlüsseln. Zahlen brachten Licht ins Dunkel, Ordnung ins Chaos und Klarheit über die Zukunft.

Unwillkürlich zuckte ich zusammen, als ich plötzlich Lisa an einem der Arbeitstische erkannte. Sie hatte ihre

High Heels gegen Turnschuhe getauscht, den Businesslook gegen eine Bäckeruniform. Ihre Haare blieben unter einer roten Haube verborgen, sodass sie kaum auffiel unter den Konditorinnen. Zusammen mit einer winzigen Japanerin belegte Lisa eine drei Meter lange Teigplatte mit Apfelstücken, rollte sie auf und teilte die endlose Schlange mit bloßem Augenmaß in gleiche Stücke. Ab und an überprüfte sie mit einer Waage, ob sie mit ihrem Gefühl richtiglag. Die Stücke wogen alle 122 Gramm. Ich war ehrlich beeindruckt. Lisa ließ sich nicht ablenken. Nicht von der Hektik der Backstube, nicht von den Maschinen, nicht von der Hitze der Öfen. Sie arbeitete präzise, hoch konzentriert und schweigend, als hätte sie nie etwas anders in ihrem Leben getan. Mit der Hand bändigte sie eine vorwitzige Haarsträhne und verteilte dabei Mehl über ihre Stirn. Am liebsten hätte ich sie geküsst.

»Lisa hat mit der Nachtschicht angefangen«, erklärte Olga. »Sie will die Produktion, jedes Produkt und jeden Mitarbeiter persönlich kennenlernen, bevor sie ihr Konzept vorstellt.«

Lisa! Nicht Frau Hoffmann? Während ich mich mit Anlaufproblemen herumschlug, war meine Konkurrentin auf dem besten Weg, sich mit dem Personal zu verbrüdern.

Olga zog mich ungeduldig weiter:

»Nimmt Lisa nicht an der Strategiesitzung teil?«, fragte ich.

»Sie hat sich bereits am Wochenende mit Schwab verständigt«, wusste Olga.

Ich hörte auf, weitere Punkte zu vergeben. Ich fürchtete, ohnehin keinen einzigen Stich machen zu können.

Schwab erwartete mich seltsamerweise auf dem Dach der Bäckerei. Auf der geschotterten Fläche stand ein einsamer Sessel. Die bunten Blumen auf dem Stoff des Sonnenschirms, der den Sitzplatz vor Wind und Wetter schützte, bildeten den einzigen Farbklecks an dem grauen Montagmorgen. Kalter Wind fegte mir um die Ohren. Während die Sonne sich mühsam durch die Wolken kämpfte, thronte Schwab auf seinem Ehrenplatz, rauchte und sah versonnen in die Landschaft. Das Dach bot einen spektakulären Ausblick auf die Umgebung. Das Produktionsgelände lag auf einer Landzunge, eingeklemmt zwischen zwei Autobahnen, dem Güterverkehrszentrum West, einem Lkw-Händler, vier Speditionen, einer Tankstelle und einer Großbaustelle. 24 Stunden am Tag rauschte der Verkehr um die Produktionsstätte herum. Die Bäckerei Schwab schien ein Durchgangsort zu sein, bei dem es darum ging, so schnell wie möglich wieder zu verschwinden. Ich war gekommen, um zu bleiben. Bevor ich zu Boden ging, würde ich beweisen, dass ich ein guter Boxer war.

»Können Sie sich vorstellen, wie ich mich fühle? Jeden Morgen steige ich auf das Dach und bin mitten im Krieg«, brüllte Schwab. Ich fröstelte. Schwab schien das Wetter nichts auszumachen. »Ich bin umzingelt von Mitbewerbern, die Schwab in den Ruin treiben wollen«, schimpfte er. »Die Branche ist voller Raubtiere, die mein Imperium in Stücke reißen wollen.«

Er wies auf die Tankstelle. »Aral hat eine Backabteilung. Die Mädchen, die dort Brot verkaufen, sind in Wirklichkeit Schülerinnen. Die haben noch nie in ihrem Leben einen Hefezopf gezwirbelt, eine Brezel geschlungen oder Brot geknetet und wagen es trotzdem, an einer Backstation zu arbeiten. Schreckliches Brot, das sie da verkaufen, weich, aufgeschwemmt. Nach drei Stunden können sie jemanden damit erschlagen, so hart ist es geworden. Aber was soll ich machen? Ich muss tanken. Dreimal die Woche.«

»Vielleicht ein Elektroauto?«, unterbrach ich seinen Redeschwall.

Schwab reagierte eingeschnappt: »Wenn es nach mir ginge, bräuchte ich überhaupt kein Auto. Aber von mir wird erwartet, dass ich einen tollen Sportwagen fahre, sonst denken alle, ich bin bereits pleite.«

Ich hatte verkannt, dass Schwab keine Lösung, sondern eine Klagemauer suchte. Wie war Lisa bei ihrem Strategiegespräch wohl mit ihm umgegangen?

Schwab redete sich in Rage: »Meinen Sie, ich brauche so ein dickes Auto? Ich fahre den teuren Benz nur für meine Mitarbeiter, damit die morgen Geld mit nach Hause bringen. Wenn ich könnte, wie ich wollte, ich würde ein anderes Leben führen.«

Er schwankte, hielt sich am Polsterstuhl fest und suchte hektisch in seiner Tasche nach Pillen: »Es kommt der Tag, da ist die Apotheke der einzige Ort, an dem meine Konkurrenten mich in Ruhe lassen.«

Ich vermied, ihn auf die mangelnde Logik seiner Geschichte hinzuweisen. Bevor ich mich dem Fuhrpark widmete, brauchte ich Richtlinien, wohin die Reise gehen soll: »Ich dachte, wir wollten uns über Unternehmensziele unterhalten«, sagte ich.

Schwab zog ein Fernglas aus seiner Tasche und wies vage zur Großbaustelle.

»Ein Discounter?«, fragte ich.

»Mit dem größten Backshop der Region«, bestätigte Schwab.

»10 Cent ein Brötchen, 1 Euro das Brot?«, erkundigte

ich mich. Die Gesetze der Branche waren kein Geheimnis mehr für mich.

»Jedes Stück, das dort an den Mann gebracht wird, wird nicht mehr in meinen Filialen gekauft«, beschwerte sich Schwab. »Sie müssen mir einen Plan machen, wie ich mit denen konkurrieren kann.«

Seine Ansage war eindeutig: »Die Kosten müssen runter, genauso wie die Preise. Und Sie sagen mir, wie.«

Schwab war fertig. Es irritierte ihn, dass ich keine Anstalten machte, zu gehen.

»Noch etwas?«, fragte Schwab ungehalten.

»Warum haben Sie sich eigentlich für mich entschieden?«, hakte ich nach.

»Den Job haben Sie meinem Magengeschwür zu verdanken«, gestand Schwab. »Vor ein paar Wochen bin ich operiert worden. Jemand hat fünf Stunden an mir herumgeschnippelt und ich weiß nicht einmal, wer das war. Im Krankenhaus wurde mir klar: So jemanden brauche ich für die Firma.«

Ich hatte schon immer Probleme damit, wenn Fakten in Geschichten verpackt waren. Meine Noten im Matheunterricht waren dramatisch abgesackt, als das pure Rechnen abgelöst wurde durch Textaufgaben. *Herr und Frau Moser sparen auf ein Auto, das 15.678 Euro kostet. An Neujahr rechnen sie zusammen. Herr Moser hat in den vergangenen zwölf Monaten Euro 576 gespart, Frau Moser Euro 4.650. Wann kann Familie Moser das neue Auto erwerben?*

Ich grübelte endlos, warum Frau Moser so viel mehr sparen konnte als Herr Moser. Vielleicht war es bei den Mosers genauso wie in meiner Familie. Die Frau verdiente das Geld, das der Ehemann mit beiden Händen zum Fenster hinauswarf. Wofür gab Herr Moser hinter dem Rücken seiner Familie Geld aus? Was ahnte Frau Moser? Schlimmer noch: Was würden die Mosers sagen, wenn sie in zwei Jahren das Geld zusammenhatten und feststellten, dass am 1. Januar alle Autohändler geschlossen hatten?

»Sie verstehen, was ich meine«, hakte Schwab nach, irritiert durch meine lange Pause.

»So ungefähr«, sagte ich. In Wahrheit hatte ich keine Ahnung, was sein Magengeschwür mit Backwaren zu tun hatte. Glücklicherweise erging Schwab sich gerne in Details und Wiederholungen.

»Ich bin in der Produktion aufgewachsen«, erklärte er. »Ich kenne jeden meiner Mitarbeiter, Eltern, Kinder, Onkel, Tanten, Hobbys. Ich habe Hochzeitsgeschenke gekauft, Karten zur Geburt der Kinder unterschrieben, ich war bei Familienfeiern und Beerdigungen. Ich brauche jemanden, der emotionslos in die Wucherungen reinschneidet.«

»Jemand, der sich traut, auch Personal rauszuschmeißen, das schon 30 Jahre da ist«, übersetzte ich. Automatisch dachte ich an Heinz.

Schwab nickte: »Ich will einen Mitarbeiter, der nur auf die Zahlen schaut und sich nicht um persönliche Befindlichkeiten schert.«

Ich verstand sofort, dass ich dieser jemand sein konnte, doch ich war mir nicht sicher, ob das eine erstrebenswerte Rolle war.

Als ich abends nach Hause zurückkehrte, prangte unter dem Fenster von Frau Fröhlich ein frisches Graffiti. *Bist du glücklich?* stand da in großen roten Lettern. Es traf mich. Wie sollte ich je darauf hoffen, Lisa zu erobern, wenn noch nicht einmal der Mann, der mich gerade eingestellt hatte, mir empathische Fähigkeiten zutraute?

Ich dachte an meine Schwestern, die ich vernachlässigt hatte, ich dachte an Sophie, die sich nie wieder gemeldet hatte, ich dachte an Lisa, die mich den ganzen Tag übersehen hatte. Vielleicht hatte Joshi recht mit seinen Theorien: Wenn ich wollte, dass mein Leben sich veränderte, musste ich selbst ein anderer werden. Ich musste mehr sein als ein guter Boxer.

20

Der erste Schritt

Jede Veränderung beginnt mit einem Plan. Eine gute Tat pro Tag: ein Geschenk für einen Mitmenschen. Das musste sich problemlos in meinen Arbeitsalltag integrieren lassen. Auf einem Schmierzettel notierte ich die Ziffern von 1 bis 28. Der Anblick gefiel mir. Ich liebte es, mich auf Zahlen zu verlassen, die vorgaben, was zu tun war. Wenn Joshi recht behielt, würden die Überraschungen, die ich produzierte, mein Leben so verändern, dass ich mich quasi von alleine und ganz nebenbei in einen neuen Menschen verwandeln würde. Sollte Joshis Formel sich nicht beweisen lassen, war nichts verloren. In der Mathematik kam dem Scheitern eine besondere Rolle zu. Die Herleitung der Unrichtigkeit einer Aussage aus einer Menge von Axiomen, die als wahr vorausgesetzt werden, besitzt Beweischarakter. In die erste Zeile trug ich den Namen Georg Schwab ein, den ich mit einer Krawatte beglückt hatte, bei der zweiten stockte ich bereits.

Ich bezweifelte, dass es in meinem Arbeitsumfeld jemanden gab, der gerne von mir mit einem Geschenk überrascht werden wollte. Wem könnte ich sonst noch eine Freude machen? Tamara? Meine Vermieterin fiel aus, weil ich nicht die geringste Lust hatte, näher in Kontakt mit ihr zu treten. Gleiches galt für Frau Fröhlich und meinen Zahnarzt. Ich beschloss, zwei Fliegen mit einer Klappe zu schlagen und die 28-Tage-Therapie in der Schwab-Filiale um die Ecke zu beginnen. Wenn ich bei der gleichgültigen Verkäuferin punkten könnte, würde sich das auch in der Firma herumsprechen. Annette, meine persönliche Bäckereifachverkäuferin, war Ende 30 und gehörte zu der Kategorie grauer Mäuse, die bei *Eins plus 1* ihren Familienstand gemeinhin mit »Single, zwei Katzen« angaben. Annette zeigte niemals auch nur das geringste Zeichen, dass sie mich wiedererkannte, wenn ich das Geschäft betrat. Jeden Morgen begrüßte sie mich mit der immer gleichen formelhaften Herzlichkeit. Zum Gesamtbild fehlte nur noch, dass sie im Ton einer übermüdeten Hotelrezeptionistin fragte: »Hatten Sie eine gute Anreise?« Wenn ich mit meiner EC-Karte bezahlte, verabschiedete sie mich mit meinem Namen und bedankte sich so überfreundlich, als hätte ich ihr einen Heiratsantrag gemacht. Sie war so wahnsinnig nett und gleichzeitig so unbeteiligt, als müsse sie wachgeküsst werden. Je länger ich darüber nachdachte, umso logischer schien es mir: Wenn ich Annette aus ihrer Lethargie wecken könnte, war alles möglich.

Aus meinem Badezimmerschrank kramte ich Tamaras aufwendig gestaltetes Werbegeschenk hervor. Aufmerksamkeiten für andere Menschen, so sagte ich mir, müssen von Herzen kommen. Das hieß noch lange nicht, dass man sie selbst bezahlen musste. Sorgfältig kratzte ich den Aufkleber, der zur Neueröffnung von Tamaras »Wax-Kabinett« ins Einkaufszentrum lud, von der duftenden Pappschachtel ab.

Es kostete mich zwei Latte macchiato an der hohen Kaffeetafel, bis ich mich endlich traute, meine Idee in die Tat umzusetzen. Die Zwischenzeit nutzte ich, um den Filialbetrieb zu studieren. Ich konnte nicht fassen, wie selbstverständlich ich bislang hingenommen hatte, dass meine Bäckerei bereits zu früher Morgenstunde eine atemberaubende Vielfalt an frischem Backwerk anbot. Auf minimalem Raum warteten 16 Sorten Brot auf Käufer, unzählige Brötchenarten und zwei Dutzend süße Teilchen mit glänzender Glasur. Alles frisch und appetitlich. Noch nie hatte ich mir Gedanken darüber gemacht, wie viel Nachtarbeit und logistischer Aufwand nötig waren, um meine Bäckerei von früh bis spät zu bestücken.

Annette bediente ihre Kunden mit der ihr eigenen Langsamkeit. Doch das war nicht das einzige Hindernis. An einem der Stehtische arbeitete eine junge Frau mit raspelkurzem Haar an ihrem Laptop. Sie schien ihre gesamte berufliche Korrespondenz im Café zu erledigen und hatte dennoch genug Zeit, mich verstohlen zu beobachten. Instinktiv kontrollierte ich, ob ich Flecken im Gesicht hatte, verschiedenfarbige Socken trug oder sonst etwas an mir merkwürdig war. Offenbar strahlte ich mit jeder Pore meines Körpers aus, dass ich etwas plante, das über den reinen Erwerb von Brotwaren hinausging. Schon als Kind sah meine Mutter mir immer an, wenn ich Hausaufgaben vergessen und gesunde Pausenbrote heimlich im Müll entsorgt hatte. Ich hatte noch nie ein Pokerface. Die Unbekannte in der Bäckerei durchschaute mich, ohne dass ich ein Wort verlieren musste. Sie wartete darauf, was passierte, ich wartete, dass sie die Bäckerei verließ. Bei meinem ersten Schritt in ein neues Leben brauchte ich wahrlich kein

Publikum. Als ich ihren neugierigen Blick erwiderte, klappte sie erschreckt ihren Laptop zusammen und verschwand.

Die Ladenglocke fiel klingelnd hinter ihr ins Schloss. Zwischen mir und Annette lagen 14 Schritte. Die paar Meter reichten, mich auch beim dritten Anlauf zu entmutigen. Als ich vor ihr stand, wich mit einem Schlag jede Entschlossenheit aus mir, als hätte man einen Ballon mit einer Nadel zum Platzen gebracht. Kleinlaut bestellte ich einen dritten Kaffee, diesmal zum Mitnehmen. Während Annette Milch aufschäumte, schob ich das Geschenk beiläufig neben die Kasse. Ich war schon fast zur Ladentür hinaus, als ihre Stimme in meinem Rücken ertönte.

»Sie haben was vergessen«, rief Annette.

Ich saß in der Falle.

»Das ist für Sie«, stammelte ich. »Ich dachte, Sie mögen so etwas.«

Annette kicherte verlegen und entblößte eine feste Zahnspange, die mir vorher noch nicht aufgefallen war. Es gab kein Zurück mehr.

»Darf ich es aufmachen?«, fragte sie.

So weit hatte ich meine Strategie nicht durchdacht. Annette nahm mir die Entscheidung ab. Vorsichtig öffnete sie die Verpackung. In einer dekorativen Kugel aus Mangoholz befand sich eine handgeschnitzte filigrane Seerose aus Seife, liebevoll handkoloriert mit blauen und pinken Einsprengseln. Ein kleines Kunstwerk.

»Rieche ich komisch?«, kicherte sie unsicher.

Es erstaunte mich, wie sehr man eine simple Geste missverstehen konnte.

»Es ist, weil Sie mich jeden Morgen so freundlich bedienen«, beeilte ich mich zu sagen. »Ich wollte Ihnen eine Freude machen.«

Annette wurde ein kleines bisschen rot, roch an dem Seifenstück und strahlte mich an.

»Sie wohnen in der Nähe?«, fragte sie. Offenbar hatte ich keinen bleibenden Eindruck bei ihr hinterlassen.

»Nebenan«, sagte ich. »Ich komme regelmäßig in Ihre Filiale, seit Jahren. Jeden Morgen. Eigentlich …«

»Sie sind …?«, suchte sie nach dem Namen, den sie schon so oft ausgesprochen hatte.

»Tom«, half ich ihr.

Sie reichte mir ihre Hand: »Annette.«

»Ich weiß«, sagte ich und wies verlegen auf das gestickte Namensschild auf ihrem Busen.

Das Gespräch erstarb. Zum Glück stürmte in diesem Moment eine Horde Schulkinder den Laden und erlöste uns aus der Sprachlosigkeit.

»Vielen Dank, Herr Tom«, sagte Annette.

Ich verließ den Laden mit einem ungekannten Hochgefühl. Ich hatte die erste Hürde genommen.

21

Teilen und herrschen

»Wieso?«, fragte die Chefbuchhalterin.

Ich begann meinen Arbeitstag mit dem guten Gefühl, heute schon etwas für mein Karma getan zu haben. Frau Biermann sah das leider anders.

Ihre Stimme bebte vor Entrüstung. Olga hatte mich gewarnt. Das ehemalige Lehrmädchen schwang seit 20 Jahren das administrative Zepter in der Bäckerei. Und hegte nicht den geringsten Wunsch, die Insignien ihrer Macht mit irgendjemandem zu teilen.

Ich holte tief Luft: »Es geht nicht um Sie persönlich. Es geht um eine nüchterne Analyse des Istzustands. Und dafür brauche ich Umsatzzahlen, die Personaldaten, Reports vom Einkauf, vom Controlling, Angebotslisten …«

Frau Biermann starrte mich an, als hätte ich ihr ein unsittliches Angebot gemacht. »Und was soll das bringen?«, bellte sie. »Ich verstehe nicht, warum Herr Schwab schon wieder jemanden von außen reinholt. Der Letzte hat nur Unruhe gestiftet.«

Die Frau war der wandelnde Reformstau. Sie gehörte der Fraktion der Hartgesottenen an, die Veränderungen reflexhaft abwehrte. Ein empörtes »Das haben wir immer schon so gemacht« wechselte sich ab mit einem »Das haben wir schon mal ausprobiert, das hat nicht funktioniert«. Leider kam niemand an Frau Biermann vorbei. Alle finanziellen Fäden liefen in ihrer Hand zusammen: Sie überprüfte Rechnungen inhaltlich und gab die Gelder frei. Sie vollzog, verbuchte, verwaltete und verweigerte sich. Loretta Biermann war so groß, breit und schwer, als gäbe sie sich Mühe, den Zugang zur Buchhaltung schon rein körperlich zu blockieren. Wie ein Hund, der sein Revier absteckte, hatte sie ihre Arbeit überall verteilt. Schreibtisch, Regale, Besprechungstisch, Boden: Jede einzelne sich bietende Ablagefläche war optimal genutzt. Aus den Stapeln lugten überall Post-its und unleserliche Notizen. Frau Biermann pflegte ihr eigenes Ordnungssystem, in dem es nur eine einzige Person gab, die den Überblick hatte – sie selbst.

»Die letzten fünf Jahre«, bat ich. Es erschien mir besser, die Probleme der Firma großflächig anzugehen.

»Wollen Sie behaupten, dass ich keinen Überblick habe?«, zischte Frau Biermann.

Jede Akte, die ich anforderte, jede Frage, die ich stellte, wertete die Chefbuchhalterin als persönlichen Affront. Das klingelnde Telefon gab uns beiden eine Verschnaufpause.

Während Frau Biermann sich mit Hingabe dem Strom der morgendlichen Reklamationen widmete, saugte sich mein Blick an einem Plakat fest. *Deine Zukunft bei Schwab* lautete die reißerische Überschrift. Ein paar Zahlen sollten zukünftigen Lehrlingen die Entscheidung leichter machen, sich für die unchristlichen Arbeitszeiten des Bäckereigewerbes zu entscheiden. *Täglich verlassen 120 verschiedene Pro-*

dukte unsere Bäckerei vermeldete das Plakat, *darunter 55.000 Brötchen. Dafür verarbeiten wir jährlich 130 bis 140 Tonnen Mehl.* Ich notierte, dass in der Produktion 90 Mitarbeiter angestellt waren, weitere 330 in zwei Schichten in den Filialen. Um Frische zu garantieren, lag keine Verkaufsstelle weiter als 35 Kilometer von der Zentrale entfernt. Wichtig für das Familienunternehmen war, heute an die Fachkräfte von morgen zu denken: Jedes Jahr wurden acht Azubis für den eigenen Bedarf eingestellt, drei in der Produktion, fünf im Verkauf. Die Chancen auf Übernahme, so posaunte das Plakat stolz heraus, lagen weit über dem Branchendurchschnitt. Meine eigene Zukunft bei Schwab stand auf wackligen Beinen, solange sie in den Händen von Frau Biermann lag.

Die Chefbuchhalterin hatte beschlossen, dass ich ganz und gar unsichtbar war, und führte ungerührt ein Krisengespräch nach dem anderen. Mein Gehirn konnte auf einen Blick Zahlenkolonnen erfassen und analysieren. Die Synapsen, die zwischenmenschliche Kommunikation steuerten, waren demgegenüber nur rudimentär angelegt. Frau Biermanns Fähigkeit, ein schweigendes Gegenüber auszuhalten, allerdings auch.

»Sie sehen ja selber, was bei mir los ist«, entschuldigte sie sich. Sie klang nicht, als täte es ihr wirklich leid, sich nicht weiter um meine Belange kümmern zu können.

Frau Biermann war die ideale Hüterin aller Betriebsgeheimnisse. Anderen mitzuteilen, wie es um die Zahlen im Unternehmen stand, hieß, ihre Alleinherrschaft zu unterminieren. Ihr Lebensmotto war deutlich: nichts teilen und alle beherrschen. Ich wusste, dass bei der resoluten Buchhalterin Fingerspitzengefühl gefragt war.

»Mit Leistung alleine schaffst du nichts«, predigte Joshi gerne. »In der Wirtschaft geht es nicht darum, gute Ideen zu haben. Es geht darum, gute Ideen so gut wie möglich zu kommunizieren.«

»Sie müssen sich keine Sorgen machen«, versicherte ich Frau Biermann. »Es geht mir nicht darum, Ihre Arbeit zu überprüfen. Ich möchte, dass wir produktiv zusammenarbeiten.«

Gegen Mittag hatte ich noch immer nichts in Händen, womit ich arbeiten konnte. Ich hatte nicht einmal genug für einen ersten Überblick, ganz zu schweigen von den relevanten Istdaten.

»Richten Sie Herrn Schwab aus, dass ich für solche Kinkerlitzchen keine Zeit habe«, schmetterte sie mein Ansinnen ab.

Ich konnte mir lebhaft vorstellen, wie der führungsschwache Schwab mit Frau Biermann umging. Vermutlich traute er sich nicht einmal in ihr Büro. Ich sah meine Felle davonschwimmen, ohne dass ich meinem Ziel einen Schritt näher gekommen war. Erschöpft ließ ich mich auf einen Stuhl fallen.

»Ohne Ihre Hilfe bin ich aufgeschmissen«, sagte ich.

Frau Biermann war irritiert. Sie war verbale Gegenwehr gewöhnt, tobende Kunden, aufgebrachte Zustellkräfte und den aufgelösten Firmenchef. Die plötzliche Gefechtspause brachte sie so sehr aus dem Konzept, dass sie erstaunt ihren Kopf hob.

»Ich habe mir wirklich Mühe gegeben, es als Freiberufler zu schaffen«, gestand ich unumwunden. »Ich habe Workshops besucht, ich habe Bücher über erfolgreiche Akquise gelesen, ich habe Texte auswendig gelernt. Aber ich bin ein hoffnungsloser Fall. Der Job hier ist meine letzte Chance.«

Ein unvermutetes Lächeln leuchtete in Frau Biermanns

Gesicht auf: »Sie müssen sich nicht so aufregen, das ist schlecht für den Kreislauf. Der Schwab regt sich auch immer so auf. Und was hat er davon? Ein Magengeschwür.«

»Ich meine es ernst«, insistierte ich. »Zum Beispiel jetzt. Ich würde Ihnen gerne etwas Nettes sagen, womit ich Sie für mich gewinnen kann. Aber spontan fällt mir nie was ein. Und ehrlich gesagt: Ich habe ein bisschen Angst vor Ihnen.«

Nachdem ich mich bis auf die Knochen blamiert hatte, entdeckte ich etwas Merkwürdiges. Wenn man sich vor Frau Biermann in den Staub warf, zeigte sie sich plötzlich hilfsbereit, die Probleme zu lösen, die man ohne sie überhaupt nicht hätte. Frau Biermann war kein Unmensch. Wenn jemand am Boden lag, zeigte sie Mitleid. »Machen Sie sich keine Sorgen, das kriegen wir hin«, tröstete sie mich.

22

Alle gegen einen

»Jedes Kind weiß mehr über Brot als der.«

»Warum stellt der Schwab so jemanden ein?«

»Lisa hat Erfahrung mit Lebensmitteln. Wofür brauchen wir zusätzlich einen Unternehmensberater?«

Aus der Kantine klangen aufgeregte Stimmen. Ein Blick auf die Uhr bestätigte, was ich bereits geahnt hatte. Ich war unvermutet in die Krisensitzung geraten, die man anlässlich meines Erscheinens einberufen hatte. Die Emotionen kochten hoch.

»Ich kenne diese Sorte Unternehmensberater«, erhob sich eine wütende Männerstimme über alle anderen. Ein vorsichtiger Blick um die Ecke enthüllte, dass Ted, der Chef der Brotdivision, mit dem ich gestern schmerzhaft Bekanntschaft gemacht hatte, das große Wort führte.

»Das ist ein Sesselfurzer und Erbsenzähler«, schimpfte er in breitestem Berlinerisch. »Der schaut nur auf Produktionsnormen und Umsatz. Alles andere ist dem egal.«

»Wir wissen doch noch gar nicht, was Herr Morbach plant«, hörte ich Olga dazwischenrufen.

»Du vielleicht nicht«, ereiferte sich Ted. »Ich schon. Erst

macht der einen Riesenwirbel. Dann entlassen sie die Hälfte der Mannschaft und verdoppeln die Normen. Das Ganze garniert mit Lohnkürzungen zur Rettung des Unternehmens.«

»Und wenn's nicht funktioniert, wird der Laden dichtgemacht und die Produktion nach Polen verlagert«, mischte sich eine der Kopftuchdamen ein.

Ted komplettierte das Schreckensbild: »Dann bedienen jeden Tag polnische Tiefkühlfrachter die Filialen, und wir alle stehen auf der Straße.«

»Ich habe den mal gegoogelt«, warf eine Konditorin ein. »Ich habe da was Merkwürdiges gefunden. Über einen Anton Morbach ….«

Ich trat in den Raum, bevor die Bäckerin dazu kam, sich weiter über meinen Vater auszulassen. Die Rechnung ging auf: Während ich zum Kaffeeautomaten ging, erstarb das Gespräch. Aus dem Augenwinkel registrierte ich, dass Ted vor allem die weibliche Belegschaft auf seiner Seite hatte. Während beim Brot, das viel körperliche Kraft kostete, überdurchschnittlich viele Männer arbeiteten, waren alle anderen Divisionen fest in Frauenhand. Die Damen, die hinter meinem Rücken über mich herzogen, gehörten überwiegend zur Süßfraktion.

In einer idealen Welt würde ich selbstbewusst vor die Mitarbeiter treten, mich per Handschlag vorstellen und ein paar verbindliche Sätze sprechen, die Ruhe einkehren ließen. Meine Welt war nicht ideal und ich noch längst nicht bereit, mich der offenen Auseinandersetzung zu stellen.

Während der Kaffeeautomat quälend langsam das Lattemacchiato-Programm abspulte, ließ ich meinen Blick über die Produktionshalle schweifen. Der Mitarbeiterraum lag im ersten Stock und bot einen spektakulären Blick auf

Mehlsäcke, Teigwannen und Bäcker, die an den Öfen hantierten. Mitten im Getümmel entdeckte ich Lisa. Meine Konkurrentin war eine Station weitergezogen. Unter Anleitung von zwei Lehrlingen presste sie riesige Klumpen Teig in eine Brötchenmaschine. Auf deren Zeichen legte sie den Schalter um. Rüttelnd portionierte die Maschine die Masse aus Mehl, Wasser, Hefe und Salz zu handlichen Vierecken, die auf einem Band, sanft berieselt von Sonnenblumen-, Kürbiskernen und Mohn, auf ein Backblech liefen. Neben Kornknackern buk Schwab mehr als zwei Dutzend verschiedene Brötchentypen: helle Brötchen, Roggenbrötchen, Mohnbrötchen, Kaiserbrötchen, Sesambrötchen, Baguettebrötchen, Rosinenbrötchen, Dinkelbrötchen, Mehrkornbrötchen, glutenfreie Brötchen. Das Kind musste einen Namen haben, selbst wenn es sich um ein Brötchen handelte. Bei der Benennung der Bäckerkreationen waren der Fantasie keine Grenzen gesetzt, beim Gewicht schon. Bei 250 Gramm war Schluss, dann verwandelte sich das Brötchen automatisch in ein Brot.

Lisa fragte viel, notierte noch eifriger und sah aus, als hätte sie alle und alles im Griff. Während ich in einen Stellungskrieg mit Frau Biermann verwickelt war, mischte Lisa sich mühelos unter die Angestellten. Ich beneidete sie um die Leichtigkeit, mit der sie mit den Mitarbeitern der Produktion kommunizierte. Noch mehr beneidete ich die Lehrlinge, denen sie ihre Aufmerksamkeit und ein bezauberndes Lachen schenkte. Sehnsüchtig wünschte ich mich an ihre Stelle. Alle Versuche, mich in Lisas Nähe zu schmuggeln, waren bislang erfolglos geblieben. Was immer ich tat und sagte, Lisa ignorierte mich, so gut sie konnte. Sie zeigte nicht das geringste Interesse, mich näher kennenzulernen. Mein Karma hatte andere Pläne.

In meinem Rücken erklang unterdrücktes Gelächter. Als ich mich umdrehte, bemerkte ich, dass ich wohl besser einen Becher in den Automaten gestellt hätte. Der Kaffee lief ungebremst aus der Maschine. Viel schlechter hätte ich mich nicht einführen können. Anstatt mir mit Kompetenz und Haltung Eindruck zu verschaffen, rutschte ich auf Knien vor dem feixenden Personal herum, um die braune Soße aufzuwischen.

»Frau Biermann ist kategorisch gegen Plastikbecher«, erklärte Olga, die mir mit einem DIN-geprüften Putzlappen zu Hilfe eilte. Sie kritzelte mit einem dicken Edding meinen Namen auf eine Werbetasse der Sparkasse: »Nicht verschlampen. Jeder bekommt nur eine.«

Im Hintergrund löste Ted die Versammlung auf: »Es ist wichtig, dass wir seine Schritte genauestens im Auge behalten«, sagte er so laut, dass ich es hören musste.

Ted machte sich, was meine Person und Pläne betraf, zu viele Sorgen. Von einer Strategie konnte bei mir keine Rede sein. Als ich, zittrig vom vielen Kaffee, den ich zu mir genommen hatte, in die Buchhaltung zurückkehrte, fand ich die Tür verschlossen.

»Frau Biermann hat sich freigenommen. Sie fühlte sich nicht gut«, erklärte Heinz, der gerade sein Fahrtenbuch abliefern wollte. Um wenigstens etwas Material in die Hände zu bekommen, nahm ich es an mich.

Ich fühlte mich auch nicht gut. Aber wen interessierte das schon?

Schwab jedenfalls nicht.

»Und, kommen Sie voran?«, fragte er, als ich sein Büro betrat.

Er beugte sich über einen meterlangen Arbeitstisch, auf

dem die Brote des heutigen Tages zur Qualitätskontrolle lagen. Ted war zum Rapport angetreten und wurde gnadenlos abgekanzelt: Dinkelbrot zu lange gebacken, Weißbrot zu dunkel, das Baguette könnte luftiger sein, und was war mit der Croissantmaschine los? Wieso lief die nicht? Den kleinlichen Einwand, dass diese nicht in Teds Verantwortung fiel, ließ Schwab nicht gelten. Geschlagen verließ Ted das Büro.

»Ich bin umgeben von geistigen Amöben, die unfähig sind, das große Ganze zu sehen«, stöhnte Schwab

Sein Büro glich einem Überwachungsraum. Bilder aus der Fabrik flimmerten an der Wand. Von der Produktion bis zum Lkw, vom Lager bis zum Kopierraum: Schwab schwebte über allem. Wie ein Regisseur in einem Fernsehstudio dirigierte er von seinem Büro Kameras und Personal, ohne sich tatsächlich unter seine Leute begeben zu müssen. Zwischen den Bildschirmen hing ein Relikt aus alten Tagen: Ein überdimensionales Schwarz-Weiß-Foto zeigte die Familie Schwab um 1928. Vier Generationen posierten auf der Treppe vor der *Bäckerei & Conditorei Joh. C. Schwab*. Die Bäcker trugen lange weiße Mäntel, unter denen die nackten Beine hervorlugten. Schwabs Vorfahren blickten stolz, fast schon aggressiv auf uns herab. Ihre Arme hatten sie provokant über dem Bauch verschränkt, als wären sie in Wirklichkeit ein Schlägerkommando. Links im Bild drängte sich das weibliche Hilfspersonal in blütenweißen gestärkten Schürzen, am rechten äußersten Rand stand ein Mann, der aussah, als wäre er der Postbote, der sich heimlich auf das Bild geschummelt hatte.

»Das ist mein Großvater«, erklärte Schwab. »Der wollte auch nie Bäcker werden. Aber wir Schwabs sind eine Monarchie. Als Thronfolger hat man keine Wahl.«

Seine Larmoyanz ging mir zunehmend auf die Nerven: »Wenn ich Sie unterstützen soll, brauche ich Zugang zu den Zahlen«, erklärte ich.

»Wenden Sie sich an unsere Frau Biermann«, wich er aus. »Die hilft Ihnen gerne weiter.«

Wie brachte man einem konfliktscheuen Chef bei, dass die gute Seele des Hauses eine herrschsüchtige Giftspritze war?

»Das habe ich versucht, aber …«

Schwab gab sich gar nicht erst die Mühe, mich anzuhören.

»Wozu bezahle ich Sie, wenn ich mich am Ende selbst um alles kümmern muss?«, unterbrach er mich rüde. »Klären Sie das untereinander!«

Er verzog schmerzhaft das Gesicht. Frau Biermann war mein Problem. Seines war der Magen, der ihn drückte und quälte. Ich musste es anders angehen. Nur wie?

23

Freitag, der Dreizehnte

Vorsichtig drückte ich auf die Klingel. Ein gewisses Restrisiko blieb immer, wenn ich meine jüngste Schwester besuchte. Ich konnte nie sicher sein, welche Anja mir die Tür öffnete. Die Anja mit dem unanständig breiten Lachen oder die Anja, die das Kriegsbeil ausgegraben hatte. Heute war es eine Anja mit ungekämmten Haaren, Jogginganzug und verquollenen Augen.

Ich zeigte ihr die Tasche mit meinem Geschenk: »Kinder Schokolade, Chips und sechs Horrorfilme der übelsten Sorte. So wie früher.«

Ich hielt eine DVD von *Freitag, der 13.* hoch. Nach dem enervierenden Arbeitstag bei Schwab mit der permanenten Abfuhr von Lisa wollte ich wenigstens mit meiner 28-Tage-Challenge weiterkommen. Mein Karma brauchte dringend einen positiven Schub. Es war an der Zeit, meiner Schwester, die ich seit ihrer Scheidungsparty nicht mehr gesehen hatte, einen Besuch abzustatten.

Anjas Gesicht verwandelte sich in ein großes Fragezeichen.

»Was machst du denn hier?«, fragte sie. Dabei hatte ich

meinen Plan gerade erläutert. Als Teenager liebten wir es, nachts heimlich die verbotenen Horrorfilme zu gucken, die meine älteste Schwester über geheime Kanäle organisiert hatte.

»Kann ich nicht einfach vorbeikommen und dich mit einem Filmabend überraschen?«, fragte ich.

Anjas Meinung war eindeutig: »Kannst du. Es passt nur nicht zu dir.«

»Ich wollte spontan sein«, erklärte ich.

Anja blickte mich aus müden Augen an. »Das letzte Mal, als du spontan bei mir vorbeigekommen bist, hattest du einen Platten in der Nähe. Das war 2009.«

»Man kann sich doch ändern«, verteidigte ich mich. »Ich durchlaufe gerade ein spezielles Trainingsprogramm, in dem es darum geht, meine linke, analytische Gehirnhälfte auszuschalten.«

Es schien mir angeraten, auf allzu deutliche Verweise auf Joshi zu verzichten. Die kryptische Erklärung wirkte auch so. Anja winkte mich müde in die Wohnung, die aussah, als hätten Einbrecher dort einen Raubzug veranstaltet. Seit ihrer Scheidung hatte sich nicht nur Anjas Gewicht halbiert, sondern auch die Einrichtung. Noch Monate nach der Trennung bewies Anja Mut zur Lücke. Im Regal, in der Sofaecke, im Küchenschrank, an den nackten Wänden. Dort, wo einmal Joshis deckenhoher Schuhschrank gestanden hatte, hing pontifikal das zerstörte Hochzeitskleid. Anja hatte dem bunten Stück einen Ehrenplatz zugeteilt.

»Ich konnte mich nicht davon trennen«, gab sie zu.

Anja selbst wirkte wie ein Überbleibsel. Das Ritual mit Brautkleid hatte trotz des enormen Aufwands seine heilende Wirkung verfehlt.

»Ich bin noch voll drin in meiner Fledermausphase«, gab

sie zu. »Nachts schlaflos und tagsüber den Kopf hängen lassen.«

»Schickst du Joshi deswegen Geschenke?«, fragte ich.

»Er hat immer behauptet, es würde einem besser gehen, wenn man anderen Menschen Geschenke macht«, antwortete sie. »Ich schenke ihm Sachen, über die er sich garantiert ärgert. Das macht mich glücklich.«

»Deswegen die hässliche Krawatte«, verstand ich.

Anja fuhr herum: »Woher weißt du das?«

Ich überlegte, was die taktisch klügste Antwort sein könnte. Mein Zögern reichte Anja als Antwort.

»Du triffst dich mit ihm«, sagte sie mir auf den Kopf zu. »Du Verräter.«

»Ich habe ihm bei der Steuer geholfen«, gab ich zu.

»Ich fasse es nicht: Mein eigener Bruder verbündet sich hinter meinem Rücken mit meinem Exmann«, empörte sich Anja.

»Das hat nichts mit dir zu tun«, erklärte ich.

Sie unterbrach mich, noch bevor ich ausholen konnte: »Hat er dich geschickt?«, fragte sie.

»Nein«, sagte ich, aber Anja war längst über das Stadium hinaus, in dem sie Logik und Argumenten zugänglich war.

»Er hat dich geschickt«, wiederholte sie. »Der Kontrollfreak kann mich einfach nicht in Ruhe lassen. Wusstest du, dass er mich gezwungen hat, die Fliegerei aufzugeben. Und das nur, weil er Angst hatte, ich lerne in der Businessclass einen anderen kennen.«

Ich überlegte, ob es zweckdienlich war, meine Schwester daran zu erinnern, dass sie selbst gekündigt hatte, weil sie fand, dass es an der Zeit war, sesshaft zu werden. Anja schimpfte auch ohne mein Zutun weiter.

»Du kannst ihm ausrichten, dass ich sehr sehr glücklich bin ohne ihn. So viel glücklicher als mit ihm.«

Ihre Stimme kippte. Tränen standen in ihren Augen und straften ihre Worte Lügen. Anja wirkte wie ein Vogel, der aus dem Nest gefallen war.

»Warum habt ihr euch eigentlich getrennt?«, fragte ich.

Anja zuckte die Schultern: »Er wollte Kinder, ich wollte reisen. Als ich dann bereit für Kinder war, wollte er einen Foodtruck.«

Anja wischte mit ihrem Ärmel über ihre Nase. Durch die Tränen blitzte ein dämonisches Grinsen: »Hat er sich über die Krawatte geärgert?«, erkundigte sie sich. »Ich habe tagelang gesucht, bis ich das hässlichste Exemplar aufgetrieben hatte.«

Ich vermied, die Geschichte weiter auszubreiten: »Lass uns einen Film ansehen.«

»Ich hasse Horrorfilme«, sagte Anja. »Ich habe sie schon immer gehasst.«

»Ich auch«, gab ich zu. »Ich habe die meiste Zeit auf dem Klo verbracht. Ich kann nämlich kein Blut sehen.«

Anja sah mich verblüfft an: »Warum hast du nie was gesagt?«

»Ich wollte keine Memme sein.«

»Du warst immer eine Memme«, sagte Anja und nahm mich in den Arm. »Eine liebe Memme.«

Es wurde dann doch noch ein netter Abend, als Anja einen Kasten Bier hervorzauberte, den Joshi beim Auszug übersehen hatte. Westafrikanisches DjuDju-Fruchtbier in den Geschmacksrichtungen Banane und Passionsfrucht. Am Ende war der Kasten leer und ich voll. Mit schwerer Stimme stellte ich eine letzte Frage, die mich seit Tagen beschäftigte. »Was ist eigentlich mit Zorro passiert?«

»Den Film kenne ich nicht«, meinte Anja.

»Mein Hamster. Zorro. Blümchen. Der eines Tages verschwunden war.«

»Das war kein Hamster«, sagte Anja. »Das war die Katze von Beate. Die war plötzlich weg.«

In meiner Familie gab es immer vier Seiten einer Geschichte. Ob eine davon tatsächlich etwas mit dem zu tun hatte, was wirklich geschehen war, blieb fraglich. Waren alle Familien so kompliziert?

»Carla hat sich bei mir beschwert, dass du nie zurückrufst«, sagte Anja unvermittelt.

»Ich habe einen neuen Job«, verteidigte ich mich.

»Ruf sie an«, sagte Anja. »Es ist wichtig.«

War es das nicht immer?

Olga war überglücklich, als ich ihr am nächsten Morgen die Tüte mit den Horrorfilmen übergab. Ich hatte ihren Hang zum großen Drama richtig eingeschätzt.

»Das ist was für einsame Abende«, freute sie sich.

Einen Moment lang hätte ich sie am liebsten umarmt. Mit ihrer stacheligen Frisur und der ruppigen Cowboy-Attitüde gab Olga sich die allergrößte Mühe, zu verbergen, dass sie eine Seele von Mensch war. Leider aber eben auch immer sehr gesprächig. Ihre Ausführungen gehörten in die Kategorie ›zu viele Informationen‹ und alle von der falschen Sorte.

»An Silvester habe ich mir geschworen: keine Bäcker mehr«, erklärte sie. »Meine letzte Flamme war Landessieger im Schnelligkeitswettbewerb. Der konnte eine Lyra flechten, da wird einem schwindelig. Der Nachteil ist: Die sind so flink mit den Händen, die kneten auch nachts weiter. Kneten und dann rein in den Ofen. Das macht dich fertig.«

Sie wedelte mit den Filmen: »Damit kann ich mich erholen.«

Ich nickte schwach. So genau hatte ich es nicht wissen wollen.

»Sie brauchen die Biermann gar nicht«, flüsterte sie mir zu. »Warum versuchen Sie es nicht einfach in der Ablage.«

Die Pförtnerin ahnte, dass Frau Biermanns großzügiges Hilfsangebot, das sie bis heute nicht eingelöst hatte, in Wirklichkeit Verzögerungstaktik gewesen war. An ihrem Zeigefinger baumelte ein Schlüssel. Olga hatte ein großes Herz für alle, die nicht auf der Sonnenseite des Lebens geboren waren.

24

Eine linke Nummer

Ich kam, sah und vergaß sofort, warum ich eigentlich gekommen war. Zwischen den Akten der Ablage saß Lisa. Wie üblich war sie mir in allem einen Schritt voraus. Lisa war der Igel, der immer schon da war, wo ich noch hinwollte. Sie hatte sich schon längst einen provisorischen Arbeitsplatz im Archiv eingerichtet.

Wie oft hatte ich mir unseren ersten intimen Moment des Alleinseins in den buntesten Farben ausgemalt? Jetzt würde sich beweisen, was Nicos Theorien wert waren. Was taugte die Mathematik tatsächlich, um zwischenmenschliche Beziehungen vorherzusagen? Ich erwartete nichts weniger als einen magischen Augenblick, in dem unsere Seelen wortlos verschmolzen. Nicht umsonst war der Liebesakt in der Bibel mit den euphemistischen Worten »und sie erkannten sich« umschrieben. Dafür müsste sie jedoch von ihrer Arbeit aufsehen. Anstatt sich für mich zu interessieren, studierte Lisa einen dicken Ordner, der sämtliche Produkte der Bäckerei Schwab verzeichnete. Die Liste führte neben Inhaltsstoffen Backzeiten, Kalorien auch Abgabe- und Endpreis auf. Mein Erscheinen quittierte sie mit einem gleichgültigen Nicken.

Während ich in den Regalen aussagekräftiges Material suchte, glitt mein Blick unablässig zu ihr hinab. Unter ihrem Kittel trug sie ein gestreiftes T-Shirt und Jeans. Das Oberteil lag so eng am Körper an, dass ich ihre Kurven erahnen konnte. In den Geruch von Mehl und warmem Brot, der den Komplex durchzog, mischte sich eine winzige Duftspur des Waschmittels, das ich bereits aus dem Salon kannte. Wie sollte ich mich unter diesen Umständen in meine Arbeit versenken? Anstatt mir zu verraten, wie es um das Unternehmen stand, tanzten die Ziffern in den Ordnern Tango.

»Ich kann mich nicht konzentrieren, wenn Sie mich die ganze Zeit anstarren«, sagte sie.

»Ich starre nicht.«

»Doch«, sagte sie, ohne aufzuschauen.

Im Kopf schwirrte mir das Konzept herum, das ich mir vor dem Besuch beim Japaner zurechtgelegt hatte: die Eröffnungsfragen, das lockere Plaudern, die amüsanten Geschichtchen aus meinem Leben. Statt auf den elaborierten Plan zurückzugreifen, machte sich mein Mundwerk selbstständig.

»Ich habe die ganze Zeit das Gefühl, dass wir uns schon einmal begegnet sind«, begann ich.

Ihre Antwort kam unmittelbar und gnadenlos: »Bestimmt nicht.«

Sie hielt es offenbar für ausgeschlossen, dass uns etwas verbinden könnte, das über Backwaren hinausging. Ich verstand ihre abwehrende Reaktion. Nicht alle Menschen schätzen Überraschungen. Was nutzte es, seinem arithmetischen Zwilling zu begegnen, wenn man gerade in seine Arbeit vertieft war. Lisa reagierte genau so, wie ich es getan hätte. War das nicht schon Beweis genug, dass Nicos Rechenmodelle stimmten?

»Ich habe Sie gesehen … ich bin mir sicher …«, insistierte ich. »Reichenbachstraße, Kreuzberg.«

Ich geriet ins Schwitzen. Von dort waren es nur noch ein paar gedankliche Schritte bis in den Waschsalon. Ich konnte ihr schlecht erzählen, dass ich ihre Unterwäsche kannte und die Bettwäsche, in der sie nachts schlief. Ein Gespräch über ihre Dessous eignete sich wohl kaum zum zwanglosen Kennenlernen.

Mit meinem unvorsichtigen Geständnis hatte ich mich in eine unmögliche Situation manövriert. Wie ein Schachanfänger hatte ich meine Figur grundlos aus der Deckung genommen und dem Gegner zum Fraß vorgeworfen. Sich nach einer Eröffnungskatastrophe zum Sieg zu spielen, war fast unmöglich.

»Bilden Sie sich nichts ein«, sagte Lisa. »Ich weiß genau, was Sie vorhaben. Und ich kann es Ihnen jetzt schon verraten: Es wird nicht funktionieren.«

Ich konnte ihrem Gedankengang nur bedingt folgen, schließlich wusste ich selbst nicht einmal, was genau ich vorhatte.

»Sie versuchen, mich in Small Talk zu verwickeln«, ereiferte Lisa sich weiter. »Erst fragen Sie mich was, dann frage ich zurück, und in drei Tagen sitzen wir im dunklen Lager und erzählen uns hinter einem Mehlsack unser Leben. Am Ende zerfließe ich in Mitleid, wenn ich den Job bekomme. Ich will nicht riskieren, dass mein nächstes Magengeschwür aussieht wie Sie.«

»Wir müssen doch keine Feinde sein«, wandte ich ein. »Bloß, weil wir für dieselbe Position eingestellt worden sind.«

Lisa wurde energisch: »Kennen Sie einen Metzger, der, bevor er ein Schwein schlachtet, erst einmal ein richtig gutes Gespräch mit dem Tier führt? Oder einen Fuchs, der das Kaninchen, das er reißt, erst mal kennenlernen will? Je weniger ich über Sie weiß, desto weniger wird es mir ausmachen, wenn ich Ihnen den Job wegschnappe.«

Ihre Schlussfolgerung war ebenso einfach wie einleuchtend: »Am besten, wir sparen uns jede Unterhaltung.«

»Mir gefällt die Idee mit dem Mehlsack«, sagte ich verlegen. »Wir müssen auch gar nicht reden.«

Lisa verschlug es die Sprache. Zum ersten Mal hatte ich einen Stich gemacht. Um den Moment auszukosten, ließ ich sie ein bisschen zappeln. Wahllos griff ich einen ganzen Berg Akten.

Wer weiß, wie unser Treffen verlaufen wäre, wenn sich nicht ausgerechnet in diesem Moment mein Telefon gemeldet hätte, das ich unvorsichtigerweise auf dem Tisch abgelegt hatte. Ungeniert griff Lisa mein Smartphone und las, was nur für meine Augen bestimmt war.

»Es geht auch um meine Zukunft«, erklärte sie. »Da darf man neugierig sein.«

Ich hoffte, dass es ein nichtssagender Newsletter von Germanwings war, meine Telefonrechnung oder eine Terminanfrage von einem meiner Klienten.

»Ihr Dating-Profil hat neue Aufrufe«, verkündete Lisa mit einer Stimme, die vor Ironie tropfte. Amüsiert klickte sie sich durch die Vorschläge mit potenziellen Partnerinnen. »Sie haben einen merkwürdigen Frauengeschmack«, konstatierte sie feixend.

Ich ließ das Material fallen, riss das Telefon an mich und flüchtete in die Kantine. Mit hochrotem Kopf überprüfte ich, was sie gelesen hatte.

Wir haben gute Nachrichten für dich, verkündete Nico. *Dein Profil ist superpopulär. Klicke hier, um zu erfahren, wer dich kennenlernen will.* Entsetzt scrollte ich durch das Panoptikum von Damen, deren Matchingpunkte fast so hoch lagen wie bei Lisa. Beschämt las ich, mit welchen Frauen Nico mich in Verbindung bringen wollte. Klara-Fall stand auf Outdoor-Orgasmus und wollte mich beim Sex am liebsten festbinden. Auf ihrem Profilfoto trug sie eine verspiegelte Sonnenbrille, in der sich Dildoreklame vom Computer spiegelte. Und dann war da noch SüßeLene, die das Dating-Abenteuer als Quiz anging. *Was macht ein Vanillekipferl im Krankenhaus? Antwort an SüßeLene@kipferl.com*, schrieb sie. Offenbar ein Scherzkeks. Auch ANNA, die alles in Großbuchstaben schrieb, machte mir eher Angst. RATE MAL, WER HEUTE BESCHLOSSEN HAT, DIE SCHEIDUNG EINZUREICHEN?, schrieb sie. Ich verzichtete darauf, einen Tipp abzugeben. Durch das große Fenster sah ich Lisa mit den Mitarbeiterinnen vom Kleingebäck. Sie schütteten sich aus vor Lachen über etwas, was Lisa erzählte. Augenblicklich verwandelte ich mich wieder in den Schuljungen, der ängstlich über den Pausenhof schlich, während sich unser Nachbarsjunge Martin über mich lustig machte. Ich nahm die stummen Lachsalven persönlich.

Ein Gefühl tiefer Enttäuschung breitete sich in mir aus. Als Mathematikerkollege hatte ich mich Nico so verbunden gefühlt, dass ich ihm mein Leben und meine Geheimnisse anvertraut hatte. Und was tat er? Er übermittelte meine Kontaktdaten an Damen, mit denen ich nicht gesehen werden wollte. Am allerwenigsten von Lisa. Empört tippte ich eine wütende Mail an Nico in mein Telefon.

Sehr geehrter Herr Nico, tippte ich. Auf das verbrüdernde Du hatte ich keine Lust mehr. *Sind Sie wirklich Mathematiker? Kein logisch rechnendes Wesen kann davon ausgehen, dass ich mich mit einer der Frauen verabreden möchte, die Sie mir vorschlagen. Im besten Fall versagen Ihre Algorithmen, im schlechtesten probieren Sie gerade aus, wie erfolgsträchtig zufällige Kombinationen sind. Wer weiß? Vielleicht verlieben sich Menschen, wenn man nur laut genug behauptet, dass sie rein rechnerisch zueinanderpassen. Dann kann sich Eins plus 1 die komplexe Arbeit mit der Auswertung der Fragebogen sparen. Für meinen Teil gilt: Ich bin nicht bereit, mich und meine Daten weiter für Ihre Experimente zur Verfügung zu stellen. Ich kündige als Versuchskaninchen und bitte um sofortige Löschung meines Profils.*

Eins plus 1 war Geschichte. Ich hatte nicht das geringste Interesse, eine andere Frau kennenzulernen. Noch kannte ich ja nicht einmal Lisa.

25

Sieben Köstlichkeiten

In meinem alten Leben hätte ich mich nach der peinlichen Szene mit Lisa verkrochen. In meinem neuen Leben ging ich in die Vorwärtsverteidigung. Wieso nicht den Wissensvorsprung ausnutzen, den mir Penelope in die Hand gespielt hatte?

Ich fühlte mich geradezu euphorisch, als ich am nächsten Tag gegen Mittag an Lisas Arbeitsplatz vorbeischaute und ihr galant eine schwarze Box hinschob.

»Geschenk des Hauses«, verkündete ich. »Wobei Haus, das bin ich, in dem Fall …«

Lisa öffnete vorsichtig die Verpackung und sah mich verblüfft an. In dem Karton leuchteten appetitliche Sushihappen.

»Sieben Köstlichkeiten«, erklärte ich. »Vom Koi, meinem Lieblingsjapaner am Ku'damm. Ich habe die scharfe Variante bestellt. Das putzt den Magen.«

Ich schob ihr die Stäbchen hin und verschwand so schnell wie möglich. Man musste Geschenken Zeit geben, ihre Wirkung ungestört zu entfalten.

Nachdem ich das Fahrtenbuch von Heinz auseinandergenommen und unzählige sinnlose Touren durch die Stadt konstatiert hatte, die den ewigen Reklamationen geschuldet waren, widmete ich mich der Lieferlogistik. Routiniert passierte ich die Hygieneschleuse und zog an der Schnur, die das Tor zur Produktionshalle öffnete. Überall warteten Rollwagen mit fertigen Waren auf den Abtransport in die Filialen. Siebenmal am Tag setzte sich der gesamte Fuhrpark von Schwab in Bewegung, um die 17 Läden frisch zu bevorraten. Und genau an dieser Stelle lief alles schief.

Heinz irrte, wie üblich, ratlos umher. »Jeden Tag derselbe Mist. Könnt ihr einmal die richtigen Sachen zuladen?«, brüllte er einen dünnen Pakistani an. Der war genauso hilflos wie seine Kollegen, die von Stellage zu Stellage irrten, um herauszufinden, wie viel von jedem Backwerk in welche Filiale ging. Es war mir ein Rätsel, warum etwas, das problemlos über die richtige Software gesteuert werden konnte, noch immer analog geregelt war. Alle rannten mit handschriftlichen Notizen herum. Es menschelte so sehr, dass man von einem Wunder sprechen konnte, wenn irgendein Croissant, Brot oder Kuchenstück jemals in der richtigen Filiale landete.

Ich war gerade dabei, in der Kantine zu kalkulieren, was eine Umstellung auf eine computergestützte Verteilung kosten und bringen würde, als Lisa in den Raum schoss. Ob sie den roten Kopf der Spicy Tuna Roll zu verdanken hatte? Oder anderen Hitzewallungen? Sie knallte die schwarze Box auf den Tisch. Die sieben Köstlichkeiten rollten in alle Richtungen.

»Sie tauchen aus dem Nichts auf, reklamieren den Job,

der mir zugesagt war, und jetzt glauben Sie, mich mit Sushi kaufen zu können?«

»Ich wollte Ihnen eine Freude machen«, sagte ich. »Brot alleine macht nicht glücklich.«

»Meine Mutter macht mir auch dauernd eine Freude mit Geschenken, die nur ihr selbst Freude machen.«

»Es ist Sushi«, sagte ich. »Kein Heiratsantrag.«

Ich spürte, wie sehr ich sie verwirrte. Joshi hatte recht. Unerwartete Geschenke katapultierten Menschen aus ihrer gewohnten Umlaufbahn und schufen neue Perspektiven auf das Leben. Mit ein bisschen Glück auch auf mich.

»Sie sehen aus, wie jemand, der gerne zum Japaner geht«, sagte ich.

»Was wissen Sie schon über mich«, blaffte sie mich an.

Das war die Steilvorlage, auf die ich gewartet hatte.

»Sie lieben italienischen Weichspüler«, begann ich. »Den mit der Zitrusnote. Der Duft hängt in Ihrer Kleidung.«

Lisa hörte mir mit versteinerter Miene zu.

»Und Sie gehen jeden Morgen vor der Arbeit schwimmen.«

»Sie spionieren mir hinterher«, stellte sie fest.

»Ihre Haare sind immer noch ein bisschen nass, wenn Sie die Firma betreten. Sie schwimmen irgendwo, wo es keinen Föhn zum Trocknen gibt. Ich tippe auf den Schlachtensee.«

So leicht gab Lisa sich nicht geschlagen: »Ich habe nicht mal ein Seepferdchen. Und Sushi esse ich nur mit meiner Mutter. Die bildet sich ein, dass das mein Lieblingsessen ist.«

Lisa war hin- und hergerissen zwischen Neugier, Wut und Verblüffung.

Ihre Verwirrung animierte mich zu einem verwegenen

Vorstoß: »Sie machen freiwillig Überstunden, weil ihr Privatleben in Scherben liegt. Ihr Freund hat sie vor Kurzem verlassen, und Sie hassen es, in die leere Wohnung zu kommen, wo sie nur das ungemachte Bett erwartet.«

»Bilden Sie sich bloß nicht ein, mich mit ein bisschen Küchenpsychologie zu beeindrucken«, wehrte sich Lisa. Sie klang längst nicht mehr so energisch wie am Anfang.

»Sie tun nur so tough, damit niemand merkt, wie alleine Sie sich manchmal fühlen«, wagte ich mich weiter nach vorne. »Sie sind ein bisschen wie Teds Hefeteig. Geht rasch hoch, aber wenn er abkühlt, ist er sehr verträglich«

»Ich hasse scharfes Essen«, sagte sie. »Ich bekomme Sodbrennen davon und andere Dinge, die ich Ihnen bestimmt nicht anvertrauen werde. Aber wenn Sie mal wieder bei dem Japaner vorbeikommen: Ich nehm die Nummer 13.«

»Gyuuniku no robatayaki«, ergänzte ich. »Gegrilltes Rindfleisch auf Reis und eingelegtem Sauergemüse.«

»Sie haben einen Knall«, konstatierte Lisa.

»Ich bin gut in Zahlen«, sagte ich. »Wenn Sie mal eine brauchen …«

Sie ging. In der Tür drehte sie sich noch einmal um. »Und merken Sie sich eins: Keine Frau will mit einem Hefeteig verglichen werden.«

Sie lächelte. Ich nahm es als Sieg.

26

Sieben Grad unter null

»Sie mag mich«, berichtete ich Joshi.

»Sie behält die Konkurrenz im Auge«, meinte mein beziehungsgeschädigter Exschwager. »Die bringt dich so durcheinander, dass du nichts mehr hinbekommst.«

Joshi ahnte nicht, wie recht er hatte. Während ich mich dem Produktivitätsindex jedes einzelnen Mitarbeiters (Output geteilt durch Input) widmete, erreichte meine eigene Arbeitsleistung einen historischen Tiefstand. 80 Prozent meiner Zeit verbrachte ich mit Herzrasen, dem Kontrollieren meiner Frisur und der Frage, wo Lisa sich gerade herumtrieb. Es gab Theorien, die besagten, dass Verliebtheit nicht mehr war als ein kurzfristiger Hirnschaden, der als Initialzündung für den Erhalt der eigenen Rasse diente. Die Zündung in meinem Kopf kam einer mittelschweren Explosion gleich. Die Kombination aus Stress und Verliebtheit ließ Farben heller, Gerüche intensiver und jedes Versagen heftiger wirken. Ich wurde das Gefühl nicht los, dass auch Lisa mich und meine Aktionen genauestens registrierte.

Nachdem ich bei Frau Biermann auf Granit gebissen hatte, versuchte ich es mit der Nummer täuschen, tricksen und tarnen. Beherzt betätigte ich den Feuermelder im Verwaltungstrakt. Die paranoide Chefbuchhalterin war die Erste, die fluchtartig ihr Büro verließ. Ich nutzte den Augenblick ihrer momentanen Verwirrung, um mich schamlos an den Unterlagen, die sie uns systematisch vorenthielt, zu bedienen. Die Durchsage, dass es sich um einen Fehlalarm handelte, kam schneller als gedacht. Frau Biermann leider auch. Ich war gerade mit meinem Diebesgut auf dem Weg nach draußen, als sie mir frontal entgegenkam. Ich konnte mir ausrechnen, was passierte, wenn sie mich mit ihren Unterlagen auf frischer Tat ertappte. Ich rettete mich mit einem Sprung in einen Nebenraum. Leider war es die Tür zum Hochleistungsfroster. Während ich draußen Frau Biermann toben hörte, teilte ich mir den Raum mit 4.000 Brötchen, die mit 60 Grad eingebracht wurden und innerhalb von 30 Minuten auf die kritische Kerntemperatur von minus sieben Grad heruntergekühlt wurden. Ich konnte mir an meinen klammen Fingern ausrechnen, wie lange es dauern würde, bis ich selbst schockgefrostet war.

Plötzlich ging die Tür auf. Lisa, immer bereit, einem Produktionsmitarbeiter ihre helfende Hand anzubieten, schob einen Rollwagen herein, als sie mich zwischen den Brötchen entdeckte.

»Was sind Sie? Der Spion, der in die Kälte ging?«, fragte sie amüsiert. »Ich fürchte, es widerspricht sämtlichen Hygienevorschriften, gestohlene Ordner im Froster unterzubringen.«

Mir wurde auf einmal ganz warm. Und das bei sieben Grad unter null. Ihre Anwesenheit war der Beweis, dass auch sie mich im Auge behielt.

»Sie beobachten mich«, sagte ich.

»Ich rette Sie«, erklärte Lisa. »Obwohl ich unter Klaustrophobie leide. Wenn ich mir in der Vergangenheit nicht sicher war, ob ein Mann der Richtige für mich war, habe ich mich immer gefragt, ob ich Lust hätte, mit ihm an einem Freitagabend in einem Büroaufzug stecken zu bleiben.«

Es war beinahe Dienstschluss, und sie befand sich freiwillig mit mir in einer Kühlzelle: Das musste ein gutes Zeichen sein.

»Ich war gerade auf dem Weg zu Ihnen«, sagte sie. »Ich habe Sie den ganzen Tag vermisst.«

War das der Moment für Geständnisse? Für eine Verabredung gar? Der Mut verließ mich genauso schnell, wie er mich angefallen hatte.

»Das ist zu viel Material«, rettete ich mich in dienstliche Mitteilungen. »Ich kann die Unterlagen unmöglich alleine durchkämmen, bevor die Biermann Alarm schlägt.«

»Wir teilen und am Montag tauschen wir uns aus«, schlug sie vor.

Sie blitzte mich kokett an: »Vielleicht kann der Fuchs doch etwas vom Kaninchen lernen.«

Seit ich ihr einen Schritt voraus war, schien Lisa mich zum ersten Mal richtig wahrzunehmen. Neugierig musterte sie mich. Anscheinend gefiel ihr, was sie sah. Sie hielt die Idee, gemeinsam bei Schwab vorzugehen, nicht mehr für ganz abwegig.

27

Zikadenweg 14

Ich hatte das ganze Wochenende, mich durch die Papiere zu wühlen. Leider hatte ich meine Rechnung ohne Kimmie gemacht. Diesmal war sie nicht alleine. Am frühen Samstagnachmittag durchquerte eine ganze Horde kleiner Mädchen mit Gebrüll und Gekicher das Treppenhaus. Die Geräuschkulisse erinnerte mich an die Geburtstage meiner Schwestern. Das Stampfen und Singen erreichte ein nicht gekanntes Ausmaß. Wie sollte ich in einer hellhörigen Wohnung auch nur einen einzigen klaren Gedanken fassen, den ich mit Lisa besprechen könnte? Mordgelüste kochten in mir hoch. Ich brauchte keinen Joshi, um zu begreifen, dass die Woge an negativen Gefühlen verheerende Wirkungen für mein Karma hatte. Als der bekannte Rapper zum achtundvierzigsten Mal sein »Nigga. Nigga« einsetzte, beschloss ich, dass es Zeit war, dem Spuk ein Ende zu bereiten. Doch wie? Schon als Kind tat ich mich schwer, wenn es darum ging, meine Interessen bei meinen Schwestern durchzusetzen. Was also verleitete mich zu der Annahme, dass es mir mit meinen Nachbarinnen besser ergehen würde? Ich beschloss, die Taktik zu ändern und das übergriffige Verhalten mit purer Freundlichkeit zu parieren. Ich würde Joshis Geheimformel anwenden und mein Ziel durch die Hintertür erreichen. Ich nahm den Zettel und rückte Kimberly auf den aktuellen Platz eins meiner Gute-Taten-Liste. Ich würde mich mit einem taktischen und geräuscharmen Geschenk in den Kreis der Gratulanten einreihen und geschickt dafür sorgen, dass die Hip-Hopperin mich ein paar Tage verschonte. So lange, bis ich ein Konzept auf Papier hatte. Ich würde Kimmie etwas schenken, das sie so faszinierte, dass sie ihre Tanzkarriere ein paar Tage hintanstellte. Die Frage war nur, was. Ich wollte, dass Kimmie mich mochte und Rücksicht nahm. Noch viel mehr wollte ich, dass sie aufhörte, mir auf dem Kopf herumzutanzen.

Leider kannte ich mich mit kleinen Mädchen genauso wenig aus wie mit großen. Ich entschied mich, das Lästige mit dem Unangenehmen zu verbinden. In meiner Umgebung gab es nur eine, die über ausreichend Erfahrung mit Töchtern verfügte: meine Schwester Carla. Nachdem ich ihre Anrufe tagelang ignoriert hatte, würde es kein leichter Gang werden.

Carla bewohnte noch immer das gemeinsame Elternhaus am Zikadenweg 14. Nach dem Tod unserer Mutter hatte sie das baufällige Anwesen mit ihrem Ehemann renoviert. Alexander verstand etwas von maroden Gebäuden und war als Spezialist für Ankersysteme weltweit erfolgreich. Sollte ich jemals erwägen, vor meinem Wohnzimmer einen Balkon anzubringen, war Carlas Mann der ausgewiesene Fachmann für die technische Umsetzung. Weil überall in Berlin bereits Balkone und Erker hingen, war Alexander ununterbrochen in den Schwellenländern in Asien und Mittelamerika unterwegs. Meine Schwestern nannten ihn Mr Jetlag, weil er bei seinen Stippvisiten am heimischen Esstisch dazu neigte, noch vor dem Hauptgang einzunicken. Carla, die Alexander in ihrer Schulzeit geheiratet hatte, sah alleine die positiven Aspekte: »Ich bin wahnsinnig verliebt in ihn, wenn er weg ist«, gab sie unumwunden zu. »Wenn er da ist, fällt mir das viel schwerer.«

Carla war die beste Adresse für meine Nöte. Bei drei Töchtern musste sie wissen, womit man Zwölfjährige wirkungsvoll ruhigstellte. Auf dem Weg klaute ich ein paar Blumen im Vorgarten des Bungalows, in dem vor 20 Jahren die Krügers mit ihrem Sohn Martin gewohnt hatten. Der Klassenkamerad, einen Kopf größer als ich und ungefähr doppelt so breit, hatte mich seine Überlegenheit in jeder Pause spüren lassen. Ich kontrollierte auf dem Telefon, wie oft Carla versucht hatte, mich zu erreichen, und entschied mich für die teuer aussehenden Englischen Rosen, die sich an die Hauswand klammerten. Ich befand, dass die heimliche Entwendung als späte Wiedergutmachung zu werten sei, nachdem ich jahrelang unter Martins Übergriffen hatte leiden müssen.

Die Erinnerung manifestierte sich als körperlicher Reflex. Schon das Einbiegen in den Zikadenweg verursachte bei mir einen unstillbaren Drang, die verbleibenden Schritte bis zur Haustür zu zählen. Mit jedem Meter, den ich über die bekannten Pflastersteine auf das Haus zuging, verwandelte ich mich mehr in den kleinen Tom. Die Jahre, die zwischen mir und dem verschüchterten Jungen lagen, der einst in dieser Straße gewohnt hatte, verdampften. Ich wollte mich nicht an die Streitereien der Eltern erinnern, nicht an die angstvollen Nächte, in denen ich versucht hatte, die Dämonen mit Zahlenreihen zu bannen. Die ersten Jahre meines Lebens hatte ich auf Zehenspitzen verbracht, um den Vater nicht zu reizen. An dem Mann war alles groß: seine Pläne, seine Visionen, sein Schnurrbart, der Bauch, sein Geschlecht, sein Scheitern und die Wut, wenn irgendetwas nicht so lief, wie er sich das vorgestellt hatte. Die allgemeine Wetterlage bei Familie Morbach stand immer auf »kurz vor dem Gewitter«. Selbst der Versuch, meinem Vater auszuweichen, konnte zu einem unkontrollierten Ausbruch führen. Ich war nie der Sohn geworden, den mein Vater sich gewünscht hatte. Anstatt mich zu einem Fußballspieler, rasanten Schneeballwerfer oder tapferen Raufkumpan zu entwickeln, der es mit dem Nachbarsjungen aufnehmen konnte, blieb ich dünn und verschüchtert. Als ich mich unter Tränen weigerte, ohne Stützräder Fahrrad zu fahren, zweifelte mein Vater lautstark daran, ob dieses weinerliche Mädchen sein eigen Fleisch und Blut sein könne.

Mit weichen Knien klingelte ich an der Haustür. Dort, wo früher kurz, bündig und schnörkellos *A. Morbach* gestanden hatte, prangte ein kunterbuntes Fimoschild: *Carla und Alexander Bender.* Darunter hatten die drei Töchter ihre Namen verewigt: Lola, Florentine und Polly. Carla schien es nichts auszumachen, im Elternhaus zu wohnen. Obwohl sie örtlich nie eine Veränderung mitgemacht hatte, war es ihr gelungen, die Schatten der Vergangenheit und das ABC-Team hinter sich zu lassen.

Die Tür klickte mit einem Summen auf. Zögerlich betrat ich das Haus, das nach Gestern müffelte. Mir war, als könne ich die verwesende Hirschkeule schnuppern, die ich nur aus Erzählungen kannte. Der Geruch von Unglück hing in den ererbten Möbelstücken, die wie Trophäen verteilt waren, er manifestierte sich in den Ausdünstungen der Fußbodenbeläge, er klebte an den vertäfelten Wänden. Am Fuße der Treppe sah ich meine Mutter stehen, schluchzend, während zwei Möbelpacker die Besitztümer ihres Mannes vor die Tür beförderten. Meine Erinnerung behauptete steif und fest, dass es Bud Spencer und Terence Hill waren, die ihr tatkräftig zur Seite standen. Das Bild nährte meine Zweifel, ob ich mich auf meine Erinnerungen verlassen durfte.

»Was ist da?«, fragte Florentine neugierig. Sie war aus der Küche gekommen und beobachtete mich mit quasi wissenschaftlichem Interesse.

»Gespenster«, flüsterte ich ihr zu.

Florentine war sofort elektrisiert: »Was muss ich tun, damit ich die auch sehen kann?«

»Jeder hat seine eigenen Geister«, erklärte ich. »Man muss nur tief genug in sich hineinhören.«

Ich wollte weiter. Streng wies Florentine auf meine Straßenschuhe. Ihre Mutter empfing Besucher grundsätzlich auf Socken. In Carlas Haus wurde das Parkett geschont, Besuch weit weniger. Sie bestand auf der Einhaltung von Ruhe, Ordnung, Essenszeiten und verlässlichen Ritualen. Anjas Chaos war ihr ebenso fremd wie der »alternative Lebensstil ihrer mittleren Schwester«, wie sie die Liebesbeziehungen von Beate umschrieb.

Ich tappte auf Strümpfen in die Küche, wo Carla den Samstagsbraten vorbereitete. Sie nahm mir den Strauß ab, ging ohne weitere Erklärung zum Mülleimer und drosch die Blumen in die Tonne.

Ich ging direkt in Abwehrposition, um den berechtigten

Vorwürfen zu entgehen: »Es tut mir leid, ich hätte dich fragen müssen, ob ich Florentine Geld geben darf«, hob ich an.

Carla bedachte mich mit einem Blick, der nichts Gutes vermuten ließ.

»Hör erst einmal deine Nachrichten ab, bevor du mit mir redest«, sagte sie.

»Ich glaube an Florentines Ideen«, sagte ich. »Warum sollte ich sie nicht unterstützen?«

Die Antwort gefiel Carla nicht. In meinem Kopf suchte ich verzweifelt nach weiteren Verfehlungen. Hatte ich ihren Geburtstag vergessen? Oder den der Töchter? Ich konnte beliebig viele Zahlen und Geburtstage speichern und abrufen. Viel schwerer fiel es mir, jedes Mal anzurufen und zu gratulieren. Während Carla an Traditionen festhielt, waren mir diese Rituale, die außer formelhaftem Small Talk keinerlei Unterhaltungswert besaßen, verhasst. In den Augen meiner Schwester war ich ein schlechter Bruder und schlechter Onkel. Und ein schlechter Sohn.

»Es geht um Anton«, sagte Carla. »Er hatte einen Herzinfarkt.«

Die Nachricht traf mich unvorbereitet. Carla war die Einzige aus der Familie, die Kontakt mit unserem Erzeuger hielt. Sie ließ keine Gelegenheit aus, sich bei uns Geschwistern darüber zu beklagen, dass wir sie dabei nicht genug unterstützten.

»Ich weiß nicht, was ich mit dem Mann zu schaffen habe«, erklärte ich.

Ich hatte zwei Jahrzehnte nichts von ihm gehört und gesehen. An der Sprengkraft, die mein Vater für unsere Familie hatte, änderte das nichts. Die pure Erwähnung seines Namens reichte, Familientreffen in einen Gang über ein Minenfeld zu verwandeln.

»Er ist dein Vater«, empörte sich Carla.

»Seit wann?«, konterte ich.

Carla mochte unseren Erzeuger beim Vornamen nennen, ich wollte mit dem Mann nichts zu tun haben.

Im Hintergrund hörte ich Getuschel und Tritte. Die Töchter vermieden es tunlichst, in die Nähe der Kampfzone zu geraten.

»Es ist unsere Pflicht und Schuldigkeit, ihm beizustehen«, sagte Carla. »Eine Frage der Moral.«

Ich sah das anders: »Hat er sich irgendwann um uns gekümmert?«

»Wer ist schon perfekt?«, schleuderte Carla mir entgegen. »Du vielleicht?«

»Kommt drauf an, in was«, meinte ich. »Ich kann dir sofort ausrechnen, wie viele Tage es her ist, seit unser Vater die Familie im Stich gelassen hat, und was für ein Wochentag das war.«

»Kannst du einmal ernst bleiben«, unterbrach Carla rüde.

»Es war ein Montag, wenn du es genau wissen willst.«

Ich war gekommen, um den Weg in eine gelungene Zukunft zu ebnen. Jetzt watete ich im Sumpf der Vergangenheit herum.

»Er hatte viel Pech im Leben«, gab Carla zu bedenken.

»Betrug, Urkundenfälschung, Unterschlagung, falsche Steuerbescheide, Bilanzfälschung, Insolvenzverschleppung«, zählte ich auf. »Sein einziges Pech war, dass er sich immer wieder hat erwischen lassen. Der Mann hat nicht umsonst Jahre seines Lebens hinter Gittern verbracht.«

»Er ist alt und krank. Er braucht unsere Hilfe«, entgegnete Carla erschöpft.

»Nicht die meine«, antwortete ich.

In unserer Familie waren die Figuren aufgestellt wie auf einem Karussell, das sich auf ewig im Kreis drehte. Nach einer Runde waren wir wieder am Ausgangspunkt angelangt. Alles war ständig in Bewegung und doch kam man am Ende keinen Zentimeter weiter. Wir blieben auf Abstand. In manchen Fällen war das gut so. Zum Beispiel, wenn es um unseren Vater ging. Ich hatte keine Lust, mich mit dem Mann, der so viel Unglück über die Familie gebracht hatte, zu beschäftigen. Wenn Carla sich entschied, ihn zu unterstützen, war das ihre Entscheidung. Leider wollte sie den Geschwistern ihren Willen aufzwingen.

»Hast du dich schon mal gefragt, warum alle Beziehungen in unserer Familie scheitern? Ihr seid alle so beziehungsgestört, weil ihr nie gelernt habt, euch mit der Vergangenheit zu versöhnen.«

Auf ihre Weise glaubte auch sie an Karma. Vor allem an das meine.

Für Carla war das Gespräch hiermit beendet. Sie drückte mir meine Schuhe in die Hand: »Wenn du Genaueres über unseren Vater wissen willst, melde dich.«

Sie ließ mich stehen, ohne meine Reaktion auf den Rauswurf abzuwarten: »Und spar dir die Blumen beim nächsten Mal«, rief sie mir zu. »Ich bin allergisch gegen Rosen. Aber sehr empfänglich für Entschuldigungen.«

Die Einzige, die Mitleid hatte, war Florentine.

»Du willst sicher wissen, was mit deinem Geld passiert ist«, sagte sie und zog mich durch den Garten bis zu dem kleinen Holzhäuschen, in dem sie Quartier bezogen hatte, nachdem ihre Versuche, Stinkbomben mit Blumengeruch herzustellen, grandios gescheitert waren.

Büro Florentine prangte in großen Lettern an der Tür. Vorsichtig strich ich über die grün bewachsenen Buchstaben.

»Einfaches Stadtmoos, zwei Tassen Buttermilch, Zucker und Wasser und dann warten«, erklärte Florentine die Herstellung der Ökobeschriftung. Mit einem Pumpzerstäuber goss sie ihr natürliches Graffiti, bevor wir ihr Häuschen betraten.

Mit unzähligen Versuchsaufbauten entlang aller Wände glich die Gartenlaube einem Chemielabor. Meine Nichte erforschte den Zersetzungsprozess eines vergessenen Pausenbrotes, entwickelte übel schmeckende Bonbons gegen Schluckauf und experimentierte mit Salzen, die verhindern sollten, dass sie jedes Mal rot anlief, wenn sie von einem Jungen angesprochen wurde. Florentine war sehr schüchtern und sehr anders.

»Arbeitest du immer noch an dem Mittel gegen Schluckauf?«, fragte ich.

Florentine schüttelte energisch den Kopf. »Stadtplanung durch chemische Innovation«, erklärte sie. »Du beschwerst dich doch immer über die Haufen deiner Nachbarshunde. Ich habe die Lösung für dich.«

Interessiert beobachtete ich, wie sie Trockenfutter für Hunde mithilfe einer Mahlmaschine für Kaffeebohnen pulverisierte. Danach holte sie aus einer Schublade ein weißes Plastikteil, das vor allem aus Löchern zu bestehen schien. In den winzigen Hohlräumen steckten transparente Gelatinehülsen, wie ich sie von Arzneimitteln kannte.

»Die Kapseln sind vegetarisch«, erläuterte Florentine. »Das ist Pullulan, ein wasserlösliches natürliches Polysaccharid.«

»Und die füllst du mit Hundefutter?«, fragte ich.

»Ich biete verschiedene Geschmacksrichtungen an«, nickte Florentine. »Ente, Lachs, Pferd und vegan.«

Sorgfältig bestückte sie die Hülsen. Am Ende fügte sie Glitter in verschiedenen Farben hinzu.

»Der Körper kann das Glitzermaterial nicht verdauen«, erklärte sie.

»Wofür soll so was gut sein?«, wunderte ich mich.

»Man mischt die Kapseln den Hunden ins Futter«, erläuterte Florentine. »Das ist der Trick.«

Ich verstand immer noch nicht: »Und dann?«

»Bringst du jeden Hundehaufen zum Leuchten.« Florentine strahlte, als habe sie gerade die Weltformel präsentiert. »Stell dir vor, wie schön die Bürgersteige selbst mit Hundekacke aussehen. Und die Reinigungsmänner merken sofort, wo Arbeit wartet.«

Sorgfältig schloss sie die Hülsen und kippte sie in durchsichtige Plastikbeutel.

»Hast du es ausprobiert?«, fragte ich.

»An mir selbst«, gab sie zu.

»Und?«

»Regenbogenfarben«, flüsterte sie verschwörerisch, um dann zum Geschäftlichen überzugehen.

»Was wolltest du eigentlich von Mama?«, fragte sie.

Ich seufzte: »Ich suche ein Geschenk für ein Mädchen, das genauso alt ist wie du, und habe keine Ahnung, womit man ihr eine Freude machen kann.«

»Ein Experimentierkasten Nanotechnologie?«, schlug sie vor.

Kein Wunder, dass die Kinder in der Schule Probleme mit Florentine hatten. Ich hoffte inständig, dass es auf ihrem Pausenhof keinen Martin Krüger gab.

»Ich suche eher was für ein normal begabtes Mädchen«, sagte ich, so vorsichtig wie möglich.

»Die Mädchen in meiner Klasse basteln alle Armbänder aus Plastikschlieren«, erklärte Florentine traurig. »Kann man als Paket kaufen.«

Dankbar umarmte ich meine Nichte.

Zum Abschied überreichte sie mir feierlich eine Pillendose mit den Wunderkapseln. »Dein Anteil«, sagte sie. »Für den Eigenbedarf.«

Der praktische Nutzen wollte sich mir nicht recht erschließen. Um Florentine nicht zu enttäuschen, steckte ich die Pillen trotzdem in meine Jackentasche.

28

Im Land der tausend Möglichkeiten

»Du musst ihn besuchen.« Carlas Stimme hallte noch nach. »Du musst ihn besuchen, solange es noch geht.«

Auf dem Weg nach Hause jagten tausend Bilder durch meine Hirnwindungen: Besuchte Florentine ihren Opa? Standen die Enkelinnen zu dritt vor seinem Krankenbett? Interessierte er sich für die Mädchen mehr als für mich? Ich ärgerte mich, dass mein Vater Raum in meinem Denken beanspruchte. Spontan stoppte ich am Leipziger Platz, um im Einkaufszentrum nach einem Spielzeugladen zu fahnden. Das Geschenk für Kimmie lieferte einen willkommenen Vorwand, mich nicht weiter mit meiner Vergangenheit auseinanderzusetzen. Leider bekam ich reichlich Gelegenheit, meine Entscheidung zu bereuen. Einkaufszentrum bedeutete immer zu viele Menschen, zu viel Lärm, zu viel Auswahl. Bei Toys"R"Us war ich in der Vorhölle gelandet.

Mühsam bahnte ich mir den Weg durch quengelnde Kinder, schreiende Mütter und entnervte Väter, die übervolle Einkaufswagen um Schütten, Sonderflächen und

Spielzeugberge herumschoben, als handle es sich um einen Slalomlauf. Ich irrte durch das Inferno aus schrillen Farben, singenden Stofftieren und quäkenden Videoschirmen, auf denen begeisterte Werbebotschafter die 18 Funktionen eines kabelgesteuerten Transformers erläuterten. Orientierungslos lief ich durch Gänge mit rosa Ponys, Feen, regenbogenfarbenen Einhörnern und furchterregenden Plastikköpfen, die Kinder zu einer Karriere als Hobbyfriseur animieren sollten. Als ich von der Seite angesprochen wurde, zuckte ich unwillkürlich zusammen. Die autistische Funktionspuppe Charlene verkündete mit schriller Kinderstimme »Ich möchte singen« und ging, ohne meine Antwort abzuwarten, unmittelbar dazu über, lauthals das Lied vom Bibabutzemann zu intonieren. Daneben drückten zwei kleine Mädchen auf einer Baby Doll herum. Die Szene toppte alles, was ich an Puppen aus Horrorfilmen kannte. Stach man den Zeigefinger in den Bauchnabel, nässte sich die Puppe ein, quetschte man unsanft an ihrem Unterarm herum, brach sie in Tränen aus. Welches Kind fand an so was Gefallen?

Ich war erleichtert, als ich endlich die Bastelabteilung entdeckte. Florentine hatte mir genaue Anweisungen gegeben. Ohne Nachzudenken entschied ich mich für einen Karton mit Crazy Loops in Regenbogenfarben. Angeblich sollten sich aus den Gummiringen mit ein bisschen Geschick Freundschaftsbänder knüpfen lassen.

Auf dem Weg zur Kasse stolperte ich über eine Schütte mit Basketbällen. Ich musste an das Versprechen meines Vaters denken, einen Korb über dem Garagentor anzubringen und mit mir zu trainieren. So, wie es Martins Vater tat. Anton verschwand, ohne sein Versprechen einzulösen. Aus mir war nie ein guter Sportler geworden. Ein jäher Schmerz riss mich aus meinen Überlegungen. Ein Zweijähriger hatte die Kontrolle über seinen Kindereinkaufswagen, den er als Roller missbrauchte, verloren und rauschte mir in die Hacken. Der Schmerz verdrängte jede Erinnerung. Fast war ich dem Mini-Rambo dankbar, dass er mich wieder in die Gegenwart geholt hatte.

Der Junge kam direkt aus der Reihe, die mit »Backe, backe Kuchen« überschrieben war. In seinem Wagen lag ein Frühstücksbrett mit verschiedenen Backwaren aus Plastik, deren Klettvorrichtungen man mit einem Holzmesser zerteilen konnte. Wer weiß, vielleicht wäre aus mir ganz automatisch ein Bäckereisachverständiger geworden, wenn es schon damals Backsets von Disney, essbare Sticker, Prinzessin-Lillifee-Muffins und bunte Cupcakeformen nur für Kinder gegeben hätte? Ein einziges Mal durfte ich bei der Weihnachtsbäckerei helfen. Ich trieb meine Mutter und Schwestern in den Wahnsinn, weil ich darauf bestand, alle Zutaten bis auf das letzte Gramm korrekt abzuwiegen, was sich angesichts der ungenauen Küchenwaage als Albtraum herausstellte. Seitdem hatte ich Küchenverbot bekommen.

Auf dem Weg nach draußen fiel mir zum ersten Mal auf, dass im Einkaufszentrum an jeder Ecke Backwaren angeboten wurden, als laufe der Kunde Gefahr, auf dem Weg vom Süd- zum Nordtrakt einen jähen Hungertod zu sterben. Nicht nur die Firma Schwab war mit einer Filiale vertreten. Bei meinem Rundgang entdeckte ich neben den Backwarenabteilungen der Kaufhäuser und Discounter die Privatbäckereien Hoffmann und Kamps, einen Laden, der mit original französischem Brot auf Kundenfang ging, eine Filiale von Dunkin' Donuts, die im Bereich süße Teilchen ernst zu nehmende Konkurrenz darstellte, sowie einen mobilen Brezelstand. Vor den Ladenlokalen überboten sich die Aufsteller mit Sonderangeboten. Ich versetzte mich in die Lage eines Konsumenten. Warum sollte ich nicht bei »zwei Brezeln für den Preis von einer« zugreifen? Welchen Sinn hatte es, ein paar Schritte weiterzulaufen und bei Schwab das Doppelte für eine einzelne Brezel zu bezahlen? Wieso sollte ich überhaupt die eine Bäckerei der anderen vorziehen?

Kimmie und die Bastelpackung waren vergessen. Ich geriet in einen wahren Kaufrausch. Es gab nur einen Weg, herauszufinden, was Schwab unterschied und auszeichnete. Anstatt mich zu Hause dem nüchternen Zahlenmaterial zu widmen, eilte ich von Laden zu Laden und erwarb jeweils eine Brezel, die ich einer quasiwissenschaftlichen, nicht repräsentativen Untersuchung unterziehen wollte. Brezeln waren kein bayerisches Hoheitsgebiet und auch keine schwäbische Spezialität mehr. Kaum ein Berliner Bäcker ließ sich das Geschäft mit dem traditionsreichen Laugengebäck entgehen. Aus den Papieren wusste ich, dass Schwab täglich 10.000 Brezeln absetzte. Als einer von 30 A-Artikeln und Aushängeschild der Firma war die Brezel maßgeblich für den Umsatz verantwortlich. Zahlen umschrieben das Phänomen nur ungenügend. Das Einkaufszentrum mit seinem breiten Angebot vom Discounter mit Tiefkühlprodukten bis zum Spezialisten bot 17 verschiedene Modelle. Zur Vervollständigung meiner Sammlung fehlte nur noch das Exemplar von der Tankstelle, das Schwab schlaflose Nächte bereitete. Unweit des Einkaufszentrums befand sich eine Filiale von Aral. Neben Bremsflüssigkeit, Mehrbereichsöl und Frostschutz konnte man an der Benzinpumpe bis tief die Nacht frische Brötchen und Brezeln erwerben. Wenn sie denn vorrätig waren.

»Sind gerade aus«, verkündete ein Mädchen mit pechschwarz gefärbtem Haar und ebensolcher Laune.

Mir machte die Wartezeit nichts aus. Ohne die Brezel von der Tankstelle fehlte ein wichtiges Indiz in meiner Beweiskette. Mit unfassbarer Trägheit holte Fräulein Schlechtgelaunt ein Blech Rohlinge aus der Kühlung. Die vorgeformten Laugenkringel wurden schockgefrostet von einer Großbäckerei geliefert und rund um die Uhr aufgetaut und aufgebacken. Der Umluftautomat war vorprogrammiert und idiotensicher. Mit einer minimalen Ausbildung von 15 Minuten konnte bei Aral jeder zum Bäcker avancieren.

»Dauert«, sagte das Mädchen Kaugummi kauend und wandte sich in Ermangelung weiterer Kunden ihrem Smartphone zu.

Sie war auf Emoticons geeicht und hatte verlernt, in ganzen Sätzen zu sprechen.

»Weiß«, gab ich knapp und zackig zurück, um zu signalisieren, dass ich durchaus in der Lage war, mich jugendlich kryptisch auszudrücken. In meinem Kopf schwirrte ein ganzer Katalog an Fragen: Wie viele Brezeln verkaufte sie am Tag? Gab es tatsächlich Kunden, die nach Mitternacht auf der Suche nach frischem Brot waren? Noch bevor ich die Problematik ansprechen konnte, holte mich die Vergangenheit ein. Seit Clara Anton erwähnt hatte, drängte mein Erzeuger mit aller Macht in mein Bewusstsein. War es nicht genau diese Tankstelle gewesen, an der ich meinem Vater zum letzten Mal begegnet war? Nachts um zwei? Ich war auf dem Nachhauseweg von einem Abendessen mit Anja gewesen, mein Vater hatte die Nacht noch vor sich gehabt.

Mit kritischer Miene hatte er die Billigweine inspiziert, als befände er sich in einer noblen Vinothek, die Schätze für den wahren Connaisseur darbot. Nachdem er sich entschieden hatte, griff er an der Kasse nach einer Packung Kondome.

Ungeduldig wartete ich auf meine letzte Brezel. Ich wagte kaum, zum Weinregal hinüberzuschauen, als könne mein Vater noch immer dort stehen. Damals hatte ich mich erschrocken hinter dem Zeitungsständer weggeduckt. Heute hielt ich mich verkrampft an meiner Aufgabe fest. Ich zählte, wie viele verschiedene Brotartikel die Tankstelle frisch anbot, notierte die Zahl in meinem Notizbuch und flüchtete mit dem noch heißen Teigstück. Im Gepäck ein Bastelset, 18 Brezeln und einen Plan.

29

Eine aus achtzehn

»Ich weiß, dass du da bist«, rief ich.

Ich schlug mit der flachen Hand an das Rolltor, das zu Joshis Behausung führte. Der Abend dämmerte bereits herauf. Vor der Tür warteten seit dem frühen Morgen unangerührt die vollen Plastikkörbe der Bäckerei Schwab. Dabei entsprach die gelieferte Ware genau dem, was Joshi an einem normalen Samstag bestellte. Ich fühlte mich außerstande, den Brezeltest alleine und ohne Gegenprobe durchzuführen. Als erklärter Foodexperte musste mir mein Exschwager bei meiner ultimativ subjektiven Geschmacksprobe assistieren. Verblüfft stellte ich fest, dass die Nebentür offen stand. Vorsichtig trat ich in den schwach beleuchteten Raum.

»Lass mich in Ruhe«, klang es aus dem Dunkel. Joshi lag regungslos auf seiner Pritsche. Er hatte davon geträumt, seinem Leben mit Anschaffung des Foodtrucks eine neue Richtung zu geben. Seit die Trennung juristisch vollzogen und die Steuer eingereicht war, hielt ihn nichts und niemand mehr zurück. Doch der Zustand ultimativer Freiheit lähmte Joshi. Ohne Gegner, an den er sich lehnen konnte, fiel er sang- und klanglos um. Mein Exschwager hatte gute und er hatte schlechte Tage. Heute war ein besonders schlechter Tag.

»Ich brauche deine Hilfe«, insistierte ich und machte Licht. »Ich brauche einen unbestechlichen Foodie für einen Test.«

»Keine Lust«, grummelte Joshi.

»Wenn du mir nicht hilfst, rufe ich Anja an und erzähle ihr, wie sehr du seit der Scheidung durchhängst.«

Joshi schoss hoch: »Wenn du das tust, bringe ich dich um.«

Ich erschrak über seine heftige Reaktion. Die Drohung war nicht mehr als ein Testballon gewesen, eine blöde Idee, ein spontaner Einfall.

»Du vermisst sie«, sagte ich ihm auf den Kopf zu.

»Ich vermisse Schlaf«, erklärte Joshi.

»Warum rufst du Anja nicht an und verabredest dich mit ihr?«, fragte ich.

Joshi erhob sich schlagartig von seinem Bett: »Was muss ich tun, damit du aufhörst, mir gute Ratschläge zu geben?«

Eine halbe Stunde später war alles vorbereitet. Aufgeregt verteilte ich Bewertungsbogen: »Wir beurteilen jede der Brezeln nach optischem Eindruck, Knusprigkeit, Gewicht, Salzmenge und Geschmack.«

Ich versah die Brezeln mit Nummern und verteilte sie auf Teller.

»Geschmack musst du doppelt bewerten«, meinte Joshi. »Wenn's nicht schmeckt, hilft auch die Optik nicht.«

Ich musste unwillkürlich an Nico denken. So ähnlich musste es bei den Sitzungen von *Eins plus 1* geklungen haben, als sie sich auf die grundlegenden Algorithmen für ihr Matchingsystem verständigt haben. Die Kernfrage war dieselbe: Wie verhielten sich die optischen Eindrücke zu den inneren Werten?

Ich nahm einen Bissen von Brezel Nummer eins und verzog das Gesicht. »Zäh!«, verkündete ich das Urteil. »Ohne Getränk ist das Lederteil nicht zu genießen.«

Joshi teilte meinen Eindruck: »Die ist was für Leute mit viel Zeit. Im Altenheim geht so was als Beschäftigungstherapie durch.«

Zum ersten Mal kam mir der Gedanke, dass das Mädchen von der Tankstelle nicht auf einem Kaugummi herumgekaut hatte.

Je weiter wir in die Materie eintauchten, umso komplizierter wurde es. Schon über die Optik stritten wir uns leidenschaftlich. Sollte die Lauge in feinstem Hochglanz schimmern oder seidenmatt glänzen? War der nach schwäbischer Sitte eingeschnittene Bauch ästhetisch höher zu bewerten als ein aufgeplatzter, wie er von den Bayern bevorzugt wurde? War ein pummliges Modell schöner als ein wohlproportionierter schlanker Körper, bei dem die Arme mit einem herzhaften Knack brachen, sich jedoch bei der Geschmacksprobe zeigte, dass in den Windungen Trockenheit herrschte? Bei einer anderen ließen sich die Ärmchen ziehen und drücken, jedoch nicht brechen, dafür schmeckte sie nach Brezel. Wie sich herausstellte, war diese Basiseigenschaft beileibe nicht selbstverständlich.

Meine Probleme mit der Familie, mit meinem Vater, mit Lisa: Nichts zählte mehr. Es ging nur noch darum, zu schmecken, zu fühlen und zu riechen. Wie bei einer Weinprobe übertrumpften Joshi und ich uns damit, Adjektive zu finden, die das subjektive Empfinden in objektiv verständliche Worte übersetzten. Unser Brezelspektrum bewegte sich zwischen labberig, zäh, gummiartig, trocken, und seifig am unteren Ende der Skala bis zu knusprig, kross, fluffig und aromatisch im oberen Bereich.

»Wenn man Brezel 14 küsst, federt sie zurück«, entwickelte Joshi seine eigenen Kriterien. Ein zufälliger Zuhörer hätte bei Joshis Schwärmereien wohl kaum unterscheiden können, ob gerade über Frauen oder Brezeln philosophiert wurde. Während ich mich an Schulnoten hielt, tummelten sich auf seinem Bewertungszettel Formulierungen, die ich von unseren Diskussionen über die weiblichen Profilfotos von *Eins plus 1* kannte. Ausführlich lobte er einen finessenreichen Körper, den eleganten Body, Charme oder die noblen Züge. Sein blumiges Vokabular ließ darauf schließen, dass bei Joshi die leiblichen Genüsse den fleischlichen sehr nahekamen.

Das Endergebnis verwirrte mich. Eins stand fest: Zahlen alleine sagten nichts über die Qualität des Produktes aus. Weder das Gewicht, das von 66 bis 103 Gramm variierte, noch die Preisspanne, die sich von 39 Cent bis zu satten 1,65 Euro zog, ließen eindeutige Rückschlüsse zu. Überraschenderweise entpuppte sich die billigste nicht als die schlechteste und die teuerste Brezel nicht als beste. Selbst das Aufbackmodell hielt sich im Ranking in den oberen Regionen. Die Zutatenliste trübte posthum das Geschmackserlebnis. Joshi war überzeugt davon, dass weder Mono- noch Diacetylweinsäureester oder Ascorbinsäure etwas in seiner Brezel zu suchen hatten.

»Da ist Vitamin C drin?«, fragte ich nach.

»Ascorbinsäure macht Mehl haltbar«, wusste Joshi. »Noch schlimmer sind die Emulgatoren, die Backwerk Volumen geben, wo keines ist. Du kannst mit Mais helles

Mehl dunkel färben, damit es aussieht wie gesundes Vollkorn- oder Roggenmehl. Nur chinesisches Haar, aus dem früher ein Stoff gemacht wurde, der Teig elastischer macht, ist mittlerweile verboten.«

Mein Magen reagierte empfindlich auf die Idee, in meinem Brot nicht nur chinesische Haare vorzufinden, sondern auch künstliche Farbstoffe, chemische Backhilfemittel, Schimmelverhüter, Emulgatoren und Enzyme. Ich verzichtete darauf, den Rest der eingeschweißten Teiglinge aufzubacken.

»Und? Bist du jetzt schlauer?«, fragte Joshi.

Ich schüttelte den Kopf. Die Frage, warum der Kunde seine Brezel bei Schwab und nicht bei einem Mitbewerber kaufen sollte, blieb vorerst unbeantwortet.

30

Eine ganz spezielle Nummer

Der Sonntagmorgen begann mit dem vertrauten Klackern von Tamaras Absätzen, die über den Holzfußboden im oberen Stock eilten. Jetzt hieß es schnell handeln, bevor Kimmie wach wurde, die übliche Hip-Hop-Musik einsetzte und mir den letzten Nerv und die wichtigen Arbeitsstunden raubte. Im Kopf hatte ich mir einen Text zurechtgelegt. Ich würde Tamara das Geschenk für die Tochter überreichen und in einem eleganten Nebensatz einfließen lassen, wie dünn die Wände bedauerlicherweise waren. Ihr war womöglich nicht bewusst, wie sehr ich mit ihr und ihrer Tochter mitvibrierte. Ich stellte mir vor, wie Tamara vor Scham zerfließen würde über die noble Geste ihres Mieters, der sich aller Geräuschbelästigung zum Trotz die Mühe gemacht hatte, ihrer Tochter nachträglich zu gratulieren. Mit freudiger Erwartung sah ich einem entspannten nachbarlichen Umgang entgegen.

Ich griff das verspätete Geburtstagsgeschenk, nahm fünf Stufen auf einmal und klingelte. Ich kam zu spät. Als ich die Tür erreichte, brüllte der Rapper bereits wieder, dass man die Hände in die Luft werfen solle. Tamaras Absätze klackerten im Takt der Musik über das Parkett. Übten sie jetzt schon zu zweit? Die Befriedung der nachbarlichen Verhältnisse entpuppte sich als schwierige Aufgabe. Meine Nachbarinnen waren entweder schwerhörig, unwillig oder beides. Und das in Potenz. Ich spürte Unwillen und Zorn aufsteigen. Energisch drückte ich im Stakkato auf die Klingel. Als sich die Tür öffnete, war mir klar, dass ich einen Fehler gemacht hatte.

Vor mir stand Kimberly mit Kriegsbemalung. An ihren Füßen die hohen Glitzerschuhe ihrer Mutter.

»Mama ist nicht zu Hause«, verkündete sie.

Kimmie war aufgeklärt genug, um mich mit misstrauischen Blicken zu bedenken. Sie war aber auch neugierig genug, um das Geschenk in meinen Händen anzustarren.

»Ist das für mich?«, fragte sie.

Das lustige Kindergeschenkpapier, das ich bei Toys“R”Us gewählt hatte, verriet, für wen mein Mitbringsel bestimmt war. Meine Seele trat aus meinem Körper und entfernte sich wie eine Drohne. Der Abstand gestattete mir, von außen zu beobachten, wie ein 29-jähriger Mann unbeholfen Kontakt zu seiner zwölfjährigen Nachbarin aufnahm. In Abwesenheit der Mutter. Ich war nicht der Einzige, dem bewusst wurde, wie schräg die Situation war.

»Ich darf nichts von Fremden annehmen«, trug Kimmie artig vor. »Nur vom Metzger. Und auch nur Wurst. Aber ich esse keine Wurst. Wurst macht dick. Was ist denn dadrin?«

Ich drückte ihr das Geschenk in die Hand: »Alles Gute zum Geburtstag.«

»Ich habe an Weihnachten Geburtstag«, antwortete Kimmie.

Offenbar hatte ich die Geräusche aus der Nachbarwohnung fehlinterpretiert und Großversammlungen kleiner Mädchen zählten bei Kimmie zum Alltag.

»Jeder Mensch hat Geburtstag«, insistierte ich. »Ganz oft.«

Ich verzichtete darauf, Kimmie in die Geheimnisse selbst gewählter Jubeltage einzuweihen. Ihre Tanzkarriere ließ ihr bestimmt nicht viel Zeit für mathematische Denkspiele.

»Ich habe etwas für meine Nichte gekauft. Aber es gefällt ihr nicht. Ich habe den Kassenzettel weggeschmissen und kann es nicht mehr umtauschen«, faselte ich.

»Einen Moment«, sagte Kimmie und verschwand. Die Kleine hatte nicht genügend Horrorfilme gesehen, um zu wissen, dass es besser gewesen wäre, die Tür zu schließen. Unfreiwillig gewährte sie mir einen Blick in den Flur, der in elegantem Schwarz-Weiß eingerichtet und mit eindrucksvollen Fotografien der beiden Hunde geschmückt war. Mit einem Schlag begriff ich, in welcher schwierigen Familienkonstellation Kimmie groß wurde. Die Hunde figurierten offenbar als Models für internationale Modeaufnahmen. Die Zwölfjährige gab sich die allergrößte Mühe, die beiden Afghanen zu übertrumpfen. Wenn sie schon nicht mit den hypereleganten Kurven der Hunde mithalten konnte, wollte sie ihre Mutter wenigstens mit tänzerischen Qualitäten beeindrucken.

»Der Nachbar von unten. Der mit den ausgeleierten Cordhosen, der immer so verwirrt aussieht«, hörte ich Kimmie im Hintergrund telefonieren. »Der mit dem komischen Gang.«

War irgendetwas an meiner Motorik merkwürdig? Musste ich der langen Liste meiner psychischen und physischen Auffälligkeiten einen seltsamen Gang hinzufügen? Ich wog ab, ob es nicht besser wäre, abzuhauen und die peinliche Szene für immer zu vergessen, als Kimmie mit strahlendem Lächeln zurückkehrte.

»Ich darf«, sagte sie, nahm mir das Geschenk aus der Hand und schloss die Tür. »Danke«, brüllte sie noch.

»Es sind Glücksarmbänder«, schrie ich. Meine Stimme hallte durch das Treppenhaus.

Den Rest des Nachmittags blieb es überraschend leise im oberen Stock. Ich stellte mir vor, wie Kimberly aus den Gummiringen bunte Armbänder bastelte. Ich stellte mir vor, wie sie eines dieser Armbänder als Talisman bei ihrem ersten Auftritt trug. In 20 Jahren würde sie in einer Talkshow sitzen, auf eine erfolgreiche Tanzkarriere zurückblicken und von dem magischen Geschenk und dem Wendepunkt in ihrer Karriere berichten. Vielleicht würde sie einen Suchaufruf starten. Natürlich würde ich mich nicht zu erkennen geben, schließlich erwartete ich keinen Dank für meine gute Tat.

Eine Woche experimentierte ich bereits mit Joshis Therapie. Auf einer Liste notierte ich meine Fortschritte. Ich hatte Schwab mit einer Krawatte beglückt, Annette mit Seife beschenkt, Anja mit einem Filmabend überrascht und Olga mit den dazugehörigen DVDS. Lisa hatte von mir eine Packung Sushi erhalten, Carla einen Blumenstrauß. Jeden Tag eine gute Tat. Die Wirkung war nicht immer die gewünschte gewesen. Wenn ich ehrlich war, musste ich mir eingestehen, dass die Bilanz durchwachsen ausfiel. Bei Kimmie hatte ich zum ersten Mal das Gefühl, richtigzuliegen und wirklich etwas ins Positive gewendet zu haben. Zufrieden lehnte ich mich zurück. Ich war auf einem guten Weg.

31

Du bist vielleicht eine Nummer

Etwas stimmte nicht. Lisa blätterte schweigend durch meine Unterlagen. Nach einem ruhigen Sonntag und der unfreiwilligen Mithilfe von Frau Biermann hatte ich mir einen Überblick verschafft und die Zahlen für mein Montagstreffen mit Lisa optisch aufbereitet. Mein linkes Knie wippte unkontrolliert auf und ab, als litte ich unter frühem Parkinson.

»Ihre Grafiken sind beeindruckend«, sagte Lisa endlich.

»Rot steht für Energiekosten«, erläuterte ich, froh, mich auf sicheres Terrain begeben zu können. »Gelb sind Rohstoffe, grün Verwaltung, blau Personal, braun Inventar, Fuhrpark, Gebäude …«

Lisa beugte sich über die Tortendiagramme, die anschaulich verdeutlichten, wohin die Euros flossen, die Schwab erwirtschaftete. Es war mein heutiges Geschenk an meine heimliche Liebe. Die gute Tat des Tages. Ein Zeichen, dass ich nicht gewillt war, mich auf Schwabs Konkurrenzspielchen einzulassen.

»Ich glaube, ich habe Sie unterschätzt«, sagte Lisa. »Sie sind ein noch größerer Nerd, als ich dachte.«

War das ein Kompliment? Ein Zeichen, dass ich es endlich geschafft hatte, in ihr Bewusstsein vorzudringen?

»Man kann nur managen, was man messen kann«, verteidigte ich mich stotternd. »Alte betriebswirtschaftliche Weisheit.«

Lisa war nicht sonderlich beeindruckt: »Zahlen, Daten, Fakten … als ob man damit menschliches Verhalten steuern kann.«

Sie wusste nicht, wie unrecht sie hatte. Mich leitete die Zahl 94, 94 Prozent um genauer zu sein.

»Und? Was haben Sie?«, lenkte ich von meinen wirklichen Intentionen ab.

Wenn ich meine Ergebnisse mit ihr teilte, war es nur natürlich, dass auch sie mir ein Stück entgegenkam.

»Ich verlasse mich lieber auf Interviews«, sagte Lisa. »Wenn jemand weiß, was in einem Betrieb falsch läuft, dann die Mitarbeiter.«

Mich interessierte mehr, was zwischen mir und Lisa lief.

»Niemand hat den kompletten Überblick«, hielt ich dagegen.

Lisa sah das anders: »Wenn Sie sich hinter den Zahlen verschanzen, kommen Sie zu nichts.«

»Ich habe einen genauen Plan, in welcher Reihenfolge ich vorgehe«, log ich. In Wirklichkeit versagte jede Strategie angesichts ihrer überwältigenden körperlichen Präsenz.

Lisa wirkte entspannt, so als hätte sie endgültig verstanden, dass ich keine ernst zu nehmende Konkurrenz war.

»Geben Sie es ruhig zu«, säuselte sie. »Sie haben keine Ahnung von Tuten und Backen.«

Dieser heisere Klang in der Stimme, das Schimmern der Härchen auf ihrem Unterarm, die dunklen Augen, die unergründlich schienen.

»Ist was?«, fragte sie, irritiert darüber, dass ihre Gemeinheit wirkungslos verpufft war.

»Haben Sie eine Lieblingszahl?«, platzte ich heraus.

Lisa brach in schallendes Gelächter aus. »Was soll das schon wieder?«

Ich insistierte: »Die meisten Leute hassen Mathe und lieben eine Zahl. Weil es die Buslinie ist, mit der sie jeden Morgen zur Arbeit fahren. Die Hausnummer, wo sie einmal glücklich waren, das Datum, an dem ihnen der Lottogewinn ins Haus geflattert ist …«

»8-7-6-5-3-9-8-5-2«, antwortete sie wie aus der Pistole geschossen.

Ich wiederholte: »876 Millionen fünfhundertneununddreißigtausendachthundertzweiundfünfzig?«

»Meine Umsatzsteueridentifikationsnummer«, erläuterte Lisa.

Ich ließ die Zahl auf meiner Zunge zergehen: »8-7-6-5-3-9-8-5-2.«

Lisa hielt verblüfft inne. »Wie machen Sie das? Wie können Sie sich so was merken?«

»Es ist ganz einfach«, erklärte ich. »Man muss die Zahlen mit Bildern verbinden und im Kopf zu einer Geschichte kombinieren. Die Null ist ein Ei, die Eins ein Stift, Zwei ein Schwan, Drei eine weibliche Büste, Vier ein Tisch und so weiter. Wenn Sie sich 210 merken wollen, stellen Sie sich vor, wie ein Schwan mit einem Stift auf ein Ei kritzelt. Sie merken sich nicht drei Zahlen, sondern ein einziges Bild. Auf die Weise kann ich die Zahl Pi bis zur hundertzwanzigsten Stelle nach dem Komma aufsagen«, gab ich an. »3,142 857 142 857…«

»Kein Wunder, dass Schwab Sie unbedingt haben wollte«, unterbrach Lisa.

»Da ist noch Luft nach oben«, ergänzte ich. »Ein Franzose hat 2,7 Billionen Stellen hinter dem Komma berechnet. Da habe ich noch etwas vor mir.«

»Und was bringt das alles?«, fragte Lisa.

»Ich weiß jetzt auf ewig Ihre Umsatzsteueridentifikationsnummer. Das ist etwas sehr Intimes. Freunde kommen und gehen. Steuernummern bleiben.«

Zahlen und Gefühle waren für mich schon immer eins gewesen. Meine erste große Liebe, Maja, kam aus Siebenbürgen und verzauberte mich, weil ihr schwerer osteuropäischer Akzent mich an Graf Zahl erinnerte, den Helden meiner Kindertage. Sie war 17 und arbeitete bei Obi, ich war 13 und glaubte nicht an Zufälle. So wie zwei parallele Geraden sich irgendwann im Unendlichen schnitten, glaubte ich, dass Maja mich eines Tages erhören würde. Bis sie einen Mario aus der Badezimmerabteilung küsste, der aussah, als könne er noch nicht mal zwei und zwei zusammenzählen. Seitdem war ich 47 Zentimeter gewachsen und hatte 38 Kilo an Gewicht zugelegt. Meine Berechnungen, wie Frauen sich verhielten, versagten immer noch. Ich ließ mich davon nicht unterkriegen. Romantische Verirrungen wertete ich als empirische Versuchsreihen, die dem Ziel dienten, mich im Ausschlussverfahren der richtigen Partnerin zu nähern.

»Ich bin der einzige Mensch auf dieser Welt«, sagte ich, »der Ihre Umsatzsteueridentifikationsnummer im Kopf hat. Sie haben auf immer und ewig einen Platz in meinem Nummerngedächtnis.«

Ich flüchtete, bevor sie begriff, dass das in meiner Welt einer Liebeserklärung verdammt nahekam.

32

Unter vier Augen

Ich zog an der Schnur. Das Hallentor hob sich und gab den Blick auf die Produktion frei. Ich war bereit für den zweiten Teil meiner Mission. Nachdem ich mich bei Lisa mal wieder lächerlich gemacht hatte, war mein Plan, den Personalbedarf der einzelnen Backerzeugnisse zu eruieren und zu überprüfen, wo man Menschen durch Maschinen ersetzen konnte. Nüchterne Berechnungen beruhigten meine flatternden Nerven am besten.

Auf das von Olga vorgeschriebene Outfit hatte ich bewusst verzichtet. Ohne den orangefarbenen Fladen auf dem Kopf, der mich als flüchtigen Besucher brandmarkte, fühlte ich mich ein wenig besser. Die Bäcker nahmen mich trotzdem als Fremdkörper wahr. Mein Gang durch die Halle kam einem Spießrutenlauf gleich.

Ich hatte beschlossen, bei dem Produkt zu beginnen, das mir am vertrautesten war und am meisten Manpower nötig hatte. Den Brezeln. Es begann schon bei der Teigmischerei. Die Arbeitsplätze waren um riesige elektronische Waagen herum organisiert, die automatisch anzeigten, welche Zutaten in welcher Reihenfolge zuzuführen waren. Bei Schwab waren sie unendlich stolz darauf, dass sie nach den Rezepten des Firmengründers buken. Wozu brauchte man hier qualifizierte Bäcker? Wenn man sich an Vorgaben und Rezepte hielt, konnte nichts schiefgehen.

»Und? Wissen Sie schon, wer fliegt?«, haute mich eine Stimme von der Seite an. Sie gehörte Ted, dem Chef der Brotdivision.

»Noch steht nichts fest«, wich ich aus.

»Also stimmt es«, sagte Ted und ging sofort in den Angriff über: »Die Hälfte unserer Leute ist über 50. Die haben alle schon unter dem alten Schwab gearbeitet. Wie soll jemand wie Heinz einen neuen Job finden? Überall in der Branche wird automatisiert.«

»Wir sind noch dabei, uns einen Überblick zu verschaffen«, sagte ich.

Dabei wusste ich selbst, dass das Tortendiagramm einen deutlichen Personalüberhang zeigte. Ich erkannte die Unruhe in Teds Augen. Es war dieselbe Angst, die in den Gesichtern der Banker gestanden hatte, als Mareike Vogel in der Mitarbeiterversammlung die Worte »Abbauziele« und »Sozialplan« hatte fallen lassen. Mich hatte es bereits in der ersten Entlassungsrunde erwischt. Alle anderen in den Monaten, die folgten. Jetzt war ich selbst in der Position, über das Schicksal von Mitarbeitern zu entscheiden.

Während Ted versuchte, seine Arbeiter zu beruhigen, folgte ich dem fertigen Brezelteig quer durch die Halle bis zu der Kopfmaschine, die die kiloschweren Klumpen aus der Teigmischerei portionierte. Aus einem Trichter fielen rechteckige Teiglinge, die über ein Band in die Maschine befördert wurden und am anderen Ende als Schlange wieder das Tageslicht erblickten. Der Bauch der Würste blähte sich in der Mitte auf, als habe die Teigschlange eine Maus verschluckt. Ebenso schnell wie sie auftauchten, verschwanden die Rohlinge für zwölf Minuten in einem Zwischengärschrank, bevor sie auf den Brezeltisch gelenkt wurden. Über Band liefen die angegarten Teigstangen auf sage und schreibe acht Arbeiter zu, die in Vierergruppen rechts und links am Tisch standen, die Enden griffen und mit einer schnellen Bewegung liebevoll zu einer Brezel knoteten und in Form zogen. Jede Brezel, die die Bäckerei Schwab verließ, besaß ihre eigene individuelle Form. Unschwer erkannte ich, dass jeder Mitarbeiter seinen eigenen Stil beim Schlingen pflegte. Aber war das nötig? Ich überschlug Personalkosten und Leistung: Die acht Leute schafften locker an die 1.600 Brezeln in der Stunde. Und konnten sich dabei mühelos über den letzten Firmenklatsch austauschen. Aus der Ferne studierte ich ihre Bewegungen. Gegen Schichtende, als die letzte Fuhre Brezeln auf den Weg in die Filialen geschickt wurde, wagte ich mich daran, das Beobachtete selbst in die Tat umzusetzen. Das konnte doch nicht so schwierig sein. Der Teig fühlte sich samtig an. Das Gemisch aus Mehl, kaltem Wasser, Hefe, Salz, Malz und Fett glitt geschmeidig durch meine Finger. Ich zog, zerrte und schwang, ohne dass der Teig ein einziges Mal riss. Der erste Versuch, die Schlange in eine Brezel zu verwandeln, produzierte einen Knödel mit zwei Ohren. Beim zweiten Versuch verhedderte ich mich. Nicht die Brezel war verschlungen, sondern meine Unterarme. Je öfter ich die Schnüre vergeblich in die Luft warf, umso mehr machte sich Hoffnungslosigkeit bei mir breit. Ich erinnerte mich an die Salzstangen meiner Jugend, mit denen ich vor dem Spiegel geprobt hatte, wie ich mich als Raucher machte. Warum stellte Schwab sein Laugengebäck nicht in einer simplen, geraden Form her, die produktionstechnisch nicht so aufwendig war? Aber vielleicht war es gerade die ausgeklügelte Kombination aus dicken Teigteilen und knusprigen Ärmchen, die den Erfolg der Brezel ausmachte? Ich wedelte, kreuzte, schlang und verzweifelte. Von hinten ertönte glockenhelles Gelächter.

Ertappt fuhr ich herum. Meine peinlichen Versuche waren nicht unbemerkt geblieben. Lisa verbarg ihr Gesicht hinter einem Packen Papier, um ihr hysterisches Gekicher zu maskieren.

Bloß nicht beeindrucken lassen, bloß keine Schwäche zeigen. Ich hob zu einem neuen Versuch an. Das verkrüppelte Teilchen, das ich zustande brachte, ging beim besten Willen nicht als Brezel durch. Wenn Werfen nicht funktionierte, half möglicherweise eine ingeniöse Legetechnik. Die Frustration schlug zu. Und kurz danach meine Faust. Mit ein paar Schlägen hatte ich die verunglückte Brezel zum Fladen geplättet.

Lisa legte die Unterlagen ab und verteilte mit großer Geste Mehl auf den Schlingtisch. Ohne Zögern packte sie die Enden der Teigschlange und kreuzte mühelos die Arme. Mehlstaub tanzte um sie herum. Ihre Konturen verschwammen in einer weißen Wolke. Auf dem Tisch lag eine perfekte Brezel.

»Begriffen?«, fragte sie.

Sie hielt inne, um mir die Chance zu geben, es ihr gleichzutun. Blitzschnell verwandelte ich ein gutes Dutzend Teigröllchen in Gebilde, die an die Hundehaufen erinnerten, die Aphrodite und Paris sonntags auf dem Bürgersteig hinterließen.

Lisa stellte sich neben mich. Ihre Finger umfassten zart meine Hände. Ich musste nur noch den Bewegungen folgen, die sie vorgab. Ich spürte die Wärme ihres Körper an meiner Seite, ihren Atem, die heisere Stimme immer an meinem Ohr. Mit ihrer Hilfe gelang selbst mir die perfekte Brezel. Und noch eine. Alles, was ich tun musste, war, mich willenlos dem Schwung ihres Körpers hinzugeben. Zum ersten Mal verstand ich, was Joshi am Kochen so faszinierte, dass er seine Karriere zugunsten einer Rolle am Herd aufgegeben hatte. Es fühlte sich magisch an, mit den eigenen Händen aus simplen Grundstoffen etwas herzustellen, was Menschen für das tägliche Überleben brauchten. Warum hatte ich jemals etwas anderes werden wollen als Brezelschwinger? Wer brauchte einen Roboter, der im Alleingang die Leistung der Brezelbrigade übertraf? Die Brezeln, die Lisa und ich produzierten, erzählten eine Geschichte. In ihre individuelle Form eingeschrieben waren die Sekunden, in denen unsere Körper im Gleichklang schwangen.

»Noch eine?«, fragte Lisa.

»Bestimmt nicht«, tönte eine schwere Stimme.

Wir fuhren auseinander. Die dritte Schicht war angetreten, um die nächtliche Komplettreinigung durchzuführen. Ein halbes Dutzend Hilfskräfte, ausgerüstet mit Schrubbern, Eimern und Wasserschläuchen, wartete darauf, dass wir den Platz räumten. Die Zeit zwischen 20 und 23 Uhr war das einzige Zeitfenster, in dem bei Schwab nicht gebacken wurde. Ihr Arbeitspensum duldete keinen Aufschub. Die Putzkolonne brauchte freie Bahn.

»Und unser gemeinsames Werk?«, fragte Lisa. »Wir können die Brezeln doch nicht wegwerfen.«

»Fünf Minuten«, bellte der Chef der Truppe.

»Wir sind mitten in der Produktion«, gab ich zu bedenken.

»Wenn Sie weiterquatschen, sind es noch vier«, parierte der Oberputzer.

Die Zeit reichte gerade noch, die Teigrohlinge in das Laugengerät zu setzen, einmal komplett unterzutauchen und auf Backfolie und Blech zu verteilen.

»Jetzt noch drei«, trötete die Reinigungsfachkraft.

»Hast du einen Ofen zu Hause?«, fragte Lisa.

Ich nickte überwältigt. Nie hätte ich gedacht, dass die Frage »Zu mir oder zu dir?« so schnell fallen würde.

33

Glückszahlen

»Lisa«, sagte sie und reichte mir die Hand. »Wenn wir gemeinsam Brezeln backen, müssen wir uns duzen. In der Backstube duzen sich alle.«

»Tom«, nickte ich.

Mehr bekam ich nicht heraus. Ich war überwältigt, Lisa in meiner Wohnung zu sehen. Sie machte sich nicht die Mühe, ihre Jacke auszuziehen, als wolle sie um jeden Preis vermeiden, dass ich ihre Anwesenheit missverstehen könnte.

»Du kochst wohl nicht besonders viel«, schloss Lisa mit Blick auf die funkelnden Pfannen, die Carla mir zum Einzug geschenkt hatte. Mangels Stauraum hatte ich das Set im Ofen zwischengelagert und prompt vergessen.

»Ohne festes Büro sitzt man automatisch in Cafés herum«, erklärte ich. »Und wenn man da schon mal ist, kann man auch etwas zu essen bestellen.«

Meine Küche war winzig. Sich zu zweit darin zu bewegen, grenzte an Überbevölkerung. Man konnte entweder sitzen oder die Unterschränke öffnen, beides zusammen gestaltete sich schwierig. Der Raum, der Lisa und mir blieb, war kaum größer als zwei Quadratmeter. Es war unmöglich, die Brezeln in den Ofen zu schieben, ohne sich unabsichtlich zu berühren. Oder absichtlich.

»In der Firma backen wir mit 237 Grad Oberhitze und 230 Grad von unten«, erklärte sie. »Mit den üblichen Haushaltsmaschinen erreicht man diese Präzision nicht. Das Ergebnis wird nie so perfekt wie bei Schwab.«

Die Brezeln buken im Ofen. Zwölf Minuten Zeit, Lisa zum Bleiben zu bewegen.

»Ich muss dir was gestehen«, setzte Lisa an, noch bevor ich Luft holen konnte. Mir wurde heiß und kalt gleichzeitig. Was, wenn Penelope mit ihr über mich gesprochen hatte? Was, wenn Lisa längst wusste, dass ich ihre Mutter auf einer Dating-Plattform kennengelernt hatte? Und wie kam man jemals von der Küche ins Schlafzimmer?

Lisa biss auf ihren Lippen herum. »Ich habe dich angelogen.«

Ich befürchtete das Schlimmste.

»Ich habe die Zahl erfunden«, gab Lisa zu.

»876539852?«, wiederholte ich.

»Wenn du es sagst.«

»Schade«, meinte ich. »Die Zahl hatte was.«

»Die einzige Lieblingszahl, die ich je hatte, war die 18«, erzählte Lisa. »Ich konnte kaum erwarten, volljährig zu sein und bei meiner Mutter auszuziehen. Sie mischt sich in alles ein.«

»Sie liebt dich«, gab ich unvorsichtigerweise zu bedenken.

Ich hoffte, damit noch nicht zu viel verraten zu haben.

»Das ist noch lange kein Grund, mich dauernd verkuppeln zu wollen«, sagte Lisa ungerührt. »Jedes Mal, wenn sie ein Fest schmeißt, hat sie einen anderen jungen Mann zu Besuch, der vorgibt, ihr Installateur zu sein, der neue Nachbar, eine Zufallsbekanntschaft aus dem Bus. Und natürlich sitzt die Neuerrungenschaft beim Essen neben mir. Keine Ahnung, wo sie die Idioten immer auftreibt.«

Ich spürte, wie meine Wangen rot anliefen. Ich hoffte, dass das nur daran lag, dass ich neben dem Ofen stand. Die Angst, gesprächstechnisch auf Glatteis zu landen, lähmte mich.

»Und du?«, fragte Lisa kokett. »Jetzt bist du dran, mir ein Geheimnis zu verraten.«

War das der Moment, Lisa zu gestehen, dass ich einer von Penelopes Trotteln war? Wo sollte ich anfangen? Wie konnte ich unsere Vorgeschichte so verpacken, dass sie nicht komplett idiotisch klang?

»Mach schon«, fuhr sie fort. »Was ist deine Lieblingszahl?«

»Schwierig«, antwortete ich. »Wenn ich heute mit 4 antworte und mich morgen unsterblich in die 8 verliebe? Was dann? Es gibt so viele wunderbare Zahlen.«

Lisas Gesichtsausdruck veränderte sich: »Monogamie ist Unsinn, oder wie?«

Ich schüttelte den Kopf: »Als Kind habe ich Zahlen gesammelt. Ich war fasziniert von Datumsangaben, von Statistiken, Modellen und Formeln. Ich habe Temperaturkurven geführt und die Lottozahlen ausgewertet. Wusstest du, dass die 6 am häufigsten gezogen wird und die 13 sehr selten?«

Wusste sie nicht. Aber es schien sie auch nicht wirklich zu interessieren. Sie kontrollierte, ob die Brezeln schon fertig waren.

»Noch sechs Minuten Backzeit«, erklärte sie.

Sie ließ offen, was danach passieren sollte.

Panisch kramte ich in meinem Gedächtnis nach etwas, womit ich ihre Aufmerksamkeit gewinnen konnte.

»Ich habe keine Folge von Sesamstraße verpasst«, hörte ich mich sagen.

»Wegen Ernie und Bert?«, unterbrach Lisa überrascht.

»Graf Zahl«, gestand ich.

Im Gegensatz zu meinen Schwestern, die vampiristischen Zählabenteuern nichts abgewinnen konnten, liebte ich die gruseligen Filmchen voller Donner und Blitz. Wer zählen konnte, lernte ich, beherrschte die Naturgewalten. Schon damals hätte mich stutzig machen müssen, dass Graf Zahl Single war.

»Und ich habe Autokennzeichen fotografiert«, gab ich zu.

Es war in etwa das Dämlichste, was ich in dieser Situation hätte sagen können. Mein Mund plapperte munter weiter, bis ich mich vollkommen zum Narren gemacht hatte: »Ich hatte alle Autonummern komplett. Von 1 bis 1324. Nur die 525 fehlte. Die bekam ich später. Als ich Sophie kennenlernte.«

»Deine Freundin?«, fragte Lisa. Sie amüsierte sich königlich über meine Geschichten.

»Sie war die erste Frau, die mir hinterherlief«, nickte ich.

Lisas Kopf lehnte am Küchenschrank, dicht neben meinem. Wenn man genau hinsah, dann sah man ihre Sommersprossen. Und ihre Augen waren gar nicht braun. Sie hatten kleine grüne Sprenkel.

»Klingt gut«, sagte sie.

»Sophie lief mir nur hinterher, weil sie mein Auto angefahren hatte«, gestand ich. »Wir haben das Schadensformular ausgefüllt. Ihr Autokennzeichen enthielt die 525. Das musste die große Liebe sein. Schon aus mathematischen Gründen.«

»Manche malen nach Zahlen, du lebst in Zahlen«, witzelte Lisa.

»Leider war der Blechschaden bereits der knallende Höhepunkt unserer Beziehung«, erzählte ich.

Lisa verzog das Gesicht: »Kenne ich: Als ich meinen letzten Freund zum ersten Mal küsste, lief im Hintergrund Eminems *Love The Way You Lie.* Solche Zeichen muss man ernst nehmen.«

Plötzlich erstarb das Gespräch. Sie legte den Kopf schief und sah mich unverwandt und kokett an. Ich wusste nicht mehr, was ich sagen, tun, denken und hoffen sollte.

»Und jetzt?«, nahm sie mir die Initiative ab. Ihre Stimme klang aufreizend heiser. »Jetzt willst du sicher meine Autonummer wissen?«

Ihr Gesicht kam näher. Ich hatte aus den Fehlern, die ich mit Sophie gemacht hatte, gelernt. Ich wusste, dass es keinen Sinn hatte, mich zu früh zu freuen, wenn eine Frau sich für mich interessierte. Früher oder später würde sie herausfinden, wer ich wirklich war, und mich verlassen. Besser, ich eröffnete Lisa gleich, welches Risiko sie mit mir einging: »Ich ordne meine Hemden nach Farben«, stammelte ich.

Ihr Mund traf den meinen. Sie schmeckte nach Salz, ein bisschen wie Popcorn. Ich liebte salziges Popcorn. Und ich liebte Lisa.

Meine Hände, die erst noch ziellos im Raum schwebten, als wollten sie Luft fangen, fanden ihre schmalen Schultern. Es ging auf einmal wie von selbst. Sie aus der Jacke schälen, mit den Fingerkuppen die Konturen nachfahren, den Oberkörper entlang.

»Und was machen wir jetzt?«, fragte ich zwischen den Küssen.

»Ich nehme deine Hand. Wir gehen ins Schlafzimmer. Wir küssen uns weiter. Wir werden glücklich«, schlug Lisa vor.

»Und in 50 Jahren liegt mein Gebiss neben deinem im Badezimmer«, sagte ich.

»Und am nächsten Morgen«, ergänzte sie zwischen zwei Küssen, »wissen wir beide nicht mehr, wo wir sie am Abend hingestellt haben. Bei uns ist jeden Tag Ostern.«

Die Vorstellung von Gebissen, die wie Goldfische einträglich miteinander im Glas schwammen, belustigte sie. »Und wenn wir sie gefunden haben, wandern wir mit unseren Rollatoren zum See und füttern Schwäne.«

»Vorher muss ich dir noch was sagen«, ächzte ich.

Lisa ließ sich von meinen kryptischen Andeutungen nicht aus dem Konzept bringen: »Lieber nicht.«

Sie drückte ihre Lippen auf die meinen und nestelte das Hemd aus meiner Hose. Die Alarmglocken heulten auf. Es dauerte einen Moment, bis ich realisierte, dass das Schrillen nicht in meinem Kopf entstanden war, sondern von der Wohnungstür herrührte. Seit Sophie weg war, bekam ich so wenig Besuch, dass ich fast schon vergessen hatte, wie meine Klingel sich anhörte.

Das unerwartete Geräusch reichte, um die Stimmung zu ruinieren. Lisa wand sich aus meiner Umarmung, bevor sich etwas entwickeln konnte, das die Hoffnung auf gemeinsame Enkelkinder hätte nähren können.

»Vielleicht ein Notfall?«, fragte sie.

34

Drei sind einer zu viel

»Hier bin ich«, rief sie aufgekratzt.

Der Notfall sah aus wie meine Vermieterin. Tamara wedelte einladend mit einer Flasche Rotwein vor meiner Nase herum und verströmte dabei eine Parfümwolke, als wäre sie soeben dem Duftbad »Weihnachtsgebäck« entstiegen. Die berufliche Deformation, bei allen Düften Analogien im Bereich der Backwaren zu suchen, schlug endgültig durch. Dabei konnte ich mir nicht vorstellen, dass Tamara Schmitz etwas zu sich nahm, was auch nur Spuren von Kohlenhydraten enthielt. Ihr Duft raubte mir den Atem. Oder war es das Outfit? Tamara trug einen eng geschnittenen Mantel in leuchtendem Orange, der kurz unter dem Po endete und einen ausgedehnten Blick auf sonnengebräunte Beine freigab, bevor diese wieder in schwarzen Stiefeln verschwanden. Sie konnte sich den gewagten Look leisten, und sie wusste es.

»Ich wollte mich bei dir bedanken«, hauchte sie. »Das war so lieb von dir.«

Im Hintergrund tauchte Lisa auf. »Wir sind nur Arbeitskollegen«, presste sie hervor, als wäre sie Tamara eine Erklärung schuldig.

»Ich hoffe, ich unterbreche euch in nichts Wichtigem«, sagte Tamara. Ihr unbefangenes Lachen ließ nicht darauf schließen, dass ihr das etwas ausmachen würde.

»Ich wollte gerade aufbrechen«, sagte Lisa.

Ich wünschte mir, dass sie blieb, dass wir weiterredeten über Rollatoren, Gebisse und die aufregenden Dinge, die wir bis dahin miteinander erleben würden.

»Ich habe sie nicht eingeladen«, flüsterte ich. »Ich kenne sie kaum.«

»Wir sehen uns morgen«, sagte Lisa.

Und dann war sie verschwunden. Und Tamara immer noch da. In meiner Welt waren Dinge grundsätzlich falsch verteilt. Monatelang hatte keine Frau den Weg über meine Schwelle gefunden, kaum fing ich an, mein Leben auf den Kopf zu stellen, besuchten mich zwei zum selben Zeitpunkt.

Als ich ins Wohnzimmer kam, betrachtete Tamara neugierig die Fotos vom Scheidungsfest, die Beate mir geschickt hatte.

»Deine Ex?«, fragte Tamara.

Der Einfachheit halber nickte ich. Ich verspürte keine Lust, meine Nachbarin in die Geheimnisse meiner komplizierten Familienstruktur einzuweihen. Meine Gedanken weilten noch bei Lisa und der verpassten Chance. Gleichzeitig musste ich endlich mit Tamara über den Musikgeschmack ihrer Tochter sprechen.

»Soll ich dir den Mantel abnehmen?«, fragte ich höflichkeitshalber.

Die bedeutungsvolle Pause, ihr brennender Blick, die halb offenen Lippen ließen nichts Gutes vermuten. »Das ist ein Kleid«, sagte sie. »Aber wenn du möchtest …«

Der falsche Ton war gesetzt. Tamara war gekommen, um zu bleiben. Sie griff meine nagelneuen Weingläser, entkorkte geschickt die Flasche und schenkte großzügig ein.

»Wir haben gemeinsame Leidenschaften«, hauchte sie, während sie mir das Glas in die Hand drückte. Sie deutete auf das Geo-Spezial »Indischer Ozean«, das noch immer zu Dekorationszwecken auf dem Wohnzimmertisch lag.

»Ich habe Kimmies Vater auf den Malediven geheiratet«, erzählte sie, »barfuß im Sand, zusammen eine Kokospalme pflanzen, der ganze romantische Mist. Ich trug ein geblümtes Hippiekleid, Rocco einen himmelblauen Anzug, dessen Farbe perfekt mit dem Meer korrespondierte.«

Sie prostete mir zu und nahm einen tiefen Schluck.

»Es war wie im Paradies, bis Rocco sich in das Mädchen vom Nacht-Spa verliebte. Noch bevor das Flugzeug in Deutschland landete, war unsere Ehe annulliert. Neun Monate später kam Kimmie zur Welt.«

Ich war noch nicht über Lisas abrupten Abgang hinweg und hatte Mühe, mich auf das Scheidungsdrama meiner Nachbarin zu konzentrieren. Bislang hatten unsere Gespräche auf der Treppe nicht einmal das Niveau unerheblichen Small Talks erreicht. Tamara schien mich trotzdem für ihren besten Freund zu halten.

Lasziv drapierte sie sich auf meinem Sofa, wobei sie ihre Beine beeindruckend elegant ineinander verschlang: »Ich habe immer gedacht, du würdest nachts Comics lesen und dazu Limo aus Pinocchio-Senfgläsern trinken.«

Entweder hatte Tamara hellseherische Fähigkeiten, oder sie hatte mich beim Entsorgen meiner Sammlungen beobachtet.

»Es war ein langer Tag. Und der morgige wird genauso lang«, sagte ich und täuschte herzhaftes Gähnen vor.

»Ich habe dich gesehen, wie du gestern vor meinem Laden auf und ab gelaufen bist«, fiel Tamara mir ins Wort. »Dem am Leipziger Platz.«

Ich erinnerte mich schwach an ihre Einladung zur Neueröffnung. War ich im Einkaufszentrum unbemerkt an ihrem »Wax-Kabinett« vorbeigelaufen? Während ich noch grübelte, hatte Tamara ihre Interpretation bereits zusammengeschustert.

»Gib es zu«, sagte sie. »Du wolltest reinkommen und hast dich nicht getraut. Stattdessen bist du kopflos hin- und hergelaufen und hast eine Bäckerei nach der anderen besucht, nur um beschäftigt auszusehen.«

Ich staunte über Tamaras Fabulierkünste. Sie über die meinen.

»Und dann hast du dir die Geschichte mit dem Geschenk zurechtgelegt«, schloss sie.

»Ich arbeite für die Bäckerei Schwab«, entgegnete ich. »Ich war mit einer empirischen Feldstudie zum Thema Brezeln beschäftigt.«

Tamara lachte ihr fröhliches Lachen.

»Du würdest staunen, wie unterschiedlich Brezeln ausfallen können«, insistierte ich.

Tamara schlug ihre flache Hand neben sich auf das Sofa. Ich rutschte vorsichtig neben sie, wobei ich darauf achtete, Abstand zu wahren. Frauen wie Tamara hatten Freunde, die Rocco hießen oder Martin Krüger. Sie spielten nicht in meiner Liga. Und ich nicht in der ihren.

»Glaubst du, ich merke das nicht?«, fuhr Tamara fort. »Deine Nervosität, wenn wir uns im Treppenhaus begegnen, das ewige Rascheln hinter deiner Tür, wenn wir vorbeigehen, der Spion, der plötzlich dunkel wird. Jeden Tag warte ich darauf, dass deine Wohnungstür aufgeht und du mich ansprichst.«

Ich konnte kaum glauben, was ich hörte.

»Und du räumst die Häufchen von Paris und Aphrodite weg, ohne dich je zu beschweren. Die beiden stehen auf dich. Wenn sie dich im Treppenhaus sehen, flippen sie aus.«

Wie sollte ich meiner Nachbarin erklären, dass sie mit ihren Vermutungen falschlag? Tamara verwechselte alles und jedes. Mein Wohnzimmer hielt sie für einen Beichtstuhl.

»Nach der Trennung von Rocco musste ich alles alleine hinbekommen, die Schwangerschaft, die Läden, die Renovierung der Wohnung. Dabei mag ich es, wenn ein Mann mir die Tür aufhält, mir aus dem Mantel hilft und mich und mein Kind mit Geschenken überrascht.«

Auf einmal verstand ich. Wie jede Medizin hatte auch Joshis Methode, das Glück in 28 Tagen in die Knie zu zwingen, ernste Nebenwirkungen.

»Das Bastelset lag seit Ewigkeiten bei mir rum«, entschuldigte ich mich. »Für meine Nichten. Aber die kommen so selten zu Besuch. Ist ja schade drum.«

»Du musst dich nicht schämen«, sagte Tamara. »Ich finde das so süß von dir. Ich könnte nie mit einem Mann zusammen sein, der nichts mit Kimmie anfangen kann.«

Ihre Hand wanderte auf meinen Unterarm und blieb da liegen. Es war genauso, wie ich mir das erste Treffen mit meiner neuen Freundin erträumt hatte, nur lag da die falsche Hand.

»Eigentlich bin ich ein ganz altmodisches Mädchen. Ich mag es, wenn der Mann den ersten Schritt macht.«

Am liebsten würde ich noch mehr Schritte machen. Vor

allem Richtung Tür. Anders als beim Japaner hatte ich keinen Fluchtplan vorbereitet, keinen rettenden Anruf bestellt, keine Ausrede vorformuliert. Mit diesem Notfall musste ich alleine fertigwerden.

Tamaras Hand ruhte auf meinem Arm. In Filmen legte der Mann die Hand nun auf ihre, die Blicke verschmolzen miteinander. In meiner Versuchsanordnung passierte gar nichts. Außer dass ich ihre Hand energisch wegschob. Wie ein lästiges Insekt.

Stille trat ein. Die unmissverständliche Geste holte Tamara in die Wirklichkeit zurück. Die aufgekratzte Fröhlichkeit verließ ihr Gesicht. Mit einem großen Schluck leerte sie ihr Weinglas, schenkte sich neu ein. Unter der dicken Schicht Make-up sah sie auf einmal blass aus.

»Wie kommst du dazu, meiner Tochter was zu schenken?«, fragte sie.

»Ich durchlaufe ein spezielles Programm«, erklärte ich. »Ein bisschen wie bei den Pfadfindern. Jeden Tag eine gute Tat.«

»Mein Bruder war bei den Wölflingen«, warf Tamara ein. »Da war er acht!«

Ihre Stimme klang jetzt fest und schneidend. Die mädchenhafte Note wich dem Ton, in dem sie ihre polnischen Handwerker monatelang herumkommandiert hatte.

»Es geht darum, Menschen eine Freude zu machen«, erklärte ich.

»Kimmie ist ein kleines Mädchen«, sagte Tamara empört. »Sie ist zwölf Jahre alt.«

»Es ist eine Art Therapie …«, hob ich an. Es klang selbst in meinen Ohren absurd. »Eine Übung.«

Tamara verkürzte meinen Vortrag. Ein Schwall Rotwein

flog mir ins Gesicht. Sekunden später knallte meine Wohnungstür.

Im Badezimmer spülte ich meine Augen abwechselnd mit kaltem und warmem Wasser aus. Ich war mir nicht sicher, was besser war. Der Schmerz war überwältigend. Der Mann im Spiegel sah so verheult aus, dass ich fast Mitleid mit ihm bekam. Dabei hatte er sich den ganzen Mist selbst eingebrockt.

Aus dem Stock über mir dröhnten dumpfe Stimmen, Geschrei, Getrappel, dazu Kimmies Gebrüll. Es klingelte zum zweiten Mal an diesem Abend.

Der schrille Dauerton verhieß nichts Gutes. Erschöpft öffnete ich die Tür. Tamara pfefferte mir das Geschenkset an den Kopf. Im Hintergrund hörte ich Kimmie protestieren. Sie hätte das Spielzeug gerne behalten.

»Wenn du dich noch mal in der Nähe von Kimberly blicken lässt, mach ich dich fertig«, sagte sie. »Ich habe genug Freunde, die wissen, wie man mit Kerlen wie dir umgeht.«

Oben tönte der bekannte Beat, lauter denn je. Die Deckenlampe zitterte, die Wände bebten. Ich kroch auf dem Boden herum, um die verstreuten Gummiringe einzusammeln. Es konnte nur Unglück bedeuten, Geschenke auf diese Art zurückzubekommen. Sehr viel Unglück.

35

Tausend Tode

Der Abend war ein Desaster, der Morgen eine Katastrophe. In der Küche schlug mir scharfer Brandgeruch entgegen. Ich donnerte die verkohlten Überreste der Brezeln in die Mülltonne. Eigentlich sollten die Laugenkringel Zeugnis ablegen von meinem ersten wirklichen Date mit Lisa. Stattdessen erinnerten die verschrumpelten schwarzen Gebilde an die Haufen von Paris und Aphrodite. Ich verzichtete auf frische Brötchen, um kein Risiko zu laufen, Tamara im Stiegenhaus zu begegnen. Ich würde nie erfahren, ob Annette mich heute erkennen würde oder ob sie in ihre dumpfe Routine zurückgefallen war. Lustlos knabberte ich an einem Stück trockenen Mitarbeiterbrotes herum, das ich zu Recherchezwecken vor Tagen aus der Firma mitgenommen hatte. Das Spieleset lag wie ein stummer Vorwurf in meiner Wohnung herum. Hundertmal sagte ich mir vor, dass mein Glück wohl kaum davon abhing, ob Kimmie mein Geschenk nun behalten durfte oder nicht. Die bunte Plastikpackung blieb ein Dorn in meinem Auge, ein Stolperstein auf dem Weg durch die Wohnung, der Minusposten in meiner Karmarechnung, der tastbare Beweis, bereits an der einfachsten Aufgabe gescheitert zu sein. Nach einer Weile ergebnislosen Starrens war ich überzeugt davon, dass ich diesen vermaledeiten Kasten loswerden musste. Und wenn es nur darum ging, die Bastelpackung aus meinem Blick, meinen Gedanken und von der To-do-Liste zu bannen. Eine innere Stimme gab zu bedenken, dass es dem Karma nicht zuträglich war, das Spielzeug ungenutzt im Hausmüll zu entsorgen. Die Stimme gehörte meiner Mutter. Ihre chronische Geldknappheit hatte meine Kindertage geprägt und sich auf ewig in meine Gene eingeschrieben. Pflichtbewusst trug ich Schuhe auf, packte winzige Essensreste in Schüsselchen, trennte Müll, brachte die ungetragenen Werbe-T-Shirts meiner Auftraggeber regelmäßig zur Altkleidersammlung und las Bücher über Nachhaltigkeit. Als Kind meiner Mutter war ich nicht fähig, ein einwandfreies Bastelset wegzuschmeißen, das irgendwo auf dieser Welt einem Kind Freude machen konnte.

Meine Idee, den Loomkasten in der Nähe des Spielplatzes im Volkspark an einen interessierten Erwachsenen zu übergeben, erwies sich als Flop. Ratlos umkreiste ich eine Frau, die auf einer Parkbank ihre Zwillinge fütterte. Das doppelte Gesabber deutete darauf hin, dass ihnen die feinmotorischen Vorkenntnisse fehlten, mein Geschenk angemessen zu würdigen. Alle weiteren Versuche scheiterten an Paris und Aphrodite, die auf ihrer Morgenrunde unterwegs waren. Die unangeleinten Jagdhunde sahen mich als willkommene Beute an, die sie nicht mehr aus ihren Fängen lassen wollten. Aufgeregt sprangen sie an mir hoch, schüttelten ihre Mähnen, bellten freudig und wurden vor Glück fast ohnmächtig. Zu meinem Leidwesen folgte unweit hinter ihnen Tamara. Mich zu verstecken, kam nicht infrage.

Um keinen Preis der Welt wollte ich von Tamara dabei überrascht werden, wie ich mich in einem Parkgebüsch in der Nähe des Spielplatzes herumdrückte. Ein Sprung über das Parkgeländer rettete mich vor der Zuneigung der zotteligen Wesen und einer weiteren Konfrontation mit Tamara.

Die Zeit lief mir davon. Ich musste zur Arbeit. Zum Glück fiel mir ein, dass es auf dem Weg zum Bus ein Ladenbüro der Heilsarmee gab. Kurz entschlossen deponierte ich die Tüte an der Türklinke in der Hoffnung, die Organisation würde das Bastelzeug einem guten Zweck zuführen.

»Was glauben Sie, was das hier ist?«, wies eine empörte Stimme mich zurecht. Der tiefe Bass gehörte einer rüstigen Seniorin. Ihre Uniform wies sie als Offizierin der christlichen Organisation aus. Sie war auf dem Kriegspfad: »Ich habe die Schnauze voll von edlen Gebern, die ihren überflüssigen Müll spenden und sich dabei auch noch gut fühlen wollen«, wetterte sie.

»Es ist Kinderspielzeug«, wehrte ich mich vergebens.

Meine Worte prallten an der Offizierin ab. Die Wut, die sich über die Monate der Flüchtlingskrise angestaut hatte, überspülte mich wie eine Riesenwelle: »Was glauben Sie, wie viel Zeit, Geld und Personal diese angeblichen Spenden kosten, die ungefragt vor unserer Tür abgeladen werden«, schimpfte die resolute Dame. »Wir verbringen Tage damit, Karnevalskostüme, Haarextentions, Federboas, löchrige Kleidung und unvollständiges Spielzeug zu entsorgen.«

Beschämt nahm ich die Tüte wieder an mich. Konnte ich sicher sein, dass das Set wirklich komplett war? Einen Moment war ich versucht, das Päckchen in einem öffentlichen Brunnen zu versenken. Ökologisch und menschlich eine Kapitulation. Warum nicht den Zufall herausfordern und das Päckchen an einem beliebigen Platz zurücklassen? Schlüssel, Regenschirme, Taschen, Socken: Täglich verlieren Millionen von Menschen Gegenstände. Die Hälfte der abhandengekommenen Besitztümer taucht nie wieder auf. Mir war nicht klar, wie schwierig es war, etwas absichtsvoll zu verlieren. Normalerweise fühlte ich mich, als laufe ich mit einer Tarnkappe durch die Welt. Heute hatte ich den Eindruck, als wären alle Blicke auf mich gerichtet. Wann immer ich probierte, die Plastiktüte abzulegen, gab es jemanden, der mich im Auge hatte: ein Verkehrspolizist, der Bettler mit dem Kampfhund, Frau Fröhlich, die ausgerechnet heute ihren Platz am Fenster verlassen hatte. Ich fühlte mich wie damals, als Martin mir eine blöde Botschaft auf den Rücken des Pullovers geheftet hatte, die alle Blicke ungewollt auf mich zog. Ich rettete mich in eine Verzweiflungstat. Im Gedränge vor einer Ampel ließ ich das Paket fallen, hastete über die Fahrbahn, bog in die Nebenstraße ab und dann noch einmal in die nächste einsame Gasse. 120 Meter vom Tatort entfernt, traute ich mich wieder Luft zu holen. Puls und Atmung beruhigten sich. Nach der Anspannung der letzten Stunden fühlte es sich fantastisch an, die Hände frei zu haben. Ich war schon dabei, neue Pläne zu schmieden, als mich jemand vorsichtig am Ärmel zupfte. Mit verlegenem Lächeln hielt mich eine freundlich aussehende Frau mit raspelkurzen Haaren auf. Sie trug eine weiße Bluse, einen kurzen, karierten Rock, schwarze Strümpfe und flache Schuhe. Wo hatte ich diese Frau schon einmal gesehen? Ihr schüchternes Lächeln und der verlegene Augenaufschlag kamen mir vage bekannt vor, das Päckchen in ihren Händen dagegen kannte ich nur zu gut.

»Ich glaube, das gehört dir«, sagte sie mit einer unsicheren Stimme.

Sollte ich leugnen? Weglaufen? Ihr anbieten, das Bastelset zu behalten? Anstatt die Ungunst der Stunde zu einem Erfolg umzumünzen, nahm ich die Tüte schicksalsergeben und schweigend entgegen. Die Frau musterte mich neugierig aus auffallend grünen Augen. Sie biss auf ihrer Lippe herum, als wolle sie noch etwas sagen. Vielleicht erwartete sie Finderlohn von mir? Dabei hatte sie meinen Tag ruiniert. Ich verdrückte mich eilig.

An diesem Morgen lernte ich, dass die Welt voller ehrlicher Finder und aufmerksamer Passanten war. Was auch immer ich unternahm, überall fand sich eine gute Seele, die mir meine vergessene Tasche hinterhertrug. Die Crazy Loops klebten an mir wie Pech. In meinen kühnsten Albträumen sah ich mich mein Leben mit dem Paket unter dem Arm verbringen.

Als ich mich endlich mit dem Bus ins Industriegebiet aufmachte, um pünktlich zur zweiten Schicht zu beginnen, war ich keinen Schritt weiter. Erschöpft nahm ich in der Mitte Platz und verstaute die Tüte unter dem Sitz. In dem Moment, in dem der Bus sich ächzend in Bewegung setzte, verpasste ich ihr einen beherzten Tritt. Die Tasche rutschte ein paar Sitzreihen weiter nach hinten. Als ich mich umdrehte, erkannte ich zu meinem Schreck nicht nur Olga, sondern auch ein paar Arbeiterinnen aus der Konditorei. Selbst Frau Biermann nahm heute den Bus. Seit ihre Akten auf mysteriöse Weise verschwunden und wieder aufgetaucht waren, hatte sie mich auf dem Kieker. Ich nickte ihr zu, betete und hoffte. Der Bus passierte acht Stationen, dann die Stadtgrenze. Hinter mir blieb es still. An der Autobahnabfahrt,

800 Meter vor der Endstation, wendete sich das Blatt. Viel zu schnell nahm der Fahrer die Kurve. Der Bus neigte sich gefährlich. Das Päckchen rutschte von der linken auf die rechte Seite und berührte den Knöchel von Olga.

»Gehört die dir?«, fragte sie ihre Sitznachbarin.

Ich versuchte, so unbeteiligt wie möglich auszusehen. Jetzt kam es darauf an. Noch ein paar Hundert Meter, dann war alles überstanden. Doch ich hatte die Rechnung ohne Olga gemacht, denn die reagierte sofort. Als Pförtnerin und Feuerschutzbeauftragte war sie von Berufs wegen paranoid. Herrenlose Gegenstände, so hatte sie in vielen Lehrgängen gehört, erforderten sofortiges Handeln.

»Gehört irgendjemandem diese Tasche von Toys"R"Us?«, brüllte sie durch den Bus, der kurz vor der Endstation ausschließlich mit Mitarbeitern aus dem Hause Schwab besetzt war. Olgas Tonfall machte jede Sirene überflüssig. Alle Blicke waren auf die Tüte gerichtet.

»Vielleicht ist sie harmlos«, merkte Frau Biermann an. »Schauen wir doch mal rein.«

Niemand hielt das für eine gute Idee. Nicht mal Frau Biermann selbst. Die Terrorberichterstattung der letzten Monate hatte dafür gesorgt, dass einsame Gepäckstücke sofort aufgemerkt wurden.

»Hier liegt ein verdächtiges Paket«, schrie Frau Biermann in Richtung Busfahrer.

Der Chauffeur bremste erschreckt. Das Päckchen rutschte ein paar Meter nach vorne. Gellende Schreie erfüllten den Bus, Bremsen quietschten, der Bus geriet ins Schlingern. Das Päckchen kam direkt neben dem Fahrer zu liegen, der durch die vordere Tür entkam. Niemand traute sich in die Nähe des dubiosen Gegenstands. Frau Biermann schlug vor, die Polizei zu verständigen.

»Das ist meine Tüte«, stammelte ich, bevor die Situation endgültig aus dem Ruder lief. Hatte ich nicht neulich gelesen, dass der Eigentümer eines Koffers, der am Flughafen zurückgelassen worden war, für die Kosten der aufwendigen Sperrung und Sprengung aufkommen musste?

Ich flüchtete vom Tatort, bevor der Volkszorn sich weiter auf mich richten konnte. Den Rest des Weges legte ich zu Fuß zurück. In meinen Händen die Tüte, im Rücken die fassungslosen Blicke der Schwab-Mitarbeiter.

36

Halbe Sachen

Joshi hatte recht. Wer Geschenke macht, wird mit anderen Augen gesehen. Aber war das immer eine positive Veränderung? Die Geschichte mit dem verdächtigen Päckchen aus dem Bus verbreitete sich wie ein Lauffeuer durch die Firma. Frau Biermann wollte es selbst ticken gehört haben. Genüsslich rekapitulierte sie, wie seltsam ich mich verhalten habe. Die Damen von der Konditorei überboten sich mit Mutmaßungen über meine Person. Endlich konnte die Konditorin, die schon auf der Sitzung in der Kantine gesprochen hatte, die Geschichte von meinem Vater anbringen.

»Ich weiß nichts Genaues«, hörte ich sie mit Frau Biermann tuscheln. »Aber vielleicht ist er mit diesem Anton Morbach verwandt. Es gab da einen Skandal …«

Die Damen verschwanden gemeinsam aufs Klo. Ich zweifelte keinen Augenblick daran, dass Frau Biermann es als ihre Pflicht und Schuldigkeit ansehen würde, bei der nächstbesten Gelegenheit Georg Schwab von den Vorkommnissen des Tages und den Gerüchten zu berichten.

Lisa war wie vom Erdboden verschluckt. Es war deutlich etwas nicht in Ordnung mit meinem Karma. Manche Leute tragen einen Glücksbringer mit sich herum, ich besaß mit dem Bastelset einen veritablen Pechbringer. Ich ließ meine gute Erziehung endgültig fahren und schlich mich mit meiner Tüte zur Müllpresse. Dabei stellte sich heraus, dass die Abfallecke der Versammlungsplatz der Bäcker rund um Ted war, die dort zum Rauchen und Schmieden konspirativer Pläne zusammenkamen. Ich verzichtete darauf, ihnen in die Quere zu kommen.

Wie sollte ich diese Angelegenheit zu einem guten Ende bringen? Ich wurde die fixe Idee, das Paket bunter Gummiringe stünde zwischen mir und meinem Glück, nicht mehr los. Lisas auffallende Abwesenheit war mir Beweis genug, dass etwas in meinem Leben schieflief.

Ich hasste halbe Sachen. Einsame Socken, zur Hälfte erledigte Hausarbeit, halb volle Teller, Gläser, Batterien, und Chipstüten. Vor allem hasste ich unerfüllte Posten auf meiner To-do-Liste.

Dem Jungen fehlt der Knopf zum Abschalten hörte ich meine Mutter sagen. Da war ich vier, und sie hatte auf die bekannte Kinderfrage »Soll ich dir zeigen, wie weit ich zählen kann?« mit einem unschuldigen »Ja« geantwortet. Ein paar Stunden später, ich war bei 1321, hörte ich sie mit unserem Hausarzt telefonieren. Meine Mutter schien nicht sonderlich glücklich über ihren Sohn, der schon so weit zählen konnte.

Was tun mit dem Bastelset? Es gibt Menschen, denen gelingt es nicht, eine Aufgabe zu Ende zu bringen, ich hatte Mühe, auf halbem Weg zu stoppen. Gegen Abend war ich so entnervt, dass ich Florentine eine SMS schickte. Sie war meine letzte Hoffnung. Immerhin war es meine Nichte gewesen, die vorgeschlagen hatte, diese Gummidinger zu kaufen. Sie kannte Kinder, denen man damit eine Freude machen konnte

Hol mich von der Schule ab, schrieb sie. *Morgen 14.20 Uhr.*

Wir waren uns einig, dass wir uns besser auf neutralem Boden trafen. Neutral war alles, was nicht im Einzugsbereich von Carla lag.

37

Auf der schiefen Bahn

Vertrautes Gelände, gemischte Gefühle. Die Schule stellte bekanntes Terrain für mich dar, schließlich hatte ich mich selbst vier Jahre meines Lebens durch den Unterricht in der Grundschule am Fliederbusch gequält.

Die Bäume, die wir in der vierten Klasse gepflanzt hatten, waren so groß und stark geworden, dass die Bitumendecke an vielen Stellen durch das Wurzelwerk nach oben gedrückt wurde. Meine Klassenlehrerin, Frau Wagner, hatte das Wachstum der Bäume falsch berechnet. Anders als früher drängte sich heute eine Armada von Müttern vor dem Schultor herum, um die Kinder nach Schulschluss persönlich nach Hause zu eskortieren. Selbst ein paar Väter waren zugegen, die mit großer Selbstverständlichkeit Säuglinge, Einkaufstüten und Kinderspielzeug balancierten. Mein Erzeuger hatte die Schule nicht einmal betreten, als ich den Wettbewerb im Kopfrechnen gewonnen hatte. Den Blick starr auf die großen Ziele im Leben gerichtet, blieb bei Anton Morbach für »Kinderkram« kein Platz.

Ich freute mich, den mit Erinnerungen beladenen Schulhof und das unselige Kapitel Bastelset schon bald hinter mir lassen zu können. Es war höchste Zeit, meine Aufmerksamkeit Lisa zuzuwenden. Was dachte sie bloß von mir? Nach der Mail von *Eins plus 1*? Nach der Begegnung mit Tamara? *Ich muss dir was erklären,* schrieb ich ihr. Ihre Antwort kam umgehend: *Heute Abend im Koi? 19.00 Uhr? Ich kann keine Brötchen mehr sehen.* Begeistert sagte ich Ja. Jetzt fehlte mir zu meinem Glück nur noch Florentine.

Die Schulglocke tönte. Das Geräusch, das mich aus der schulischen Zwangsgemeinschaft erlöst hatte, war mir früher ein sehnlichst erwarteter Freund gewesen. Kinder quollen durch die Schwingtüren auf den Hof. Für Außenstehende sahen alle Kinder auf dem Schulhof gleich aus. Aus eigener Erfahrung konnte ich mühelos die einsamen Gestalten ausmachen, die ziellos herumtigerten. Hier ein Kreis, der sich schloss, dort ein Rempler, ein unabsichtlich wirkender Tritt. Wo war Florentine? Ich war froh, als ich inmitten des Gewusels ein paar pechschwarze lange Zöpfe identifizierte. Das Mädchen mit dem Sommersprossengesicht kam mir bekannt vor. Hatte sie nicht bei McDonald's neben mir gesessen, als wir Florentines Geburtstag feierten?

»Marie?«, rief ich.

Das Mädchen hielt inne.

»Du bist doch Marie?«

Sie nickte schüchtern.

»Ich suche Florentine«, sagte ich.

Das Mädchen blieb irritiert stehen. Sie blickte mich an wie einen Geist.

»Du bist doch die Freundin von Florentine? Ich bin ihr Onkel. Tom. Onkel Tom.«

»Mama«, brüllte das Mädchen hysterisch. »Mama.«

Die Gespräche auf dem Schulhof verstummten. Mütter, Kinder, Lehrkörper, Hausmeister: Alle Blicke richteten sich mit einem Schlag auf den unbekannten Mann, der auf dem Schulhof kleine Mädchen ansprach. Ich wollte nur noch weg. Ich musste weg. Eine energische Hand griff nach mir und erwischte doch nur die Tasche meines Jacketts. Die Nähte gaben nach und den Inhalt frei: Die Pillendose fiel zu Boden und zerbarst. Florentines Hundekapseln hüpften über den Boden und landeten direkt vor den schwarzen Stiefeln einer Abholerin. Es war Tamara. An ihrer Hand Kimmie.

38

Falsche Fünfziger

»Wenn Sie eine Aussage machen, sind Sie ganz schnell wieder draußen.«

Eine blutjunge Polizeibeamtin nahm mir gegenüber auf dem Stuhl Platz. Sie kam offensichtlich frisch aus der Ausbildung und versuchte, mich mit demonstrativem Verständnis weichzukochen.

»Mein Name ist Lavinia Offermann«, stellte sie sich vor. »Betrachten Sie mich als Ihre Verbündete.«

Ihr Ton offenbarte, dass sie mich für einen randdebilen Idioten hielt. Ich konnte es ihr nicht verdenken. Mein Versuch, ein neuer Mensch zu werden, der anderen Freude bereitete, hatte mich in allergrößte Schwierigkeiten gebracht. Und in das Verhörzimmer der Polizeidirektion 2, Abschnitt 24, wo ich trotz aller Beteuerungen erkennungsdienstlich behandelt worden war. Gemeinsam mit Dutzenden Fußballfans, die zeitgleich mit mir eintrafen, nachdem es im Vorfeld eines Benefizspiels des 1. FC Union Berlin zu Ausschreitungen gekommen war. In der Polizeistation wimmelte es von alkoholisierten Fußballfans auf dem Weg in die Ausnüchterungszellen.

Ihre Sprechgesänge klangen dumpf in unser Verhörzimmer.

»Wo riecht's nach verbranntem Rasen?«, brüllte eine Stimme den Schlachtruf der Vereinshymne. Die Antwort kam sofort aus zahlreichen Kehlen: »Eisern Union, Eisern Union«.

»Sie verschwenden Ihre Zeit mit mir«, warnte ich.

Frau Offermann ließ sich von meinem kleinlichen Einwand nicht beeindrucken. Genüsslich breitete sie die Hundedragees vor mir auf dem Tisch aus.

»Mögen Sie mir mehr darüber erzählen?«, sagte sie mit zitternder Stimme. Als ob ich eine Wahl hätte.

»Sie werden lachen …«, hob ich an. Ihr Blick ließ mich innehalten. Lavinia Offermann sah nicht aus wie eine, die über irgendetwas lachte. Ebenso wenig, wie Tamara gelacht hatte, der eilig verständigte Direktor der Schule und die herbeigerufene Streife. Im Gegenteil. Erst die Wahrheit hatte zu der Eskalation geführt. Die Überbelastung ihrer Dienststelle durch die Fußballausschreitungen bot der jungen Beamtin die einmalige Chance, zu beweisen, wie gut sie war. Sie trug einen überkorrekten Mittelscheitel und helle lange Haare, die sie glatt gezogen hatte, als ginge es darum, jedes vorwitzige Haar ins Glied treten zu lassen. Sie wirkte kontrolliert und sah trotzdem so aus, als könnte sie jeden Moment in Tränen ausbrechen. Ihren Rücken hielt sie betont aufrecht, als habe sie Angst, einzuknicken. Vor sich hatte sie ein iPad aufgebaut, auf dem sie eifrig herumtippte.

»Ich weiß, dass Sie ein guter Mann sind«, sagte sie. »Ich sehe so was. Mir geht es nicht um Sie. Mir geht es um die Hinterleute, das Labor.«

»Das sind Pillen für Hunde«, erklärte ich müde. »Fragen Sie meine Nichte.«

Ich hatte es dem Direktor erläutert, den Streifenpolizisten, dem Beamten, der Fingerabdrücke von mir nahm, ich würde es dieser Frau erklären.

»Pillen, die Hundehaufen einfärben«, sagte Frau Offermann in einem betont neutralen Ton. Man hatte sie bereits über den besonderen Fall instruiert, der nun vor ihr saß.

»Genau«, antwortete ich. Warum fragte sie, wenn sie alles schon wusste?

»Und die verkaufen Sie auf dem Schulhof.«

»Nein.«

»Aber Sie waren auf dem Pausenhof der Tochter ihrer Nachbarin. Kimberly Schmitz?«

Bis zu unserem Zusammentreffen auf dem Schulhof wusste ich nicht einmal, dass Tamara früher in Charlottenburg gewohnt hatte.

»Ich war mit meiner Nichte verabredet«, sagte ich.

Die Beamtin scrollte hektisch auf ihrem iPad herum, bis sie gefunden hatte, was sie suchte. »Ihre Nichte Florentine Bender«, las sie ab.

»Ich wusste nicht, dass sie frühzeitig aufs Gymnasium gewechselt war. Ich dachte, sie geht immer noch auf die Grundschule am Fliederbusch.«

Frau Offermann hatte sich ihre Meinung bereits gebildet, denn sie hackte auf ihrem Schirm herum. Viel länger, als ich gesprochen hatte.

»Rufen Sie Florentine an«, sagte ich. »Sie hat ihr Labor im Garten meiner Schwester. Ich bin stiller Teilhaber der Firma.«

»Und in diesem Gartenhaus kochen Sie Drogen? Gemeinsam mit einer Minderjährigen?«, fragte Frau Offermann. Sie war unbelehrbar.

»Es war nett, mit Ihnen zu reden«, versuchte ich die

sinnlose Prozedur abzukürzen. »Aber ich muss jetzt wirklich gehen. Ich habe einen beruflichen Termin.«

Das war nur ein kleines bisschen gelogen.

»Wegen der Drogen?«, fragte die Polizistin weiter.

»Ich arbeite bei der Bäckerei Schwab.«

»Eben haben Sie berichtet, Sie arbeiten für die Firma Ihrer Nichte.«

»Man kann doch mehrere Jobs gleichzeitig haben.«

»Und weil das Geld nicht reicht, dealen Sie auf dem Schulhof.«

»Es sind Kapseln für Hunde«, wiederholte ich müde.

Lavinia Offermann hörte auf, mit ihren Fingern das iPad zu bearbeiten.

»Wenn Sie glauben, Sie müssen mich nicht ernst nehmen … «, sagte sie und ließ das Ende ihres Satzes lose in der Luft hängen. Um ihren Mund zuckte es verräterisch. Ich vermutete, dass sie ihre halbe Teenagerzeit mit amerikanischen Krimiserien verbracht hatte und jetzt feststellte, dass sie im Alltag nicht halb so cool war wie die weiblichen Heldinnen ihrer Jugend. Eine echte Drohung fiel ihr nicht ein.

Sie drückte die Gegensprechanlage. »Wir sind fertig«, sagte sie, packte zusammen und wandte sich Richtung Tür.

Meine Erleichterung war von kurzer Dauer.

»Wenn Sie nicht kooperativ sind, müssen wir Sie hierbehalten«, verkündete sie mit bebender Stimme.

Ich wollte nicht riskieren, dass sich das Ganze noch länger hinzog.

»Ich erzähle Ihnen alles«, versprach ich. »Was wollen Sie wissen?«

Frau Offermann wühlte in den Unterlagen, bis sie gefunden hatte, was sie suchte: »In welcher Beziehung stehen Sie zu einem gewissen Anton Morbach?«

Ich fühlte, wie der Boden unter mir wegsackte. Warum wollte neuerdings jeder mit mir über meinen Vater sprechen? Ich verspürte nicht das geringste Bedürfnis, in meiner Vergangenheit zu schürfen. Sicher nicht mit dieser Frau, an deren übereifrigem Gesicht abzulesen war, dass sie mir nicht über den Weg traute.

»Ich habe mir die Akten Ihres Vater kommen lassen«, berichtete sie. »Interessante Karriere.«

In einer plötzlichen Aufwallung von Ungehorsam lehnte ich mich zur Gegensprechanlage und drückte den Kopf. »Wir sind fertig«, verkündete ich.

Ich vertraute darauf, dass sich der Verdacht auf Drogenhandel schnell entkräften lassen würde. Der eilig eingeschaltete Haftrichter weit weniger. Genervt von Dutzenden Fußballfans, die ihn die ganze Nacht kosten würden. Anstatt mich anzuhören, machte er kurzen Prozess. Das Geplänkel im Verhörzimmer habe sich so lange hingezogen, so befand er, dass es zu spät sei, das Labor noch am heutigen Tag zu beauftragen, die Kapseln näher zu untersuchen. Ich müsse bis morgen warten. Und das in polizeilichem Gewahrsam.

In Ermangelung passender räumlicher Kapazitäten auf der Wache – die Ausnüchterungszellen waren alle an Fans des 1. FC Union Berlin vergeben – musste ich die Nacht allen Ernstes in einer Zugangszelle verbringen. In Moabit.

39

Von hundert auf null

»Machen Sie sich keine Sorgen.« Ein freundlicher Bär von Beamten half mir, mein mitgebrachtes Geld und die spärlichen Besitztümer aus meinen Hosentaschen zu inventarisieren und gemeinsam mit der Tüte von Toys“R”Us für mich zu verwahren. Der Mann war die Freundlichkeit selbst und lächelte mich überglücklich an, als befänden wir uns auf dem Standesamt.

»Wollen Sie noch Tabak von Ihrem Eigengeld kaufen?«, fragte er geschäftig.

»Nein«, sagte ich.

»Natürlich wollen Sie das«, sagte der freundliche Beamte. »Sie sind im Gefängnis.«

Er zählte 5,20 Euro meines Geldes ab, schob mir eine Schachtel Marlboro sowie einen Beutel mit Hygieneprodukten für eine Nacht hin und strahlte mich an. Gemeinsam machten wir uns auf den Weg in einen winzigen Raum, der als Zugangszelle firmierte.

Ich hatte jedes Gefühl für Zeit verloren. Musste ich nicht schon längst im Koi sein?

»Darf ich mal telefonieren?«, fragte ich.

Der Bär schüttelte mit einer Geste unendlichen Mitleids den Kopf: »Ihr anwaltlicher Beistand ist bereits informiert. Das läuft jetzt von selbst.«

Ich konnte es einfach nicht glauben. Die Tür der Zelle schloss sich hinter mir. Und dann begann das Warten, Mahlen und Ärgern. Wie spät war es? War es schon sieben? In einer Endlosschleife sah ich Lisa, wie sie im Koi ankam, sich an den Tisch in der Mitte setzte und wartete. Ich sah, wie ihre Miene sich veränderte von freudiger Erwartung, Zweifel, Ratlosigkeit bis hin zu Selbstmitleid und Wut. Im Mikrokosmos einer Stunde verplemperter Wartezeit würde sie alle Phasen unserer Beziehung durchlaufen, die nie begonnen hatte, weil ich den Beginn verpasste. Ich sah Lee um sie herumwuseln, ich sah seinen traurigen Blick, mit dem er das zweite Gedeck abräumte. Ich sah die Katastrophe klar vor mir und konnte nicht eingreifen.

Die Stunden krochen zähflüssig dahin. Ich lauschte angestrengt, was sich in den Gängen und Nachbarzellen abspielte. Das wiederkehrende Geräusch der Schlüssel, die am Bund des Bewachungspersonals klimperten, verliehen der endlosen Nacht Struktur. Vermutlich verließen die Nachtwachen den Fernseher in der Loge nur, wenn sie laut Einsatzplan dazu gezwungen waren. Die regelmäßigen Runden der Justizbeamten waren das einzige Indiz, dass wieder eine Stunde vergangen war.

Reflexartig kalkulierte ich Größe und Inhalt der gefliesten Zelle. Ein Relikt aus dem Matheunterricht bei Frau Siedler. Die promovierte Oberstudienrätin liebte Stereometrie. In ihren Angabeblättern wimmelte es von Schwimmbädern, die es neu zu verfliesen galt. Weil ich immer der Erste war, der die Aufgabe gelöst hatte, durfte ich zusätzlich ausrechnen, wie viel Wasser man brauchte, um die frisch renovierten Becken zu füllen. Frau Siedler machte mich nervös, der Gedanke an Lisa brachte mich fast um den Verstand. Ich hatte noch nie eine Frau versetzt, sicher keine, die ich 24 Stunden zuvor in meiner Küche geküsst hatte.

Ich war tödlich erleichtert, als der nette Graubär mich aus der Einsamkeit erlöste und mir, gegen alle Regeln, gestattete, am morgendlichen Hofgang teilzunehmen. Ich hatte mit dicken Jungs gerechnet, tätowierten Kriminellen, mit Mördern, denen man die Schwere ihrer Verbrechen ansah. Stattdessen schoben auf dem betonierten Rundweg zwei freundliche Rentner im gemächlichen Gang ihre Rollatoren, als wäre es der Spazierweg eines Altenheims.

»Deutschland wird immer älter«, erklärte der Bär. »Wir haben Ersttäter, die über 65 Jahre alt sind. Auf solche Kunden muss man sich erst einmal einstellen. Noch ein paar Jahre und man kann uns nicht mehr von einer Seniorenresidenz unterscheiden.«

Wohin ich auch ging, der Bär folgte mir auf Schritt und Tritt. Sein Gesichtsausdruck changierte zwischen unverhohlener Neugierde, Rührung und blanker Verwunderung, bevor er unvermittelt mit der Wahrheit herausplatzte: »Der Gang, der Blick, die gleichen wachen Augen, die ewig zerzausten Haare, immer ein bisschen zu lang, um als modisch durchzugehen. Im ersten Moment dachte ich, der alte Anton Morbach checkt wieder bei uns ein.«

Mit meinem Vater ging es mir nicht viel anders als mit dem vermaledeiten Spielzeug, das ich wie eine Last mit mir herumschleppte. Ich wurde ihn einfach nicht los.

»Ein sehr angenehmer Zeitgenosse«, lobte mein Bewacher. »Das waren mir die liebsten, die Konkursverschlepper, die Steuerhinterzieher, Urkundenfälscher und Wirtschaftsbetrüger. Die siezen einen und sind immer höflich.«

Er wies auf zwei distinguiert wirkende Herren im Trainingsanzug: »Exbanker. Anlagebetrug«, raunte er mir zu. »Für die ist das Gefängnis nicht mehr als ein unkomfortables Büro. Die finden einander ganz automatisch auf dem Innenplatz und schmieden gemeinsam neue Pläne, bis sie entlassen werden. Nach ein paar Monaten oder Jahren tauchen sie wieder auf. Dann erfährt man, wie die neue Anlage sich entwickelt hat.«

»Schlecht«, sagte ich. »Es war immer schlecht.«

Das Schlimmste war, dass mein Vater selbst immer an seine Mission geglaubt hatte. Jedes Mal war er davon überzeugt gewesen, den Heiligen Gral gefunden zu haben, eine Lizenz zum Gelddrucken, das Geheimnis, mit minimaler Anstrengung maximale Erfolge zu feiern. Und immer hat er andere mit hineingezogen.

Der Bär verteidigte ihn: »Ihr Vater ist kein schlechter Mann«, sagte er. »Er hat Charme und Überzeugungskraft und jede Menge Energie.«

Anton Morbach war Dampfplauderer, Kettenraucher und Wiederholungstäter. Und bis heute eine Legende in der Justizvollzugsanstalt Moabit, eine Knastberühmtheit.

»Ich glaube«, erzählte der Bär, »Herr Morbach hat bei uns seine glücklichsten Zeiten verlebt. Es konnte nichts mehr schiefgehen, weil alles bereits schiefgegangen war. Im Gefängnis brauchte er keine Angst mehr zu haben. Schlimmer konnte es nicht kommen. Er hat mit den Jugendlichen eine Basketballmannschaft aufgebaut. Jeden Tag hat er sie trainiert. Wir waren kurz davor, zum normalen Spielbetrieb zugelassen zu werden.«

Es gab mir einen Stich. Heute lag das Basketballfeld verlassen da. In der Mitte war eine Tischtennisplatte aufgestellt, wo die beiden alten Herren im Zeitlupentempo den Ball schlugen.

»Hat er jemals über seine Familie gesprochen?«, fragte ich.

»Immer«, antwortete der Bär. »Er hat mir jeden Tag erzählt, wie stolz er auf seinen Jungen war.«

Von der Seite löste sich ein zweiter Vollzugsbeamter, der dem Bären etwas zuflüsterte.

Mein freundlicher Begleiter kam auf mich zu: »Ihre Anwältin ist da«, erklärte er mir.

Erleichtert schenkte ich einem der rauchenden Häftlinge, der mit Rollator seine schneckengleichen Runden zog, die Packung Zigaretten. Das Gesicht des grau melierten Herren mit der Ausstrahlung eines Postbeamten leuchtete auf. Er war einer der wenigen, die sich aufrichtig und uneingeschränkt über ein Geschenk von mir freuten. Es fühlte sich gut an, trotz der widrigen Umstände einen Posten auf der Liste abzuarbeiten.

Ich verabschiedete mich von dem Vollzugsbeamten, der mir so freundlich begegnet war: »Sie sind ein netter Kerl«, sagte ich. »Aber leider ein grauenhafter Lügner.«

40

Auf hundertachtzig

Beates Absätze knallten energisch auf den Boden, ihre Stimme klang laut und schrill. So hörte sich meine Schwester immer an, wenn sie sich aufregte. Sie war auf hundertachtzig. Mindestens. Ihre Blicke erdolchten mich. Es hatte noch zwei Stunden gedauert, bis wir die Formalitäten erledigt hatten und sie mich mit in die Freiheit nehmen durfte.

Ich beeilte mich, zu Beate aufzuschließen, die ununterbrochen vor sich hin schimpfte: »Glaubst du, ich habe nichts Besseres zu tun, als mich mit deinem Mist auseinanderzusetzen?«, fuhr sie mich an.

Beate war Bereichsleiterin Personal bei den Stadtwerken. Als Arbeitsrechtlerin beschäftigte sie sich mit Arbeitsverträgen, Kündigungsfristen, Abfindungen, Abmahnungen und Zeugnissen. Leider war sie die einzige Anwältin, die ich kannte. Recht ist Recht, dachte ich. Beate sah das anders. Wenn ich einer ihrer Mitarbeiter gewesen wäre, würde sie die fristlose Kündigung aussprechen. Leider war ich ihr Bruder. Wir hatten lebenslänglich.

»Ich hätte mir nie träumen lassen, dass ich noch einmal

ein Mitglied der Familie Morbach in diesem Laden abholen muss«, zischte sie.

Ihre Stimme hallte durch die menschenleeren Gänge.

Nach 19 Stunden auf der Wache war ich unendlich gerührt, eine vertraute Stimme zu hören. Ich war dankbar, dass sie sich für mich freigenommen hatte.

»Du siehst toll aus«, sagte ich.

Wie alle anderen war Beate nicht geneigt, etwas von mir anzunehmen. Weder ein Kompliment noch eine brüderliche Umarmung.

Sie schüttelte mich genervt ab: »Was soll der Mist? Seit wann handelst du mit Drogen?«

Während ich mir im Kopf eine Geschichte zurechtlegte, die in den Ohren meiner strengen Schwester logisch klingen würde, hastete sie Richtung Ausgang. Ich hatte Mühe, mit ihr Schritt zu halten, während sie ununterbrochen weiterschimpfte.

»Carla hat einen Nervenzusammenbruch bekommen, als die Polizei mit einem Durchsuchungsbeschluss vor der Tür stand.«

Ich zuckte zusammen. Meine Gedanken waren immer nur um Lisa gekreist, die im Koi vergeblich auf mich gewartet hatte. Nie im Leben hätte ich vermutet, dass die Ermittlungsbehörden sich auf meine Familie stürzen würden, noch bevor Labor- und sonstige Ergebnisse vorlagen. Ich fühlte mich schuldig. Carla gegenüber. Und Florentine. Ich stellte mir vor, wie schlecht gelaunte Beamte durch Florentines Versuchsanordnungen gingen und ohne Rücksicht auf Verluste ihre Tinkturen, Salben, Mischungen, Dragees, Flüssigkeiten und Apparaturen sicherstellten. Im Kindergartenalter hatte ich miterleben müssen, wie mein Vater um fünf Uhr morgens aus dem Bett heraus verhaftet worden war. Die Szene hatte sich für immer auf meine Netzhaut gebrannt. Meine Mutter stumm, wir Kinder verängstigt, der Vater polternd, brüllend, cholerisch, später handgreiflich, was ihm eine zusätzliche Anzeige wegen Beamtenbeleidigung einbrachte. Ob Carla diplomatischer gewesen war? Wie lange würde es dauern, bis sie rausfanden, dass Florentines Versuche nichts mit Drogen, aber viel mit Schluckauf und regenbogenfarbenem Hundekot zu tun hatten?

»Sie werden nichts finden«, sagte ich. Dabei war ich keineswegs überzeugt davon, dass Florentines Versuchsanordnungen harmlos waren. Welcher Forscher ließ sich durch ein paar kleinliche Regeln, was als legal galt und was als illegal, aufhalten?

»Es wird sich alles aufklären«, betonte ich noch einmal.

Beate nickte müde. »Das hat er auch immer gesagt.«

»Ich rede mit Carla«, verkündete ich.

»Sie will dich nicht mehr sehen«, sagte Beate. »Und sie will, dass du Florentine in Ruhe lässt. Wenn du dich nicht dran hältst, wird sie ein Kontaktverbot für dich erwirken.«

Seit ich Joshis Regel befolgte, verwandelte mein Leben sich zunehmend in einen Trümmerhaufen. Wo sollte ich anfangen, es neu zu sortieren?

Wir hatten die Tür erreicht. Die kalte Luft tat uns beiden gut.

»Es ist eine lange Geschichte«, seufzte ich.

»Ich will sie nicht hören«, fuhr Beate mich an. Sie wollte lieber weiterschimpfen: »Weißt du, wie oft ich unseren Vater aus diesem Gefängnis abgeholt habe?«, brüllte sie. »Ich habe ein Déjà-vu. Dieser Geruch von Verzweiflung und Urin in den Gängen, die schuldbewussten Hundeaugen, die am Ende nichts bedeuten. Ich hasse diese Orte. Ich habe sie immer gehasst.«

»Yeah«, brüllte es aus einem Fenster, hinter dem wohl ein Union-Fan festsaß. Beas Stimme war überall zu hören.

»Es ist alles ein großes Missverständnis«, wehrte ich mich.

»Das war es bei unserem Vater auch immer. Und jedes Mal waren andere schuld: sein Kompagnon, seine Ehefrau, die Familie, seine Kindheit, die Umstände. In der Welt von Anton Morbach konnte nur einer nichts dafür, wenn Dinge schiefgingen: er selbst.«

»Ich meinte es gut«, wehrte ich mich.

»Das sind die Allerschlimmsten«, sagte sie.

Einmal an ihrem Wagen angekommen, brach Beas Fassade weg. Erschöpft nahm sie Platz. Die Wut war verpufft.

»Ich habe Jura studiert, weil ich dachte, ich könnte unserem Vater helfen«, begann sie mit trauriger Stimme zu erzählen. »Bis ich begriffen habe: Dem kann man nicht helfen.«

Tränen stiegen ihr in die Augen. Meine große, starke Schwester, die so genau Dinge benennen konnte, weinte. »Ich habe ihm geglaubt, dass er unschuldig ist. Ich habe ihn rausgepaukt und dann festgestellt, dass alles wahr war, was die Polizei ihm vorwarf. Ich ertrage es nicht, noch so einen in der Familie zu haben.«

Ich nahm sie in den Arm und spürte, wie sie sich langsam beruhigte.

»Was hast du denen eigentlich erzählt, dass die mich entlassen haben?«, fragte ich vorsichtig.

»Die Wahrheit«, entgegnete Beate.

»Und was ist die Wahrheit?«, fragte ich.

»Dass du immer schon komisch warst«, sagte sie. Ihre Stimme klang kalt wie ein Messer. »Komisch, aber harmlos.«

Ich schluckte die Beleidigung runter, so gut ich konnte. Ihre Wahrheit musste nicht unbedingt meine sein.

»Noch Fragen?«, sagte Beate.

»Was ist damals eigentlich mit meinem Hamster passiert?«, fragte ich vorsichtig.

Wenn wir schon dabei waren, die Vergangenheit aufzuarbeiten, konnten wir es gleich gründlich angehen.

Beate zuckte zusammen. »Dein Hamster?« Sie bewegte ihre Finger, als könne sie sich nur mühsam zurückhalten, mich nicht zu erwürgen, fuhr sich durch die Haare und knallte dann die Handflächen auf das Steuer: »Ich werde aus meinem Bett gerissen, weil mein Bruder sich mit der Justiz anlegt. Und was kommt dann? Eine Entschuldigung? Eine Erklärung? Ein Danke? Alles, was dich interessiert, ist ein dämlicher Hamster?«

»Zorro«, gab ich zur Antwort. »Anja wollte, dass er Blümchen heißt.«

»Ich erinnere mich an keinen Hamster«, schleuderte Beate mir entgegen.

Meine Schwester bedachte mich mit einem Blick, den sie sonst für ihre hoffnungslosen Fälle reserviert hatte. »Du warst schon immer in einem Paralleluniversum unterwegs.« Sie machte eine Pause und legte dann noch einen drauf: »Genau wie er.«

Sie gab Gas und verfiel in dumpfes Schweigen. Ich hielt es für besser, den Mund zu halten, und stöpselte mein Telefon in den Autoauflader. Drei Prozent Batterieladung reichten aus, das Handy Hiobsbotschaften ausspucken zu lassen.

Ich hatte eine neue Mail von *Eins plus 1,* überschrieben mit *Einladung*, und vier zunehmend wütende Mails von Schwab, der sich über meine Abwesenheit beschwerte.

Hektisch scrollte ich weiter. Nicht eine einzige Nachricht von Lisa. Sie hatte sich nicht einmal die Mühe gemacht, nachzufragen, wo ich abgeblieben war. Kein Anruf, keine SMS, keine Mail. Hatte sie den einsamen Abend beim Japaner kommentarlos hingenommen? Oder war sie so sauer, dass sie beschlossen hatte, nie wieder ein Wort mit mir zu wechseln?

Die neueste Nachricht kam von Georg Schwab, der via SMS für zwölf Uhr eine Krisensitzung anberaumte. Es war 11.40 Uhr. 20 Minuten Zeit.

Beate rollte mit den Augen ob der plötzlichen Veränderung des Ziels, bog dann aber doch in Richtung Industriegebiet ab.

Ihre Verabschiedung fiel ruppig aus. »Ruf mich erst wieder an, wenn du dein Leben auf der Reihe hast«, empfahl sie mir. »Ein zweites Mal halte ich so was nicht aus.«

41

Fünf nach zwölf

Energisch drängte ich mich durch die Eingangskontrolle. In Olgas Pförtnerloge war der Teufel los. Ted war da, ein paar der Bäcker, einige Fahrer, die kleine Japanerin. Es wurde aufgeregt debattiert. In der Hoffnung, gerade noch pünktlich zu sein, drückte ich mich an ihnen vorbei. Die ersten Minuten einer Sitzung gingen immer dafür drauf, Zucker zu organisieren, Kaffee zu bestellen, fehlende Papiere zu kopieren und zu untersuchen, warum die PowerPoint-Präsentation nicht lief.

Schwabs Büro war leer. Keine Getränke auf dem Tisch, keine Papiere, keine Sitzungsteilnehmer, alleine Frau Biermann, die neue Blumen auf dem Schreibtisch ihres Chefs platzierte. Man brauchte kein Experte für Körpersprache zu sein, um zu wissen, dass etwas nicht stimmte.

»Frau Hoffmann hat sich abgemeldet. Gestern Sushi, heute sterbenskrank. Ein europäischer Magen ist für rohen Fisch einfach nicht gemacht. Wir mussten die Sitzung verschieben.«

Eine Stimme unterbrach ihren aufziehenden Vortrag

über die Risiken japanischer Küche und fremdländischer Ernährungsriten.

»Frau Hoffmann hat mir ihre Analyse gemailt«, klang eine Stimme aus dem Hintergrund. Sie gehörte Schwab. Er erschrak, als er mich sah.

»Herr Morbach«, sagte er, gedehnt langsam, als wollte er Zeit gewinnen, seinen nächsten Schritt zu planen.

»Ich würde mich gerne mit Ihnen zusammensetzen …«, schloss er. »Aber ich muss leider …«

Er legte das Konzept ab. Verblüfft erkannte ich meine eigenen Tortendiagramme, die Lisa für ihre Zwecke eingesetzt hatte. Sie musste so wütend auf mich sein, dass sie sich an keine unserer Absprachen gebunden fühlte.

»Verteilen Sie das bitte an alle Abteilungen«, forderte Schwab seine Chefbuchhalterin auf.

Am liebsten wollte er flüchten. Aber diesmal hatte er die Rechnung ohne Frau Biermann gemacht.

»Warum sagen Sie es ihm nicht direkt«, schlug sie vor.

Schwab wand sich, er knetete die Finger, weitete den Kragen: »Sie wissen, ich bin immer auf Ihrer Seite gewesen. Ich habe mich für Sie eingesetzt. Vorbehaltlos«, sagte er. »Gegen alle Ratschläge von außen.«

Seine Stimme erstarb. Er schenkte mir einen waidwunden Blick, als verbände uns eine lange Geschichte schmerzhafter Auseinandersetzungen zwischen ungehorsamem Sohn und strengem, aber gerechtem Vater.

»Sie haben mich enttäuscht«, sagte er. »Mir wurde ganz übel, als Ted die Zeitung gebracht hat. Mein Magen verträgt keine schlechten Nachrichten.«

»Die Zeitung?«, hakte ich nach. Wovon sprach er nur?

Frau Biermann schob mir beiläufig die heutige *Berliner Zeitung* hin. Die Schlagzeile widmete sich den Fußballausschreitungen, gleich darunter kam ich: *Drogenskandal auf Berliner Schulhof?* stand da in großen Lettern. Eine gewisse Tamara S., die den Verdächtigen persönlich kannte, steuerte nicht nur ein wenig schmeichelhaftes Porträt von Thomas M. (29) bei, sondern zugleich das dazugehörige Bildmaterial. Ich konnte es nicht fassen. Der Mann mit der Toys"R"Us-Tasche auf dem dazugehörigen Foto war unscharf, für die Mitarbeiter von Schwab jedoch unschwer zu identifizieren. Die halbe Belegschaft hatte mich gestern in denselben Klamotten herumlaufen sehen. Mit der charakteristischen Plastiktüte in der Hand. Beate hatte unrecht, wenn sie behauptete, ich sei wie Anton. Ich hatte soeben meinen Vater übertrumpft. Auf die Titelseite der Zeitung hatte es noch kein Morbach geschafft.

»Ich meine«, stammelte Schwab, »stimmt das wirklich? Sie haben da sicher eine überzeugende Erklärung …«

Frau Biermann schob ihren Chef an die Seite. Sie war es leid, dass Schwab um den heißen Brei herumredete.

»Herr Schwab möchte sich herzlich für Ihre Arbeit bedanken. Wir haben Frau Sauer bereits informiert, dass die Wahl auf Lisa Hoffmann gefallen ist.«

»Ich bin mitten in der Erhebung der Daten«, wehrte ich mich.

»Ich wünsche Ihnen viel Glück für die weitere Zukunft«, erklärte Schwab. Dankbar blickte er zu Frau Biermann, die ihm die schwere Aufgabe abgenommen hatte.

Die Chefbuchhalterin setzte noch einen obendrauf: »Toi, toi, toi«, rief sie mir zu.

42

Kleine Kreise

Geschlagen kehrte ich nach Hause zurück. Vor meiner Eingangstür drückte sich eine Frau mit Hut und großer Sonnenbrille herum, in der Hand trug sie eine Kamera. Eine verdeckte Ermittlerin in der vermeintlichen Drogensache? Presse? Wenn, dann nur eine Praktikantin. Die junge Frau studierte so unbeholfen konspirativ das Klingelbrett, dass ich beinahe lachen musste. Genauso hatte ich wohl auch ausgesehen, als ich vor ein paar Tagen in Frau Biermanns Büro eingebrochen war. Kein Wunder, dass Lisa sofort gemerkt hatte, dass ich etwas im Schilde führte.

»Wen beschatten Sie denn?«, fragte ich.

Die vermeintliche Ermittlerin fuhr herum. Verblüfft erkannte ich die junge Frau mit dem raspelkurzen Haar, die vor Verlegenheit am liebsten in den Erdboden versinken wollte. Meine Beschatterin, die ich bereits aus der Bäckerei und von der Ampel kannte, sah aus, als könnte sie Hilfe brauchen. Oder ein paar süße Teilchen von Schwab. Sie wirkte sehr mager und sehr verlegen.

»Kann ich Ihnen helfen?«, fragte ich.

Das war vielleicht ein bisschen vorschnell. Meine Bilanz,

mit freundlichen Hilfsangeboten maximale Verwirrung zu stiften, war beispiellos. Ich zählte nach: Wenn Kimmie Nummer sieben gewesen war, die Diagramme, die ich unfreiwillig Lisa überlassen hatte, Nummer acht und die Zigaretten für meinen Gefängniskollegen die neun, hatte ich noch 19 Etappen auf dem Weg zu meinem neuen Ich vor mir.

»Ich wollte jemanden überraschen«, stotterte die junge Frau. »Ich war zufällig in der Gegend, da dachte ich … aber vielleicht ist das eine ganz dumme Idee … Wer mag schon Überraschungen?«

Sie verlor den Faden. Verlegen biss sie auf ihrer Lippe herum, als von hinten eine aufgeregte Stimme klang: »Herr Tom! Herr Tom!«

Fast hätte ich Annette nicht erkannt. Das kontaktscheue Mauerblümchen aus der Bäckerei um die Ecke führte ein Doppelleben als Postergirl für *Street Style*. Statt Bäckerkittel trug sie einen knallgrünen karierten Mantel, darunter Minirock und dicke Wollstrümpfe, die in gelben Doc Martens verschwanden. Im Gesicht prangte eine auffällige gelbe Brille.

»Die trage ich nie im Geschäft«, reagierte sie auf meinen ungläubigen Blick hin. »Zu auffällig.«

Annette war keineswegs gleichgültig. Sie war gnadenlos kurzsichtig und längst nicht so einsam, wie ich dachte. Aus den Tiefen ihrer Tasche kramte sie die edle Holzkugel hervor, die ich ihr vor ein paar Tagen geschenkt hatte.

»Ich traue mich nicht, Ihr Geschenk mit nach Hause zu nehmen«, erklärte sie. »Meine Freundin ist rasend eifersüchtig. Sie hat ständig Angst, ich könnte mit einem Mann durchbrennen. Danke trotzdem.«

Noch bevor ich reagieren konnte, war sie verschwunden. Ebenso wie die mysteriöse Frau vom Klingelbrett.

»Das ist wie Homöopathie. Bevor die Krankheitssymptome abnehmen, werden sie schlimmer. Das ist ganz normal«, erklärte Joshi am Telefon. »Du darfst nicht aufgeben.«

Den Rest des Abends widmete ich den Crazy Loops. Glücklicherweise fand ich im Internet eine Anleitung. In einem Youtube-Tutorial erklärte ein Mann mit Bart und Holzfällerhemd in ironiefreien sieben Minuten und 18 Sekunden, wie man mit einer Gabel die Gummiringe zu Armbändern zusammenfügte. Mir gefiel die Tatsache, dass man zuerst eine Acht legen musste. Noch mehr gefiel mir, dass es meinem virtuellen Handarbeitslehrer nur mit vielen Hopplas, Oops und Ohs gelang, die Schlinge auf die Zinken zu ziehen. Seine weiteren Videos zeigten den Einzug des Christkindes auf den Weihnachtsmarkt, ein Autorennen auf dem Nürburgring und eine schnarchende Katze. Den Filmen war nicht zu entnehmen, wie sich sein Leben nach Fertigstellung der Armbänder weiterentwickelt hatte.

Gegen Mitternacht hatte ich mein erstes Armband aus neongrünen, lila und rosa Loops fertiggestellt. Während ich mein Werk betrachtete, dachte ich an Lisa. Ich stellte mir vor, wie sie in der mir bekannten Bettwäsche lag und schlief. Ich wählte ihre Nummer und hielt dann inne. Die Erfahrung mit meinen Schwestern lehrte mich, dass es besser war, abzuwarten, bis der erste Zorn verraucht war. Das ließ mir genug Zeit, mich durch Joshis Spezialprogramm zu arbeiten. Vielleicht war es besser, Lisa erst dann wieder zu begegnen, wenn ich ein anderer geworden war.

43

Vom Glück, zu teilen

Ich fing wieder von vorne an. Bei der Kaltakquise. Nach einem anstrengenden Tag ergebnisloser Gespräche mit unwilligen Kunden, die weder auf mich meinen Anruf noch auf meine Dienstleistung gewartet hatten, beschloss ich gegen Abend, Joshis Therapie wieder aufzunehmen. Vielleicht half es, dem Tag eine positive Wendung zu geben, wenn ich dem Erstbesten, der mir begegnete, etwas Gutes tat; leider war dies ein Trunkenbold, auf der Suche nach Halt.

»Was glotzt du, du blöde Hackfresse«, pöbelte er mich an, noch bevor ich ihm meinen Arm anbieten konnte.

Ich verzichtete darauf, ihn mit einer guten Tat davon zu überzeugen, dass ich eigentlich ganz okay war. Stattdessen ging ich ein Stück weiter zum kommunalen Kino und reihte mich in die Schlange ein. An der Kinokasse erwarb ich zwei Karten, nur um sie den beiden Freundinnen hinter mir in der Schlange zu schenken. Die Frauen sahen mich so bestürzt an, als wollte ich ihnen ein Abonnement für ein Pornoblatt andrehen. Mit Müh und Not überredete ich die Kassiererin, die Karten zurückzunehmen und wahllos an jemanden zu verschenken.

»Sagen Sie einfach, es ist ein Gewinnspiel«, schlug ich vor.

Von einem sicheren Platz hinter der Litfaßsäule beobachtete ich, wie ein älteres Pärchen die Karten überrascht entgegennahm. Sie wirkten hocherfreut. Vielleicht würden sie später noch anstoßen auf ihr unerwartetes Glück.

Ich hatte meine Lektion gelernt. Es war sehr viel besser, Menschen zu erfreuen, ohne direkt mit ihnen in Kontakt zu kommen. Es musste einen Grund geben, warum Osterhase, Nikolaus und Weihnachtsmann nie direkt in Erscheinung traten. Ich beschloss, es ihnen nachzutun und im Verborgenen zu agieren. Gelegenheiten und Ideen hatte ich genug.

Die anstrengende Kundenwerbung, die meine Tage füllte, ließ mir genug Zeit, mich Joshis Therapie zu widmen. Ich besorgte mir einen Organspendeausweis, kaufte Lotterielose und warf sie wahllos in einen Briefkasten. Ich bezahlte am Drive-in-Schalter die Rechnung meines Hintermanns, versteckte Geld im Supermarkt und beobachtete zwischen Chips und Keksen, was passierte, wenn jemand den Schein entdeckte. Zufrieden registrierte ich, wie eine junge Mutter mit zwei Kindern den Schein fand, sich ratlos umsah und dann Nudeln und Reis zurückstellte und ein Stück Fleisch und eine Torte erwarb. Ein zweiter Schein fiel einer Rentnerin in die Hände, ein dritter einem jungen Mann in teurem Anzug. Einem Banker. Leider. Ich erkannte diese Spezies auf 100 Meilen. Ich wollte mich schon ärgern, als ich bemerkte, dass der Mann das Geld einem Angestellten übergab. Der picklige Teenager, der als Regalauffüller sein Taschengeld aufbesserte, ließ den Schein verstohlen in die Tasche seines eigenen Kittels gleiten. Mission completed.

Mit jeder Aktion wurde ich mutiger. Nach ein paar Tagen konnte ich auf meiner Liste bereits die Positionen bis 16 füllen. Zufrieden darüber, mehr als die Hälfte meiner 28-Tage-Challenge geschafft zu haben, gönnte ich mir eine Pause bei Doro's, wo ich vor meiner ersten Verabredung mit ⋆L!saH⋆ Zeit totgeschlagen hatte. So konnte ich ihr wenigstens in Gedanken nahe sein.

Ich fühlte mich großartig. Tigerlady Doro war so schlecht gelaunt wie immer. Ich begriff, dass es keinen Sinn hatte, bei ihr mein Schenkerglück zu probieren: Von Männern erwartete Doro nichts Gutes mehr. Ein Stück weiter hockte ein Mann regungslos vor einem leeren Glas, als gehöre er zur Dekoration. Spontan ernannte ich ihn zu meiner Nummer 17.

Müde hob er seine Augen, als ich ihm ein neues Bier hinstellte: »Du siehst gar nicht so aus, als wärst du schwul«, sagte er.

»Bin ich auch nicht«, entgegnete ich. »Aber ich wäre gerne schwul. Ich wäre gerne alles, was ich nicht bin.«

Der Mann überlegte eine Weile. »Tief«, sagte er. »Sehr tief.« Er prostete mir zu: »Bist ein Guter.«

Die Sache fing an, mir Spaß zu machen. Vielleicht musste man nicht den großen Zielen hinterherlaufen. Manchmal genügte es, einen Menschen für ein paar Sekunden aus der Tristesse des Alltags zu holen. Ich war voller Tatendrang.

Es war Viertel vor sechs, als ich, bewaffnet mit Geschenk Nummer 18, einem Blumenstrauß, das Portal zum Waldfriedhof Heerstraße durchschritt. Wie lange hatte ich die letzte Ruhestätte meiner Mutter nicht mehr besucht? Meine Hoffnung, das Grab auf Anhieb zu finden, verflüchtigte sich beim Anblick der langen, gleich aussehenden

Wege. Wenn ich mich nicht beeilte, verpasste ich, rechtzeitig zum Ausgang zurückzukehren, bevor der Friedhof schloss. Ich hatte weder Lust, einem der Protagonisten aus meinen Horrorfilmen zu begegnen noch den Wildschweinen, vor denen bereits am Eingang gewarnt wurde. Einer plötzlichen Eingebung folgend stellte ich die Blumen auf ein verlassenes Grab, für das sich niemand zu interessieren schien. Der schmuck- und formlose Erdhügel mit dem schiefen Billigkreuz aus Sperrholz rührte mich. Eine einsame Reißzwecke hielt das Namensschild am Platz: einen handgeschriebenen Zettel in einer Klarsichthülle. Ich stellte mir Gerd Heine als einen gütigen Mann mit schütterem Haar und traurigen Augen vor, der viel zu früh verstorben war. In dem festen Willen, dem Mann etwas Gutes zu tun, griff ich eine Harke und schichtete die Erde zu einem ordentlichen Haufen, rückte das Kreuz gerade, entfernte mit einem Taschentuch sorgfältig die Feuchtigkeit von der Klarsichthülle und platzierte meine Blumen. Mit ein paar Handgriffen hatte sich Herr Heine in einen Zeitgenossen verwandelt, an den sich jemand mit warmen Gefühlen erinnerte.

»Und wer sind Sie?«, tönte eine wütende Stimme.

Eine rundliche Frau in lila Wallekleidern musterte mich empört. Die dicken Ringe unter ihren Augen, die herunterhängenden Mundwinkel und gesenkten Schultern ließen darauf schließen, dass sie es im Leben nicht leicht gehabt hatte.

Mein Herz rutschte Richtung Hose. Genau diese Situation hatte ich zu vermeiden versucht. Ich wollte Menschen eine Freude machen, hatte jedoch nur die allerschlechtesten Erfahrungen damit gemacht, wenn meine Aktionen allzu auffällig und direkt ausfielen. Ich beschloss, mich vom heiligen Acker zu machen.

Die unbekannte Friedhofsbesucherin stellte sich mir energisch in den Weg: »Sie können nicht einfach an seinem Grab auftauchen, ohne eine Erklärung«, blaffte sie mich an.

»Ich war ein Freund von Gerd«, sagte ich. Das klang unverfänglich.

»Ein Freund meines Vaters?«, fragte die Frau in einem Ton, der nahelegte, dass ihr Vater charakterlich zwischen Ekelpaket und Massenmörder einzuordnen war.

»Lange her«, erklärte ich. »Wir sind zusammen zur Schule gegangen.«

Die Frau blieb misstrauisch. »Sie sehen viel jünger aus.«

»Er war in der obersten Klasse, ich in einer der unteren, der untersten«, verstrickte ich mich immer weiter in meine Lügen.

Die Frau brannte darauf, zu hören, was zwischen ihrem Vater und mir vorgefallen war, das mein plötzliches Erscheinen begründen konnte.

»Hat er Ihnen nie erzählt, wie er Martin Krüger fertiggemacht hat? Er hat mich immer verteidigt. Auf dem Schulhof. Der Gerd war ein echter Held.«

Ein unerwartetes Lächeln flog über ihr Gesicht und verleitete mich dazu, weiterzusprechen. Je mehr Kontur mein Fantasiefreund Gerd gewann, umso wärmer wurden meine Gefühle für ihn.

»Er hat mich immer in Schutz genommen«, sagte ich. »Und ich habe mich nie wirklich bei ihm bedankt.«

Ich fühlte den Schmerz über seine Abwesenheit fast körperlich. Ich war kurz davor, in Tränen auszubrechen, ob der Vorstellung, dass mein bester Freund Gerd nicht mehr da war. Ich war geradezu verliebt in die Idee, dass es einen Gerd hätte geben können. Frau Heine, oder wie auch immer die Friedhofsbesucherin heißen mochte, war gerührt von meiner Rührung.

»Auf seiner Beerdigung war niemand, der etwas Nettes erzählen konnte«, presste sie hervor.

Sie umarmte mich glücklich. Zufrieden hakte ich die Nummer 18 ab. Wenn so eine kleine Geschichte eine so positive Wendung bewirken konnte, war alles möglich.

Nach einer schlaflosen Nacht befand ich es an der Zeit, mit meinem alten Ego abzurechnen und die neuen Zeiten zu feiern. Energisch zog ich meinen besten Anzug aus dem Schrank und machte mich auf den Weg Richtung Waschsalon, wo ich meine Nummer 19, den Obdachlosen, traf. Da ich nicht vorhatte, jemals wieder in alte Gewohnheiten zu verfallen, konnte ich mich von dem symbolträchtigen Stück trennen. Der Anzug passte perfekt und machte einen neuen Menschen aus ihm. Sollte er sich jetzt um eine Stelle bewerben, sah er aus wie ein Erfolgsmodell.

Ich fuhr weiter zum Potsdamer Platz, um bei Joshi zu essen. Dort, wo der rote Foodtruck an diesem Wochentag normalerweise stehen müsste, herrschte gähnende Leere. Joshi ging nicht einmal ans Telefon. Zur Sicherheit rief ich Anja an, bei der sich ein ähnlich deprimierendes Bild bot: »Ruf mich nächstes Jahr an«, bat sie mich. »Dieses ist sowieso ruiniert.«

Ihr gemeinsames Unglück ging mir so nahe, dass ich entschied, die beiden auf meine Liste zu setzen.

44

Zwei Fliegen mit einer Klappe

Verkuppeln 2.0 war eine Herausforderung. Wie bringt man Freunde zusammen, die nicht wissen wollen, dass der andere genau das ist, was sie zum Leben brauchen, weil sie schon einmal festgestellt haben, dass das Letzte, was sie im Leben brauchen, der jeweils andere war? Das Problem, die unglücklich Geschiedenen zu vereinen, erschien mir bei näherer Betrachtung unlösbar. Ich befand, dass dieses Unterfangen für zwei Positionen reichte: Auf die 20 setzte ich Anja, auf die 21 Joshi.

Sollte ich wie ein Sonderbotschafter zwischen ihren Wohnungen pendeln, um die Vorzüge des jeweils anderen anzupreisen? Sollte ich sie zu einem Essen zu dritt einladen, ohne zu verraten, wer die Teilnehmer des geselligen Treffens waren? Die Gefahr war groß, dass Anja und Joschi den Braten rochen, bevor ich mein Ziel erreichte. Mit Schaudern dachte ich an die Scheidungsparty zurück, als meine Schwestern sich einbildeten, dass Sandkastenfreundin Sanne meine ideale Partnerin sein könnte. Nichts ist unangenehmer, als zu spüren, dass man verkuppelt werden soll.

Am besten war, den beiden gar nicht erst mitzuteilen, dass ich der Meinung war, dass ihre Trennung eine noch schlechtere Idee war als ihre überstürzte Hochzeit. Ich war wild entschlossen, Anja und Joshi zu ihrem Glück zu zwingen. Alles, was ich tun musste, war, mich mit beiden gleichzeitig zu verabreden. Am selben Platz zur selben Zeit.

Der Sonnenuntergang am Paul-Lincke-Ufer schien mir das richtige Ambiente für ein »zufälliges« Aufeinandertreffen der Kontrahenten und die stimmungsvolle Versöhnung, die sich zweifellos einstellen würde, sobald ich mich davongeschlichen hatte. Auf dem Türkischen Markt deckte ich mich mit allem ein, was man für ein romantisches Picknick zu zweit brauchte. Bei der Auswahl ließ ich mich von der Vorstellung leiten, Lisa zu bewirten. Womit könnte ich sie verwöhnen? Ich entschied mich für türkisches Brot, Hummus, Bulgursalat, gefüllte Weinblätter und Teigtaschen mit Schafskäse und Hackfleisch. Ich organisierte Wein, Wasser, Teller, Besteck, Servietten und Gläser, selbst eine Plastiktüte für Abfälle.

Ich war perfekt vorbereitet. Mein Versuch, Amor des Jahres zu werden, scheiterte dennoch kläglich. Eine Viertelstunde vor dem abgesprochenen Zeitpunkt sagten beide ab.

»Ich stecke bis zum Hals in Arbeit«, sagte Joshi. »Ich komme einfach nicht weg.«

Anjas Ausrede war noch unglaubwürdiger. »Ich leide unter fürchterlichem Jetlag«, sagte sie.

»Du bist im Bodendienst«, beschwerte ich mich.

»Das macht den Jetlag noch schlimmer«, beharrte sie auf ihrer Ablehnung.

Die Gruppe gut gelaunter spanischer Studenten, die mir bereits im Waschsalon um die Ecke begegnet war, freute sich sehr über meinen Beitrag zu ihrem Picknick. Einen

Punkt hatte ich dafür nicht verdient: Eine Niederlage war eine Niederlage.

Freiluftkino, Bootsvermietung, Eisdiele, die Minigolfanlage, wo man bei Schwarzlicht mit 3-D-Brillen unendlich viel Spaß haben konnte, was auch immer ich vorschlug: Die beiden bliesen lieber alleine Trübsal. Anja war nicht dazu zu bewegen, einen Fuß vor die Haustür zu setzen, um mich zu treffen. Joshi ebenso wenig. Selbst die Wortwahl ihrer lauen Absagen ähnelte sich. »Ich fühl mich nicht wohl«, »Mir ist nicht danach«, »Tut mir leid«. Anja und Joshi ahnten nicht, wie sehr sie in ihrem posttraumatischen Liebeskummer vereint waren. Nach zwei Wochen vergeblicher Versuche stellte ich mir die Frage, ob ich zu drastischeren Mitteln greifen musste.

Ich trat auf der Stelle. Halb Berlin war mittlerweile in den Sommerferien. Meine Kundenwerbung schleppte sich dahin, Lisa, so hörte ich bei einem Kontrollanruf bei Olga, verbrachte 18 Stunden am Tag in der Bäckerei und dachte gar nicht daran, mit mir Kontakt aufzunehmen. Ich verzichtete darauf, selbst mein Glück bei ihr zu versuchen. Die Tatsache, dass ich mich vergeblich mit Anja und Joshi abmühte, bedeutete nichts Gutes für mein Karma und meine Erfolgsaussichten bei Lisa.

Unwillkürlich dachte ich an Nico. So musste er sich Tag für Tag bei seiner Arbeit fühlen, wenn er darüber nachdachte, wie man Menschen zusammenbringt, die füreinander bestimmt waren. Jetzt erst öffnete ich die Mail, die er mir vor Tagen geschickt hatte. Die Texte, die er mir zukommen ließ, wurden immer länger.

Lieber Tom,
du hast vollkommen recht. Ich habe dir nicht die Wahrheit gesagt. Eins plus 1 ist als Unternehmen fortwährend in Bewegung. Wir formulieren Hypothesen über das Leben und die Liebe und setzen sie in Algorithmen um. Wir fragen uns ununterbrochen, warum so viele Menschen unglücklich werden, wenn wir sie an den Wunschpartner vermitteln, der ihren Vorstellungen entspricht. Ich gebe es offen zu. Die letzten Profile, die wir dir zukommen haben lassen, waren Testballons. Was nutzt eine These ohne Beweis? SüßeLene, Klara-Fall und ANNA *hatten kaum Matchingpunkte mit dir. Wir experimentieren gerade mit einem Zufallsgenerator. Und weißt du, was das Erstaunliche ist: Die Menschen treten miteinander in Kontakt und verlieben sich, weil wir ihnen sagen, dass sie gut zusammenpassen. Die Erfolgsquote liegt nicht unter der von Paaren, die wir mittels Algorithmen zusammenstellen. Wenn du mehr wissen willst, warum kommst du nicht einmal bei uns vorbei? Vielleicht überzeugt dich unsere Erfolgswand. Heute hatte ich wieder drei Geburtsanzeigen und eine Einladung zu einer Hochzeit in der Post. PS: Ich will ehrlich sein: Eine Rechnung für einen Scheidungsanwalt war auch dabei. Die machten uns dafür verantwortlich, dass sie überhaupt geheiratet haben.*

Schade, dass ich kein bisschen schwul war. Nico klang aufrichtig. Auf eigentümliche Weise schlugen wir uns mit denselben Lebensproblemen herum. Trotz aller Missverständnisse fühlte ich mich ihm nahe. Wer weiß, vielleicht hätte ich seine Einladung sogar angenommen, wenn nicht der Postbote meine Pläne final über den Haufen geworfen hätte. In der Hand wedelte er mit einem Einschreiben. Ich brauchte den Brief nicht einmal zu öffnen. Ich ahnte auch so, was meine Nachbarin mir mitteilen wollte. Mir blieb keine andere Wahl. Anja und Joshi mussten warten. Auf Nummer 22 setzte ich den Namen meiner Vermieterin: Tamara.

45

Geometrische Formen

»Es ist dringend«, sagte ich.

Das spindeldürre Mädchen im rosa Kittel musterte mich von Kopf bis Fuß, bevor sie entschied, dass ich wohl kaum als Notfall durchgehen konnte: »Wie stellen Sie sich das vor? Tamara ist auf Wochen ausgebucht.«

Das Geschäft im »Wax-Kabinett« brummte. An der Wand neben dem Empfangstresen hing ein Poster, das eine Bikinihose und ein Stück Oberschenkel abbildete. Während die studierten Kollegen sich auf Netzwerktreffen das Leben gegenseitig schwer machten und in erbitterter Konkurrenz zueinander standen, gab es anderswo Nischen mit ungeahnten beruflichen Aufstiegsmöglichkeiten zu entdecken: *Depiladoras für neue Filiale gesucht. Betriebsinterne Ausbildung. Quereinsteiger willkommen* stand auf der Bikinihose. Interessierte konnten ein Stück Oberschenkel mit der Telefonnummer abtrennen.

»Es ist privat«, flüsterte ich dem jungen Mädchen zu. »Sehr privat. So privat, dass Tamara wütend wäre, wenn Sie mich nicht vorlassen.«

Das Mädchen, bemüht darum, nichts falsch zu machen,

schob mich in den Warteraum. Während Tamara zu Hause in kühlem Schwarz-Weiß residierte, lebte sie hier nach der Devise ›Mehr ist mehr‹. Die Wartezeit konnte man sich in Flausch und Plüsch bei einem Glas Rosé-Champagner aufs Haus vertreiben. Die opulente rosarote Ausstattung täuschte Wohlfühlatmosphäre vor. Im Aquarium dösten pinke Fische, die so überzüchtet waren, dass schwimmen für sie nicht infrage kam. Sie verharrten so unbeweglich im Wasser, als meditierten sie über den Zustand der Welt.

Ich hatte das Gefühl, mich in Barbies Traumhaus verirrt zu haben. Wäre ich Ken, ich würde mich sofort scheiden lassen. Trotz Alkohols und des anheimelnden Lichts funkelnder Kronleuchter erinnerte die Stimmungslage an eine Zahnarztpraxis: Es herrschte nackte Angst.

Zwei Poster, gedruckt in Gold auf Schwarz, informierten die Wartenden über das ›Menü für sie und ihn‹. Für alle, die nicht damit vertraut waren, was mit »Überraschungen unter der Gürtellinie« gemeint war, verdeutlichten Piktogramme, wozu Tamara und ihr Team fähig waren. Es war wie bei einem Unfall. Grausam, aber wegsehen konnte ich auch nicht. In reduzierten Zeichnungen warfen stilisierte Figuren ihre Arme in die Luft, als wollten sie einer fundamentalen Ratlosigkeit Ausdruck geben oder sich ergeben. Erst bei näherer Betrachtung erschloss sich mir, dass die geometrischen Formen keine Köpfe, sondern die zu bestellende Restbehaarung darstellten. Auch das Angebot für ihn ließ keine Freude aufkommen. Wie beim Metzger wurden Männerkörper bei Tamara in Fragmente eingeteilt: Schulter, Brust, Bauch, Schenkel, Rücken, Lende. Der Kunde bezahlte für jede Region bis hin zur Poritze extra. Ich verstand, warum Tamara sich als Freizeitausgleich und Gegengewicht für haarige Afghanen entschieden hatte. Imposante

Schwarz-Weiß-Fotos der Hunde, nummerierte Kunstdrucke namhafter Fotografen, zierten auch hier die Wände. Mit diskretem Preisschild darunter. Bei Tamara gab es nichts umsonst. Nicht einmal ein Gespräch.

Ich war nicht der Einzige, der auf die Ankunft der Meisterin wartete. Hektisch blätterten Kundinnen in Zeitungen, auf die sie sich doch nicht konzentrieren konnten. Niemand wagte, etwas zu sagen. Wir alle waren darauf fixiert, zu lauschen, welche verräterischen Geräusche aus den Folterkammern mit den gepolsterten Türen drangen. Jedes Mal, wenn sich die Tür zum Behandlungstrakt öffnete, zuckten alle Wartenden zusammen. Mit der Assistentin drang eine Duftwolke aus heißem Bienenwachs und Talkumpuder in den Raum. Manche gingen selbstbewusst in die Kabine, andere kichernd, die meisten zögernd. In die Gesichter eingemeißelt die eine Frage: »Wird es wehtun?«.

»Schlimmer als der Schmerz ist die Angst vor dem Schmerz«, hatte meine Mutter mich getröstet, als ich gegen Tetanus geimpft werden musste. Die Kinderärztin war freundlich und ganz auf meiner Wellenlänge.

»Zähl bis vier«, hatte sie mich aufgefordert. Und dann bei zwei zugestochen. Mein Vertrauen in Ärzte blieb durch ihren Verrat dauerhaft getrübt. Tamara zeigte denselben entschlossenen Blick, als sie mich im Wartezimmer entdeckte.

»Ich sehe, du hast meine Post bekommen«, sagte sie.

»Ich will dir etwas erklären«, sagte ich.

»Kein Bedarf. Meine Anwältin hat mich bereits informiert. Wir können die Kündigung über Eigenbedarf spielen, über Kimmie oder über die Drogengeschichte«, sagte Tamara.

Sie zog ihre sorgsam epilierten Augenbrauen hoch und bat ihre nächste Kundin ins Behandlungszimmer, ohne sich weiter um mich zu kümmern. Ich musste sie schon fesseln, wenn ich darauf hoffen wollte, dass sie mir zuhörte. Ich fürchtete, so eine Geste würde sie gründlich missverstehen.

Tamara unterschätzte meine Hartnäckigkeit. Ich zog mein Smartphone heraus, suchte und fand die Nummer. »Nigga. Nigga. Hands up in the air« dröhnte es durch den Salon. Ein handlicher kleiner Lautsprecher, den ich mir speziell für diesen Zweck von Joshi ausgeliehen hatte, half mir, meine Botschaft klar, deutlich und vor allem laut zu vermitteln: »Nigga. Hands up«. Die Fische schossen erschrocken hin und her angesichts der Schallwellen, die die Wasserfläche in Wallung versetzten. Die Champagnergläser zitterten, Tamara ebenfalls. Aber eher vor Wut.

»Je mehr Männer ich kenne, umso mehr liebe ich meine Hunde«, verkündete sie.

»Du kennst das Lied nicht?«, fragte ich. Ich warf meine Hände in die Höhe und sang und stampfte mit. Ich fand, ich machte mich gar nicht so schlecht als Gangster-Rapper. Wenn man berücksichtigte, dass ich wenig Übung darin hatte, mich öffentlich zum Trottel zu machen.

»Soll ich die Polizei rufen?«, sagte sie. »Vielleicht kann man damit die Räumungsklage beschleunigen.«

»Das ist Kimmies Lieblingsnummer«, teilte ich ihr mit. »Sie übt den ganzen Tag.«

Tamara verlor die Geduld. Sie riss mir den Lautsprecher aus der Hand und feuerte ihn ins Aquarium. Ein letztes »Hands up« erklang, dann ertrank der Rapper mitsamt Joshis technischem Wunderding. Einen Moment lang herrschte gefährliche Stille.

»Es ist mir vollkommen egal, ob du mich aus der Wohnung wirfst«, erklärte ich. »Ich kann überall unterkommen. Aber vielleicht solltest du ab und zu mal zu Hause sein, um die Musik zusammen mit Kimmie zu genießen. Wir Nachbarn tun das seit Monaten. Und du kennst nicht mal die Lieder, die sie hört.«

Ich hätte ihr längst die Wahrheit sagen müssen, anstatt meine Botschaft in hübscher Geschenkverpackung darzubringen. Aufgabe Nummer 22, Tamara einen guten Ratschlag zu erteilen, konnte ich als erledigt betrachten.

Noch bevor sie reagieren konnte, sprang die Tür zum zweiten Behandlungszimmer auf. Tamaras Angestellte führte ihre Kundin nach draußen. Dank der schalldichten Türen hatte das Duo nichts von dem mitbekommen, was sich im Wartezimmer abgespielt hatte.

»24 Stunden keine Sonne und keinen, Sie wissen schon«, hauchte Tamaras Mitarbeiterin. »Und nach einer Woche schön peelen.«

Mich traf der Schlag. Aus der Tür trat Penelope, breitbeinig, als plane sie eine neue Karriere als Cowboy. Der Boden tat sich auf, und ich verschwand. Leider nicht. Einen Moment hoffte ich, sie könnte so sehr mit sich selbst beschäftigt sein, dass sie mich übersah.

»Tom«, rief sie enthusiastisch. »Dich schickt der Himmel.«

Hinter der Theke warteten Dutzende von Einkaufstaschen, die vermutlich die Einkäufe fürs Familienfest enthielten. Wir schrieben den 9. August.

46

Der zehnte Jahrestag

Ächzend setzte ich die Einkäufe auf den Boden von Penelopes Küche. Im Geiste hakte ich Position 23 ab: meiner potenziellen Schwiegermutter eine helfende Hand schenken.

Penelope führte mich in ihre Wohnung,

»Schön haben Sie es«, ächzte ich außer Atem.

Ich wusste inzwischen nicht mehr, ob wie per Sie, per Du oder gänzlich geschiedene Leute waren. Um Abstand zu wahren und den Gedanken daran zu verdrängen, welche geometrische Variante Penelope bei Tamara gewählt hatte, entschied ich mich für ein neutrales Sie. Penelope fiel es nicht auf.

»Die Wohnung ist nach Ayurveda eingerichtet«, erklärte sie. »Meine Küche liegt im Südosten, damit die Sonne auf die Speisen scheint, wenn man sie zubereitet. Selbst der Teich im Gemeinschaftsgarten liegt so, dass die Energie, die von Ost nach West die Erde umkreist, im Wasser erst gereinigt wird, bevor sie durch unser Haus fließt.«

Wie ein Dampfkessel unter Druck blubberten die Worte aus ihrem Mund hervor. Auf der Anrichte in der Küche sammelten sich Unmengen von Tabletten, Kapseln und homöopathischen Mitteln, als ob sie schwer krank wäre.

»Ich habe seit Tagen Herzrasen«, klagte sie. »Ich bin ein Katastrophenausmaler. Denk an Regenbogen, sag ich mir die ganze Zeit. Denk an Einhörner. Stattdessen sehe ich in jeder Chance eine Krise.«

»Was feiern Sie eigentlich?«, erkundigte ich mich.

»Hochzeitstag«, sagte Penelope.

Dass dieses Jubiläum katastrophenträchtig war, leuchtete mir sofort ein. Nicht aber, dass dieser Tag ein Problem für Penelope darstellen könnte.

»Ich denke, Sie sind geschieden«, wandte ich ein.

»Glücklich geschieden«, ergänzte Penelope. »Das ist ja das Problem.«

Sie öffnete eine Umzugskiste. Obenan lag ein Hochzeitsbild, das eine sehr ordentlich wirkende Penelope mit einem ebenso braven Ehemann zeigte. Ihre Ähnlichkeit mit Lisa war frappant. Mit dem Ärmel wischte sie den Staub ab und hängte das Dokument längst vergangener Tage zu den aktuellen Fotos im Flur. Überall begegnete ich Lisa. Mit Zahnlücke, Schultüte, Bruder und jetzt auch mit dem Vater, den Penelope aus dem Karton hervorzauberte. Bei jeder noch so kleinen Anstrengung erlitt sie einen Hustenanfall.

»Mein Arzt sagt Sommergrippe«, erläuterte sie. »Ich denke sofort an wochenlange Aufenthalte im Krankenhaus, Siechtum und frühen Tod. Ich habe immer Glück gehabt in meinem Leben. Aber genau das macht mir Angst. Irgendwann muss die Glückssträhne ja einmal vorbei sein.«

Sie stöhnte schwer auf.

»Warum tun Sie sich das an?«, fragte ich ratlos.

»Alles für meine Schwiegermutter«, sagte sie erschöpft. »Einmal im Jahr kommt sie aus Lloret de Mar zurück nach

Berlin. Immer am Hochzeitstag. Ich habe sie im Verdacht, sie kommt nur, um zu kontrollieren, ob das Geschirr, das sie mir zur Hochzeit geschenkt hat, noch komplett ist. An jedem 10. August beweise ich, dass ich die Familientradition hochhalte und noch alle Tassen im Schrank habe.«

»Ich kenne kein einziges geschiedenes Paar, das Hochzeitstag feiert«, erklärte ich.

Penelope sah mich an, als hätte ich eine unfassbar dumme Anmerkung gemacht. »Das Porzellan ist der rote Faden in unserer Familiengeschichte. Es steht dafür, dass man trotz aller Differenzen immer wieder als Familie zusammenfinden kann. Wenn wir diese Tradition aufgeben, ist die Vergangenheit nichts mehr wert.«

Penelope wurde konkreter, als sie mein ratloses Gesicht sah: »Meine Schwiegermutter hat es am Herzen«, erzählte sie. »Als wir uns trennten, waren wir davon überzeugt, dass sie nicht mehr lange zu leben hat. Also haben wir gefeiert, als ob nichts passiert wäre. Und im Jahr darauf wieder. Irgendwie haben wir den Zeitpunkt verpasst. Wenn wir ihr jetzt mitteilen, dass wir seit zehn Jahren geschieden sind, bekommt sie unter Garantie einen Herzinfarkt.«

Ich staunte, dass diese Frau, die so energisch auftrat, geneigt war, zugunsten des Familienfriedens in dem Stück »Die glückliche Familie« aufzutreten.

»Das ist doch Wahnsinn«, sagte ich.

»Die ersten Jahre waren eine Qual«, gab Penelope zu. »Aber ohne das Ritual hätten wir uns nie wieder gemeinsam an den Tisch gesetzt. Jetzt genießen wir es, einmal im Jahr zusammenzukommen. Wir haben uns in den Jahren in die perfekte Familie verwandelt, die wir nie waren. Die Wahrheit wird vollkommen überschätzt. Aus Lügen entstehen die besten Dinge.«

Ich wollte mich verabschieden, aber so schnell ließ Penelope mich nicht aus ihren Fängen. »Leider ist das Geschirr noch im Keller.«

Unwillkürlich dachte ich an meine Mutter, ihre unglücklichen Hochzeitstage und meine Unfähigkeit, sie an diesem Tag aufzumuntern. Vielleicht zählte es als späte Wiedergutmachung, Penelope dabei zu unterstützen, diesen Tag zu überstehen. Ich stieg in den Keller, hob den ersten Karton an und bereute meine Gutwilligkeit sofort. Warum musste ich zusätzlich zu meinem eigenen auch noch die Päckchen anderer schleppen? Einmal wuchten, 18 Stufen pro Stockwerk, 46 Schritte um die Kurve. Ich ächzte unter der Last. Schwitzend und außer Atem erreichte ich den Ayurveda-Traum im dritten Stock.

»Wo soll ich das Geschirr abstellen?«, rief ich aus der Diele ins Wohnzimmer.

Ich bekam keine Antwort. Mühsam blickte ich über den Rand des Kartons und entdeckte, dass sich ein unerwarteter Helfer bei Penelope eingefunden hatte. Es war Lisa. Vor Schreck glitt der Karton aus meinen Händen und stürzte krachend zu Boden. Die Stille, die folgte, war ohrenbetäubend.

Mir blieb gerade noch Zeit, in die Garderobenecke zu flüchten, bevor Mutter und Tochter im Flur ankamen. Ich hatte nicht die geringste Lust, Lisa verschwitzt, verstaubt und unvorbereitet gegenüberzustehen. Noch weniger Lust hatte ich, ihr zu erzählen, was mich mit Penelope verband.

»Welchen Idioten hast du in diesem Jahr engagiert, um dir bei den Vorbereitungen zu helfen?«, fragte Lisa.

Penelope war so geschockt, dass sie darauf verzichtete, zu

erläutern, in welchem Laden sie diesen Elefanten aufgetrieben hatte.

Sie sah sich suchend um: »Ich glaube, er ist vor lauter Schreck abgehauen.«

Sie nahmen den Karton auf und schleppten ihn ins Wohnzimmer, um den Schaden am Tisch zu begutachten. Schritt für Schritt bewegte ich mich Richtung Wohnungstür. Aus dem Augenwinkel sah ich, wie die beiden Frauen sich über die Scherben beugten. Die Kränze aus Federn, Erdbeeren und Weizen, die sich um die Teller rankten, lagen in Stücken. In trauter Einigkeit sortierten sie, was noch zu gebrauchen war. Ich hatte bereits die Wohnungstür geöffnet, als ich Lisas Stimme hörte.

»Du brauchst dieses Jahr keine Begleitung für mich zu organisieren. Ich habe jemanden kennengelernt.«

Mir wurde warm. Ich sollte mich verziehen. Aber ich war magisch davon angezogen, zu hören, was Lisa zu sagen hatte.

»Ein riesiger Zufall. Und dann auch wieder nicht. Als hätte uns das Schicksal absichtlich zusammengeführt.«

»Wann darf ich ihn kennenlernen?«, fragte Penelope neugierig.

»Es ist noch ganz frisch. Wir haben uns erst einmal geküsst«, zierte sich Lisa. »Ich weiß nicht einmal, wann ich ihn wiedertreffe.«

»Bist du verliebt?«, fragte ihre Mutter.

Gespannt wartete ich auf die Antwort. Ausgerechnet in diesem Moment ging gegenüber eine Tür auf. Der Luftzug ließ die Tür zum Wohnzimmer zuknallen.

47

Rote Zahlen

Unruhig tigerte ich durch meine Wohnung. War ich nach den Tagen bei Schwab tödlich erschöpft auf mein Sofa gesunken, strotzte ich jetzt vor Energie. Karmatechnisch war ich auf dem allerbesten Weg. Zum ersten Mal rechnete ich mir eine echte Chance bei Lisa aus. In Ermangelung neuer Kunden, die ich hätte beglücken können, beugte ich mich über die Unterlagen von Schwab, um mein Konzept zu beenden. Ich arbeitete nicht mehr bei der Bäckerei. Das hieß noch lange nicht, dass ich aufgehört hatte, mich für das Unternehmen zu interessieren. Das halb fertige Rechenpuzzle ließ mir keine Ruhe. Ich hatte mir vorgenommen, Schwab zu retten, selbst wenn er nicht mehr von mir gerettet werden wollte.

Draußen kündigte sich schon den ganzen Tag Gewitter an. Der Himmel dräute, Passanten eilten über die Bürgersteige, um rechtzeitig vor dem Unwetter nach Hause zu kommen. Frau Fröhlich rollte die Mülltonne näher ans Haus heran. Auf dem Bürgersteig zog Kimmie die wimmernden Afghanen über den Asphalt Richtung Auto. Sie war so beschäftigt mit den verängstigten Tieren, dass sie ihre Umgebung kaum bemerkte. Hinter ihr schleppte sich Tamara mit Koffern und Taschen ab.

»Sie fahren nach Sylt«, zischte die immer gut informierte Frau Fröhlich mir zu. »Mutter-Tochter-Wochenende.«

Seit meine Vermieterin festgestellt hatte, dass in Friedrichshain bei Eigenbedarfskündigungen eine erweiterte Sperrfrist von sieben Jahren galt, tat sie, als wäre ich unsichtbar. Ich hoffte, die frische Nordseebrise würde ihr Gemüt abkühlen. Mir ging es nicht anders. Nach der Hitze der letzten Tage wartete ich sehnsüchtig auf einen Wetterumschwung. Und auf den Beginn der Nachtschicht. Heute konnte ich Schwab als meine Nummer 24 endlich mit den Ergebnissen meiner Erhebung überraschen.

Die ersten Blitze zuckten bereits, als ich mich auf den Weg zum Bus machte.

Im strömenden Regen erreichte ich das Industriegebiet. Nichts schien mehr am richtigen Platz zu sein. Die Buchstaben waren komplett ausgefallen. Am Eingang erwartete mich nicht mehr Olga, sondern ein elektronisches Passiersystem. Ich schlüpfte mit einer der Japanerinnen durch die neue Schleuse. Es war 23.30 Uhr. Schichtbeginn bei Schwab.

Niemand hatte Zeit, sich über meine Anwesenheit zu wundern. In dem Moment, als ich die Produktionshalle betrat, schlug der Blitz ein. Das Licht erlosch, die Halle vibrierte, der Strom fiel aus. Im funzeligen Licht der Notstromanlage brach die absolute Hektik aus. Alles musste gleichzeitig geschehen: Backzeiten an den Öfen manuell regeln, Backwerk entsorgen, bevor es in Brand geriet, maschinell gesteuerte Prozesse neu starten.

Ein aufgeregter Schwab tobte durch die Halle: »Wir

haben Schwierigkeiten in der Teigmischerei«, rief er Ted zu. »Die elektronischen Waagen haben sich verabschiedet. Wir müssen von Hand mischen. Und das bei dem Wetter.«

Ich hatte mir mittlerweile so viel Wissen angelesen, dass ich verstand, worauf er sich bezog. So ein Brotteig war eine Mimose. Luftdruck, Temperatur und Feuchtigkeit waren entscheidend für den Backprozess. Zu allem Überfluss hatte Gewitter einen schädlichen Einfluss auf verderbliche Lebensmittel wie Milch und Hefe. Das hing alles mit der elektromagnetischen Strahlung zusammen.

Schwab legte seine Manageruniform ab und übernahm die Führung in der Backstube.

Draußen knallten die Blitze, drinnen führte Schwab das Regiment. Als Gleicher unter Gleichen. Der Firmenerbe wusste genau, wie man die Mischung abändern musste, damit sie auch unter erschwerten Bedingungen zu schmackhaftem Brot würde. Das war nicht mehr das weinerliche Nervenbündel, das ich im Hotel kennengelernt hatte. Das war jemand, der eine Firma führen konnte, der wusste, wovon er redete. Er handelte ruhig und überlegt. Seine Wehwehchen waren wir weggefegt. Als Chef war er eine Katastrophe, als Bäcker eine Koryphäe. Fasziniert beobachtete ich von der Kantine aus einen ausgewechselten Menschen. Am Backtisch blühte Schwab auf. Er lachte und scherzte mit seinem Personal. Für jeden hatte er ein gutes Wort. Nur nicht für mich.

»Was wollen Sie denn hier?«, bellte er, als ich ihn im Morgengrauen auf dem Dach stellte. Der Stromausfall war in den frühen Morgenstunden behoben worden. Flutlicht setzte den halb fertigen Discounter imposant in Szene. Die Kräne schwankten im Wind. Trotz des widrigen Wetters wurde weiter Beton in die Schalung eingebracht.

»Sie arbeiten Tag und Nacht an meinem Ruin«, sagte Schwab.

Unklar war, ob er die Konkurrenz meinte oder mich.

»Ich habe Ihre Zahlen durchgesehen«, sagte ich und zeigte ihm die Früchte meiner Arbeit, die ich auf einem dicken Stapel Papier zusammengefasst hatte.

»Und jetzt wollen Sie mir Ihre Analyse verkaufen?«, fragte er.

Ich nahm den Packen und warf ihn in die Luft. Der Wind nahm sich der losen Zettel an und trug sie in alle Himmelsrichtungen davon: »Das ist Ihre Vergangenheit«, erklärte ich.

Ich hatte das Licht gesehen. Im Dunkel. In der Gewitternacht war mir klar geworden, was bei Schwab schieflief.

»Wenn es um die nackten Zahlen geht, können Sie schließen. Vielleicht nicht heute oder morgen. Aber in ein, zwei Jahren sind Sie fertig.«

Schwab wollte nicht hören, was ich zu sagen hatte: »Wir sind dabei, die Vorgänge zu optimieren. Auch ohne Ihre Hilfe.«

»Selbst wenn Sie Personal entlassen und Ihre Lieferanten weiter in die Knie zwingen, können Sie den Preiskampf gegen die industriellen Großbäckereien nicht gewinnen.«

»Ich glaube, Sie gehen besser«, wehrte Schwab ab. Nervös tippte er auf seinem Telefon herum. »Der Sicherheitsdienst wird Sie nach draußen bringen.«

»Sie haben Olga rausgeworfen. Schon vergessen?«

»Wir mussten Einschnitte beim langjährigen Personal vornehmen«, erklärte Schwab. »So schmerzhaft das ist.«

»Das wird nicht helfen«, sagte ich. »Hier funktioniert nichts, weil keiner Ihrer Mitarbeiter Lust hat, sich für Sie ins Zeug zu legen. Wann haben Sie Ted zum letzten Mal gelobt, Olgas Einsatz gewürdigt oder sich mit Heinz zusammengesetzt, um zu besprechen, was schiefläuft? Kennen Sie Annette? Die arbeitet seit vier Jahren in der Filiale in Friedrichshain. Die kann Ihnen genau erzählen, was an der Front los ist.«

Schwab wies auf die Ecke mit der Müllpresse, wo die erschöpften Bäcker nach der hektischen Nacht gemeinsam mit Ted eine Zigarette rauchten.

»Meine Mitarbeiter machen schon wieder Pause«, konstatierte Schwab. »Das ist das Problem.«

Mir platzte der Kragen: »Sie können einen Berater nach dem anderen einstellen und rauswerfen. Die Firma hat nur ein einziges Problem, und das sind Sie selbst. Sie alleine. Mit Ihrer negativen Haltung ziehen Sie alle in den Abgrund.«

Schwab grummelte vor sich hin.

»Nehmen Sie die Kantine«, ereiferte ich mich. »Was für eine Verschwendung, diesen spektakulären Blick in das Herz der Produktion für die Mitarbeiter zu reservieren. Öffnen Sie Ihre Produktionsstätte für Kunden, machen Sie aus der Kantine ein Café, laden Sie Schulklassen ein, arbeiten Sie mit Busunternehmen zusammen. Hören Sie auf, nach der Konkurrenz zu schielen, und seien Sie stolz.«

»Wir sind eine Produktionsstätte, kein Zoo«, sagte Schwab.

Er verstand noch immer nicht, was ich sagen wollte.

»Sie müssen den Leuten da draußen zeigen, was Sie leisten. Ihre Kunden müssen sehen, was ich heute gesehen habe. Sie müssen ein Gefühl dafür bekommen, wo ihr täglich Brot herkommt.«

»Und was soll das bringen?«

»Die Leute werden Sie verstehen, wenn Sie die Preise erhöhen.«

Schwab lachte auf.

Ich war überzeugt davon, auf dem richtigen Weg zu sein. Warum sollte das, was für Joshis Foodtruck galt, nicht auch für Schwab richtig sein?

»Ihre Bäckerei arbeitet ohne Farbstoffe, ohne industrielle Backmischungen, ohne Zusätze. Sie liefern Handwerk. Und dafür verlangen Sie Ihren Preis. Einen hohen Preis. Wenn jemand bei Ihnen einkauft, dann weiß er, dass er etwas Besonderes bekommt.«

Schwab kam ins Grübeln.

»Begeistern Sie Ihre Leute. Investieren Sie in jemanden, der etwas von Marketing versteht, und nicht in jemanden, der Leute entlässt.«

»Sie wollen, dass ich Sie wieder einstelle?«, fragte Schwab.

Ich winkte ab: »Geschenkt.«

Ich ließ ihn einfach stehen. Ich war zufrieden mit mir. Und mit Etappe 24.

48

Am Nullpunkt

Über drei Wochen hatte ich mich nur um mein Karma gekümmert. Nach meinen letzten Erfolgen traute ich mir zu, mein eigentliches Ziel anzugehen. Seit ich Lisa im Koi versetzt hatte, hatten wir keinen direkten Kontakt mehr zueinander. Es war an der Zeit, die Missverständnisse auszuräumen. In meinem ersten Fragebogen für *Eins plus 1* hatte ich angegeben, mir eine sportliche Freundin zu wünschen. Jetzt konnte ich beweisen, dass ich in der Lage war, Opfer zu bringen. Leichter Nieselregen plätscherte auf die Wasseroberfläche des Schlachtensees. Mühsam brachen die Sonnenstrahlen durch die dichte graue Wolkendecke und setzten der verlassenen Badewiese Lichtflecken auf. Zu dieser frühen Stunde war ich der einzige Badegast am Südufer des Sees. Am Horizont pflückte eine Truppe Ein-Euro-Jobber die Überreste der Sommernacht aus der Wiese, leerte die Mülleimer am Spielplatz und entfernte Essensreste von Grillplätzen und der Tischtennisplatte. Die halbe Stadt hatte die ersten sommerlich warmen Tage draußen gefeiert, bevor die Kaltwetterfront über Berlin hereingebrochen war. Wenn Nicos Algorithmen recht behielten und Lisa mein arithmetischer Zwilling war, würde sie sich durch widrige Wetterumstände wohl kaum von einem einmal gefassten Vorsatz verabschieden. Ihr Plan war, für das Müggelsee-Schwimmen am 21. August zu trainieren; mein Plan, ihr zu beweisen, dass uns mehr verband als die Erinnerung an einen Kuss in der Küche und ein verpasstes Date. Zum Beispiel die Leidenschaft fürs morgendliche Schwimmen.

Lisa ließ mich warten. So lange, dass meine Zweifel überhandnahmen, ob die orangefarbene Badeboxershort, die mit der bizarren Zeichenfolge

$$128\sqrt{e980}$$

bedruckt war, die adäquate Kleiderwahl für Aussprache und Versöhnung waren. Ein Geschenk von Anja, die mir gewogen blieb. Beate war auf Tauchstation gegangen, und Carla nahm nur Kontakt mit mir auf, wenn es unseren Vater betraf.

»Es geht Anton sehr schlecht«, hatte sie mir um drei Uhr nachts auf den Anrufbeantworter gesprochen. »Wenn du ihn noch einmal sehen willst, ist jetzt der richtige Moment. Ich erzähle dir das nur, damit du mir später keine Vorwürfe machst. Ich bin genauso wütend auf dich wie gestern und vorgestern.«

Anja war es egal, ob ich ein Treffen mit unserem Vater verweigerte oder mich komisch verhielt: »Ich habe spontan an dich gedacht, als ich die Hose sah«, hatte sie erklärt.

Anja verstand nichts von Zahlen. Die Kombination auf der Badehose ergab wohl nur für den Designer einen Sinn, der damit eine geheime Botschaft in die Welt schickte, die sich niemandem erschloss. Mit dem schrill orangefarbenen Teil am weißen Leib ähnelte ich von fern einem Koi, was Lisa als Anspielung auf ihr Lieblingsrestaurant verstehen könnte. Oder als Zumutung. Ich war so damit beschäftigt, meine Chancen, Lisa in diesem Aufzug zu beeindrucken, zu kalkulieren, dass ich sie fast verpasst hätte. Plötzlich war sie da, 20 Meter von mir entfernt. Sie trug Kopfhörer und war versunken in ihrer eigenen Welt. In der festen Überzeugung, am frühen Morgen alleine zu sein, schmetterte Lisa lauthals den Text mit und wagte ein paar ausgelassene Tanzschritte. Ich war hingerissen von der Selbstvergessenheit, mit der Lisa sich auf ihrer imaginären Bühne aus den Klamotten schälte. Die Show begann mit einer schwarzen Lederjacke und endete im leuchtend roten Bikini. Mit zwei Kicks schleuderte sie ihre Sandalen weg und sprang, ohne sich ein einziges Mal umzusehen, in den See. Mit kräftigen Bewegungen durchkämmte sie das Wasser. Erst der laute Bauchplatscher in ihrem Rücken brachte sie aus ihrem Rhythmus. Sie drehte sich um und betrachtete lachend, wie ich hinter ihr her paddelte. An der Schwimminsel machte sie halt.

Ich hatte mir so viel vorgenommen. Das schlechte Wetter ruinierte jede Romantik. Ich fror, meine Haut sah aus wie die eines gerupften Huhns. Schweigend saßen wir auf der Holzplattform in der Mitte des Sees. Lisa hatte eine Weile warten müssen, bis ich sie endlich eingeholt hatte. Unsere Füße baumelten einträchtig nebeneinander im kühlen Nass. Das Gewässer war so dunkel, dass man unsere Zehen allenfalls erahnen konnte. Selbst bei hohen Temperaturen trug Lisa geschlossene Schuhe. Die Vorstellung, dass ich ihr Geheimnis kannte, gefiel mir.

»Weißt du, was so schön am Wasser ist?«, hob sie an. »Alles wird leichter. Sobald du festen Grund erreichst, zieht dich die Schwerkraft nach unten.«

Ich wollte ihr erzählen, was ich in den letzten Tagen erlebt hatte, ich wollte sie auf meine Seite ziehen.

»Ich bin weg bei Schwab«, erzählte sie. »Auf einmal will der alles alleine regeln. Der Mann ist unberechenbar.«

Ich wollte so viel und brachte nichts anderes zustande, als nach Luft zu japsen. Das bisschen Schwimmen war anstrengender, als ich mir das vorgestellt hatte.

»Ich gehe zurück zum Flughafen«, berichtete sie. »Und Olga nehme ich mit. So eine wie die können wir gut gebrauchen.«

Ich war froh, zu hören, dass Olga nicht auf der Straße landete. Sagen konnte ich immer noch nichts.

»Glaubst du an Zufälle?«, fragte Lisa unvermittelt.

Ich schüttelte den Kopf.

»Ich war so sauer auf dich, als du mich versetzt hast«, erzählte sie. »Aber wahrscheinlich musste es so sein. Es war das Beste, was mir passieren konnte.«

In meinem Gehörgang schwappte Wasser. Ihre Stimme erreichte mich als dumpfer Klang, den mein Gehirn nur schwer verarbeiten konnte.

»Bis zu dem Abend im Koi habe ich wirklich gedacht, es könnte etwas werden aus uns«, fuhr sie fort. »Ich war schrecklich enttäuscht, als du mich versetzt hast. Und dann kam Javier.«

Javier? Wer war Javier? Wovon redete sie? Das war unser großer Moment, und sie fing an, über jemand anderen zu sprechen.

»Wir haben uns im Waschsalon kennengelernt. Er hatte seine Gitarre dabei und ein paar Freunde. Und dann sind wir uns an dem Abend im Koi wieder begegnet. Es ist sein Lieblingsrestaurant. Stell dir vor. Er wohnt ganz in der Nähe. Ist das nicht lustig?«

Vom Ufer klang das Geknatter eines Motorrades.

Ich fand es kein bisschen lustig.

»Er ist der erste Mann, der morgens mit mir aufsteht und mich zum Schwimmen begleitet«, strahlte sie.

Javier betätigte die Lichthupe. Konnte das alles wahr sein?

»Ich habe immer nur gearbeitet. Und plötzlich kommt Javier mit ganz einfachen Dingen. Sonnenuntergang am Paul-Lincke-Ufer, Wein und dazu all die tollen Sachen vom Türkischen Markt. Ich wohne schon so lange in der Gegend und war noch nie da. Kannst du dir das vorstellen?«

Ich war sprachlos. Es war die eine Sekunde im Waschsalon, die ich zu spät gewesen war. Eine Sekunde, in der sich mein Leben entschieden hatte.

Lisa zog die Beine aus dem Wasser und legte die Knie an ihren Oberkörper. Ihre Füße waren perfekt. Der große Zeh war tatsächlich der größte und der kleinste schmiegte sich zärtlich an seinen Nachbarn. Unwillkürlich zählte ich: Es waren zehn.

»Was ist los mit dir?«, fragte sie. »Irgendwas nicht in Ordnung?«

»Elf«, stammelte ich. »Es waren elf!«

»Elf was?«

»Zehen.«

»Es waren tatsächlich mal elf. Ich fand es schrecklich. Ich hatte es satt, meine Schuhe beim Orthopäden zu kaufen.«

Sie unterbrach sich: »Woher weißt du das? Woher weißt du all diese Dinge über mich?«

Ich überlegte, ob es sich lohnte, die ganze Geschichte zu erzählen. Von *Eins plus 1*, von Penelope, den Mails, dem zufälligen Zusammentreffen bei Schwab.

»Geraten«, sagte ich.

Sie war sichtbar beeindruckt. Leider nicht beeindruckt genug, um Javiers Hupen zu überhören.

»Ich muss los«, sagte sie. »Wer weiß, vielleicht wird noch mal was aus uns. In einem anderen Leben.«

Sie drückte mir einen Kuss auf die Wange, stand auf und verschwand mit einem Kopfsprung in das modergrüne Wasser. Als sie wieder auftauchte, war sie bereits ein paar Meter von mir entfernt. Sie drehte sich nicht einmal um. Ich wollte sie aufhalten. Ich wollte, dass sie sich für mich entschied. Und wusste doch, dass sie nicht mehr umkehren würde. Mit jedem Schwimmzug, den sie sich von mir entfernte, nahm ich ein Stück weit Abschied von ihr und der Liebe, die sich hätte entwickeln können, wenn wir mehr Zeit gehabt hätten. Aber wer weiß? Vielleicht war unser Match nur das Produkt eines Zufallsgenerators? Einzig Nico kannte die Wahrheit. In der Ferne sah ich, wie sie Javier um den Hals fiel, ihre Kleider überzog und aus meinem Leben verschwand.

Erschöpft ließ ich mich ins Wasser gleiten. Mein Körper fühlte sich schwer an. Mir war die Kraft abhandengekommen, weil ich nicht wusste, wohin ich schwimmen sollte. Wer wartete schon auf mich?

Auf halbem Weg zwischen Schwimminsel und Ufer ließ mich die Wade im Stich. Ein Krampf wanderte in die Zehen, die sich zu Krallen zusammenzogen.

Der Schmerz überrollte mich wie eine Welle. Hektisch glitten meine Augen über den See, um zu kalkulieren, wie viele Meter es bis zum Ufer waren. Wie war ich nur auf die dumme Idee gekommen, das sichere Land zu verlassen? Verzweifelt versuchte ich, mit beiden Armen Fußspitze und Knie gegen die Brust ziehen. Schon beim ersten Versuch schluckte ich so viel Wasser, dass mir schlagartig bewusst wurde, wie groß mein Problem gerade war. Angst kroch in mir hoch. Wie lange konnte ich mich paddelnd an der Oberfläche halten? Meine Nerven liefen Amok. Ich hatte jede Kontrolle verloren. Mein Körper verweigerte mir den Dienst.

Ich ging unter. Verzweifelt presste ich die Lippen aufeinander. Nicht atmen. Nicht jetzt. Ich spürte, wie meine Muskeln erschlafften, die Kraft wich schleichend aus meinen Gliedern. In Filmen wedeln Ertrinkende wie wild mit den Armen über der Wasseroberfläche, um die Aufmerksamkeit auf sich zu ziehen. Der Sauerstoff in meinem Gehirn reichte nicht aus, diesen Befehl an die Muskeln weiterzuleiten. Ich kämpfte mich nach oben. Der Wind spülte mir einen Schwall Wasser in den offenen Mund. War ich über, war ich unter Wasser?

Nur 1,2 Prozent aller Breitensportler verunglücken beim Schwimmen. Leider war das Leben längst nicht so verlässlich wie die Zahlen. Mein Körper nahm mir die Entscheidung ab. Ein Reflex zwang mich zum Atmen. Der Körper hatte über meinen schwindenden Geist gesiegt. Wasser rann meine Luftröhre hinab, es brannte wie Feuer, ich verschluckte mich, hustete und atmete noch mehr Wasser ein.

Ein wohliges Gefühl überflutete mein Gehirn, Wasser meine Lunge. Je tiefer ich sank, umso kühler wurde es um mich. Ich taumelte zwischen dem Tag, der oben gerade begann, und der Nacht, die mich nach unten lockte. Wie lange würde es dauern, bis der Sauerstoffmangel die Nervenzellen im Gehirn außer Kraft setzen würde? Wie lange würde es dauern, bis die Bilder dunkel wurden?

Mein letzter Film war eine einzige große Enttäuschung. Ich hatte auf ein Drama von epischer Größe gehofft, mit großem Orchester und singenden Geigen. Lohnte es sich, irgendetwas von dem, was ich bislang durchgemacht hatte, ein zweites Mal zu erleben? Ich sah die Bäckerei, Penelope, ich sah Lisa im Waschsalon, Sophie, Martin Krüger, ich sah meine Schwestern, die im Schnee den Hamster begruben. Wie hatte ich das vergessen können? Zorro war gar nicht entkommen, er war einfach gestorben. Ich hatte es verdrängt. Der Film in meinem Kopf hakte, die Bilder ruckelten. Ausgerechnet beim finalen Streit meiner Eltern. Immer und immer wieder sah ich die gleiche Szene vor mir. Der Junge, der still vor sich hin zählte, die Eltern, die sich Worte und Gegenstände an den Kopf warfen. Sollte das wirklich das Letzte sein, was ich im Leben zu sehen bekam? Widerspruch regte sich in mir. Wie war das 2006? Michael Ballack? Die Wade! Er konnte erst im zweiten Spiel eingesetzt werden. Und was passierte? Am Ende wurden wir immerhin Dritter. Trotz Ballack und mit Ballack. Ich war noch nicht bereit, final aufzugeben. Ich wollte nicht einmal Weltmeister werden. Ich wüsste nicht, in welcher Disziplin. Mein erklärtes Ziel war, ein bilanzfähiger Mensch zu sein.

Plötzlich spürte ich eine unbändige Kraft in mir. Kein Wunder, dass das mit Lisa nicht geklappt hatte. Wenn ich wollte, dass mein Leben sich veränderte, musste ich an den Punkt zurückkehren, wo alles schiefgegangen war. Ich musste mich den Dämonen meiner Vergangenheit stellen. Ich prustete, hustete, spuckte, ich versuchte, mit dem Schicksal zu dealen. Vergeblich. Gerade als ich dabei war, endgültig unterzugehen, war da eine Hand. Sie gehörte Joshi.

Eine Stunde später saß ich auf einem Campingstuhl, eingehüllt in eine dicke Wolldecke, die Joshi mir gereicht hatte. Aus dem Inneren des Foodtrucks kam mein zuverlässiger

Freund mit einer Tasse heißer Schokolade mit Zimt, Chili und Sahnehaube.

»Scharf hilft gegen den Trümmerhaufen in der Seele«, behauptete er. »Man kann nicht mehr unterscheiden, wo es wehtut.«

Ich antwortete nicht. In der Ferne sah ich, wie eine Frau auf uns zulief. Im ersten Moment dachte ich, es wäre Lisa, die zu mir zurückkehrte. Im zweiten Moment erkannte ich Anja. Offenbar hatte Joshi meine Schwester verständigt, während ich mir auf dem Rasen das Wasser aus dem Leib spuckte.

»Ich dachte, mein Bruder wäre halb tot!«, fuhr sie Joshi an.

»Es war ein Wadenkrampf«, ächzte ich. »Ich bin fast ertrunken.«

Anja nahm mich in den Arm. Sie war unendlich erleichtert, dass ich wohlauf war.

»Männer müssen immer übertreiben«, beschwerte sich Anja. »Jeder Schnupfen eine Jahrhundertgrippe, jeder Leberfleck das erste Anzeichen von Hautkrebs, jedes Hüsteln Tbc.«

»Ohne Joshi gäbe es mich nicht mehr«, sagte ich. »Du musst dich bei ihm bedanken.«

»Geschenkt«, sagte Joshi beiläufig.

Anja hielt inne. Sie war nervös. Ebenso wie mein Exschwager. Der Schmerz in meinen Lungen wich. Ich jubilierte innerlich. Mit maximalem körperlichen Einsatz hatte ich es endlich geschafft, die Kontrahenten an einen Ort zusammenzuführen.

»Bleibst du zum Frühstück?«, fragte Joshi vorsichtig. »Sieht so aus, als könntest du was gebrauchen.«

Anja strich verlegen über die Kleidung, die an ihrem Körper schlotterte.

»Ich hatte schon lange kein anständiges Frühstück mehr«, sagte sie. »Mit gutem Kaffee und Joshi-Stulle.«

»Ohne jede Verpflichtung«, nickte Joshi. »Ganz unverbindlich.«

»Ich geh dann mal«, sagte ich. Keiner von beiden widersprach.

Als ich mich umdrehte, sah ich, dass ich meine Badehose vergessen hatte. Sie baumelte zum Trocknen an einem Ast und enthüllte jetzt erst ihre geheime Botschaft. Von der mysteriösen Zeichenfolge war nur noch die Hälfte erkennbar. Statt 128√e980 leuchtete da jetzt I LOVE YOU.

Vor dem Foodtruck sah ich Joshi und Anja wild gestikulieren. Sie taten das, was sie am besten konnten: streiten. Unvermittelt küsste Joshi Anja auf den Mund. Und sie ließ es sich gefallen. Insgeheim kreuzte ich die fehlenden Nummern 20 und 21 ab. Bei der Leidenschaft, mit der sie jedes Mal wieder zusammenfanden, gab ich den beiden eine reelle Chance, das Ende ihrer Tage gemeinsam zu erreichen. Anja und Joshi waren vorerst angekommen, ich hatte noch drei Etappen vor mir.

49

Abrechnungen 1

Florentine freute sich wirklich, als ich ihr mein selbst gebasteltes Armband schenkte. Dabei hatte sie eigentlich jemand anderen an der Haustür erwartet.

»Es ist leider rosa«, gab ich zu.

»Rosa ist auch für kluge Frauen«, meinte Florentine.

»Bist du mir böse, wegen dem Labor?«, fragte ich.

Florentine kicherte: »In der Schule fanden sie die Geschichte mit der Drogenrazzia super.«

Sie zog mich in die Küche und holte ein Exemplar der *B. Z.* hervor, in der ein Foto von ihr und ihrem Labor abgedruckt war. *Drogenfund stellt sich als Irrtum heraus* stand da. *Berliner Schülerin will Welt verbessern.*

»Ich bin die Einzige, die schon mal in der Zeitung stand«, sagte sie. »Heute Nachmittag bekomme ich Besuch von Leon. Der geht eine Klasse höher und ist rasend gut in Chemie.«

Florentine glühte vor Erwartung. Bis Carla erschien. Sie hatte ihren Geigenunterricht unterbrochen, um sich davon zu überzeugen, wer unangemeldet die familiäre Routine störte. Im Hintergrund fiedelte ihr wenig begabter Eleve unbeirrt weiter.

»Tom wollte dir was vorbeibringen«, log Florentine und hielt ihrer Mutter das selbst geknüpfte Band hin. »Es ist ein magisches Band. Es hilft in Stresssituationen.«

Ohne weiter auf mich einzugehen, griff Carla zum Telefon und wählte eine Nummer.

Florentine hörte nicht auf, sich für mich ins Zeug zu legen. »Das Band macht einen zur Hälfte unsichtbar«, erklärte sie. »Man sieht nur noch die guten Seiten eines Menschen.«

Mit einer energischen Handbewegung öffnete Carla die Terrassentür und schob ihre Tochter aus der Küche in den Garten. Empört zottelte Florentine in Richtung Gartenhaus.

»Verbinden Sie mich mit Beate Morbach«, rief sie in den Hörer. »Ja, es ist dringend. Es geht um ein Kontaktverbot.« Ihre Stimme klang hart und schneidend.

»Du hast meine Nummer blockiert«, entschuldigte ich mich. »Ich bin nur gekommen, weil ich die Adresse von unserem Vater brauche.«

Carla sah mich überrascht an. »Du willst ihn besuchen?«

»Wenn man sich verirrt hat, ist es gut, an den Punkt zurückzukehren, an dem man vom Weg abgekommen ist.«

Ich sah durch das Fenster nach draußen, wo Florentine einen hoch aufgeschossenen Jungen begrüßte, der genau wie sie ein Hoodie trug und sehr schüchtern wirkte.

»Es tut mir leid, was passiert ist«, sagte ich. »Es tut mir wirklich leid.«

Carla schwieg. Sie konnte die Augen nicht von ihrer Tochter lassen.

»Es ist das erste Mal, dass sie jemanden mit nach Hause bringt«, erzählte sie. »Ich hatte Angst, sie verwandelt sich in denselben Eigenbrötler wie du.«

Florentine wirkte aufgeregt und fröhlich. Stolz führte sie dem Jungen ihre Projekte vor. Er sah aus, als könne er mit zweitem Namen Gerd heißen.

»Die Kapseln haben wir entsorgt, bevor die Hundelobby über uns herfällt«, fuhr Carla fort. »Wer weiß, was die mit Hundemägen anrichten. Aber da war ein Hersteller von Experimentierkästen, die wollen Florentine als Tester gewinnen. Alexander unterhält sich mit denen gerade über die Vergütung.«

Ein Lächeln huschte über ihr Gesicht und verschwand wieder. So schnell wollte sie wirklich nicht einlenken.

»Wenn ich nicht so wütend auf dich wäre, müsste ich dankbar sein«, sagte Carla. »Aber ich bin wütend. Immer noch.«

Es klang wie etwas, auf das man aufbauen konnte.

50

Abrechnungen 2

Letzter Aschenbecher vor dem Haupteingang stand auf einem Schild. *Ab hier Nichtraucherbereich.*

Es war ein prächtiger Sommertag. 8.556 Tage nachdem mein Vater die Familie verlassen hatte, war ich auf dem besten Weg, mit meiner Vergangenheit aufzuräumen. Es schien mir ein gutes Omen zu sein, dass beide Ereignisse auf einen Montag fielen. Ich war so nervös, als wäre ich zu einem ersten Date unterwegs.

Die Krankenschwester, die mich zu seinem Zimmer führte, war freudig erregt, dass Herr Morbach auch einmal Besuch bekam. Es gelang mir nicht, mich auf ihre Worte zu konzentrieren. Ihr mit professionell aufgeweckter Stimme vorgebrachter Rapport über den Gesundheitszustand meines Vaters rauschte an mir vorbei. Die Gummisohlen von Joshis Schlangenlederschuhen quietschten auf dem Linoleumboden. Jeder Schritt brachte mich meiner eigenen Geschichte näher. Eins, zwei, drei, vier …

»Er wird sich freuen, wenn sein Sohn ihn besucht«, sagte die junge Schwester bei Schritt 64. Mein Puls begleitete die

Schritte mit einem Trommelwirbel. In meinen Ohren rauschte es. Ich hielt mich verkrampft an dem Geschenk fest. Ich hatte Florentine und Carla in meine Liste aufgenommen und war inzwischen bei Nummer 27 angekommen. Ratlos darüber, was meinem Vater gefallen könnte, hatte ich auf einer Geschenkeseite im Internet den Zufallsgenerator gewählt. Wie Nico war ich einem Experiment mit Algorithmen nicht abgeneigt. Im Menü hatte ich angeklickt, dass ich etwas Erheiterndes suchte, das als Gesprächsthema herhalten konnte, wenn einem sonst nichts einfiel. Die Website schlug mir einen USB-Stift in Form eines VW Busses vor (7,95 Euro), einen Plastik-Buddha für den Garten (29 Euro) oder eine Tasse mit dem Aufdruck »Size Matters« (12 Euro). Am kostengünstigsten mit 5,95 Euro war der Kugelschreiber mit Elektroschockfunktion. Der war eher für räuberische Kollegen geeignet, die ständig Stifte klauen, als für einen Vater, den ich zwei Jahrzehnte nicht gesehen hatte. Eine Kategorie, was man Menschen mitbringt, von denen man eine Entschuldigung erwartet, gab es nicht. Ich musste mich bei der Auswahl auf meine eigene Intuition verlassen. Mit jedem Schritt wuchs der Zweifel. Der Vater war in der Erinnerung begraben. Sollte ich die Gespenster der Vergangenheit wirklich zu neuem Leben erwecken?

Die Schwester öffnete die Tür zum Zimmer, ohne sich die Mühe zu machen, vorher anzuklopfen: »Erschrecken Sie nicht«, warnte sie. »Er ist vor ein paar Tagen gestürzt.«

Das Zweibettzimmer war mit neutralen Möbeln eingerichtet, die vielen unterschiedlichen Patienten gefallen konnten, ohne ihnen einen Geschmack aufzudrängen. Nur der pflegefreundliche graue Linoleumboden und die rundum zugänglichen Pflegebetten mit der baumelnden Alarmschnur über dem Kopf lieferten einen Hinweis, dass man sich nicht im Novotel oder einem anderen austauschbaren Kettenhotel befand.

Wenn mein Vater persönliche Gegenstände besaß, hatte er sie nicht mitgenommen. An den glänzenden, abwaschbaren Wänden hing kein selbst gemaltes Bild von liebevollen Enkelinnen, kein Blumenstrauß schmückte den kahlen Nachttisch, kein Genesungswunsch die Fensterbank. Irgendwo auf seinem Lebensweg waren meinem Vater Freunde und Familie abhandengekommen.

Ich schätzte, dass der Raum 16,72 Quadratmeter groß war. 4,4 mal 3,8. Bei einer Deckenhöhe von 2 Meter 30 ergab sich ein Volumen von 38.456 Kubikmetern. Jeder Mensch braucht je nach Aktivitätsgrad ungefähr 30 Kubikmeter Frischluft pro Stunde. Fast schon automatisch glitt mein Blick zu der Zeichnung, die den Fluchtweg im Maßstab 1:200 abbildete.

Vorsichtig trat ich an das Bett, in dem ein großer schwerer Mann unter einem Berg Decken verborgen lag. Die Schwester zog mich am Arm weiter: »Das ist Herr Günther. Ihr Vater sitzt am liebsten auf dem Balkon«, erklärte sie.

Mit Carla und Beas finanzieller Unterstützung im Rücken hatte Anja für ein Pflegeheim gesorgt, in dem man sich die Mühe machte, Patienten anzuziehen und in einen Stuhl zu setzen.

Statt des hünenhaften Vaters, den ich erwartet hatte, kauerte ein Häuflein Mensch in einem Rollstuhl. Sein Kopf war starr auf den Park gerichtet, wo die Schwesternschülerinnen ihre gemeinsame Mittagspause verbrachten. Ihr Lachen tönte bis auf den Balkon. Das Leben in Übergröße hatte tiefe Spuren in seinem Gesicht hinterlassen. Der dünne, in sich gesunkene Graukopf wies keine Ähnlichkeit auf mit dem vitalen Mann, der durch meine Erinnerungen stampfte.

Die junge Schwester, ausgestattet mit einem feinen Sensor für aufziehende Familienkatastrophen, war genauso überfordert wie ich.

»Ich lasse Sie alleine«, tönte sie fröhlich. »Nach all den Jahren haben Sie sich sicher eine Menge zu erzählen.«

Anja hatte sie vorgewarnt. Das reichte, um sie in die Flucht zu schlagen.

Meine Finger, die kontinuierlich an dem Geschenk herumgefriemelt hatten, bohrten sich nun durch die Verpackung. Es war sowieso eine dumme Idee gewesen, meinem Vater eine Schachtel Pralinen mitzubringen. Dunkle Schokolade mit Rumrosinen und Mandeln: So was verschenkte Carla jedes Jahr an irgendwelche entfernten Verwandten. »Pralinen sind unverfänglich«, sagte sie immer.

Ich rüttelte sanft am Arm meines Vaters. Er schreckte desorientiert hoch und starrte mich an, als käme ich aus einer anderen Welt. Vielleicht hatte die Schwester die Patienten verwechselt. War dieser Mann wirklich identisch mit dem Vater, der die Familie vor 277 Monaten und 25 Tagen verlassen hatte? Unwillkürlich fielen mir die Fotobearbeitungsprogramme ein, die Florentine so viel Spaß machten. Nichts in seinem Gesicht schien mehr an dem angestammten Platz zu sitzen. Die vertrauten Züge waren aus den Fugen geraten. Die Augenbrauen nach unten gesackt, die Wangen eingefallen, der Blick trübe, wie bei Martin Krügers erblindetem Hund. Sein Oberkörper war nur bedingt bedeckt durch ein tief aufgeknöpftes Hemd. Die Blutergüsse auf der Haut, die wohl von der Reanimation nach dem Herzinfarkt stammten, schillerten in allen Farben. Ich stellte mir vor, wie die Rettungssanitäter ihm das Hemd aufrissen, den Brustkorb bearbeiteten, über eine Schlange Luft zuführten. Die Stromstöße hatten nur einen Teil des Menschen, der er einmal gewesen war, zurückgeholt.

»Ich bin Tom. Thomas«, erklärte ich wie ferngesteuert. »Thomas Morbach.«

Mir war klar, wie schräg diese Vorstellung klingen musste. Aber ich brachte die Worte ›dein Sohn‹ nicht über die Lippen. In Filmen fallen sich lang vermisste Familienmitglieder weinend in die Arme. Ich trat von einem Fuß auf den anderen, unschlüssig, wie es weitergehen sollte.

Im Vorfeld hatte mich die Sorge gequält, meinen Vater könne die plötzliche Begegnung mit dem verlorenen Sohn so mitnehmen, dass sein Herz ihn ein zweites Mal und final im Stich lassen würde. Tatsächlich verschlug es ihm für einen Moment die Sprache. Anstatt einer Begrüßung bekam mein Erzeuger nur ein kleines Krächzen heraus. Seine Stimme war ein müder Abgesang des dröhnenden Basses, der früher Haus und Familie hatte erzittern lassen. Sein Blick flackerte, die Hände gestikulierten unentschlossen in der Luft, die rissigen Lippen öffneten und schlossen sich wieder. Die Wolldecke rutschte von seinen Knien. Ich machte keine Anstalten, sie aufzuheben. Sie sah schon auf den ersten Blick aus, als würde sie kratzen. Ich wollte ihn nicht berühren, nicht umsorgen, bevor wir unsere Altlasten nicht geklärt hatten. Was war zumutbar? Wo sollte ich anfangen? Ich bedauerte, der Schwester nicht besser zugehört zu haben, als sie mich über Antons Gesundheitszustand informiert hatte. Die Sonne drang durch das Blätterdach, das im Wind kontinuierlich in Bewegung war. Sonnenflecken tanzten über sein Gesicht und gaben ihm etwas Dämonisches.

»Du musst mich rausbringen«, presste er hervor. »Hier können wir nicht reden.« Einmal die Überraschung überwunden, klang seine Stimme erstaunlich fest.

»Ich will dort hingehen, wo die Schwesternschülerinnen immer sind«, verkündete er.

Ich tat genau das, was er von mir verlangte. Er schien geradezu aufzuleben, als ich ihn im Rollstuhl nach draußen schob. Mit energischen Anweisungen lotste er mich auf die Terrasse eines kleinen Cafés, das ausschließlich vom Pflegeheim lebte. Mein Vater war sichtlich aufgekratzt, benahm sich wie der Platzhirsch und grüßte in alle Richtungen, als wolle er jeden darauf aufmerksam machen, dass sein Sohn ihn ausführte.

»Ich bin überrascht, wie gut es dir geht«, sagte ich.

»Carla macht immer ein Drama aus allem«, antwortete er. »Sie hat keinen Überblick. Sie glaubt, ich wäre am Abkratzen, dabei bin ich voller Tatendrang.«

Seine Stimme knarzte, sein Körper verschwand allmählich, im Kopf aber war er so lebendig wie immer.

»Du kannst mich unterstützen«, sagte er fröhlich. »Als mein Juniorpartner.«

Ich hielt mich an der Speisekarte fest. Sie servierten als Tagesgericht Hirschgulasch mit Reis. Mein Vater bestellte zwei Portionen, ohne mich zu fragen.

»Das ist das Beste, das musst du probieren«, befand er.

Die Bedienung brachte zwei Schnäpse, die mein Vater dazu geordert hatte.

»Lass uns anstoßen auf die Wiedervereinigung«, rief er und beugte sich mit seinem Glas zu mir. Er kam mir so nahe, dass ich die weißen Stoppeln auf seiner Haut sehen konnte, die Kraterlandschaft auf der Nase, den Speichel, der sich im Mundwinkel sammelte. Ich hatte eine Wolke aus Schweiß, Krankenhausluft und schlechtem Atem erwartet, stattdessen war ich kaum in der Lage, ihn überhaupt wahrzunehmen. Er roch vollkommen neutral.

»Ich trinke nicht«, sagte ich.

»Autofahrer, wie?«, antwortete mein Vater, kippte der Einfachheit halber beide Schnäpse und zog mich zu sich. »Ich bin an was Großem dran«, flüsterte er verschwörerisch. »11,4 Prozent Rendite. Garantiert.«

Sein Alkoholatem vernebelte meine Wahrnehmung. Hatte er das gerade wirklich gesagt?

»Ich habe genug Investoren«, gab er an. »Mein Arzt ist dabei und zwei der Krankenschwestern. Es gibt bereits eine Warteliste. Aber für dich mache ich eine Ausnahme …«

»Du willst Geld von mir?«, fiel ich ihm ins Wort.

Mein Vater wechselte in einen beleidigten Tonfall: »Ich gebe dir die exklusive Gelegenheit, einzusteigen, bevor der Deal geschlossen ist. Du wirst Miteigentümer. Ich bringe dir bei, wie man ein gewinnbringendes Unternehmen führt.«

Er wollte allen Ernstes Geld von mir.

»Deine Schwestern haben nicht deinen Weitblick. Das war schon früher so. Ich habe immer erkannt, dass aus dir mal was Großes wird. Unternehmensberater bist du, sagt Carla.«

Die Stimme meines Vaters nahm den Ton falscher Süßlichkeit an. Ich spürte, wie mein Rücken sich verkrampfte. Es war der Ton, mit dem er meine aufgebrachte Mutter zu besänftigen versuchte. Es war der Ton, mit dem er seine Geschäftspartner am Telefon vertröstete. Es war der Ton, den ich hasste.

»Ich kann einen Berater gebrauchen«, sagte er. »Wir beide ziehen das zusammen durch, und dann holen wir das Haus am Zikadenweg zurück. Carla hat euch Geschwister nach dem Tod eurer Mutter abgezockt. Sie hat dir dein Elternhaus genommen.«

Ich mochte nicht, wie er über Carla sprach. Ihr alleine hatte er zu verdanken, dass er nicht in einem dunklen Loch schmorte.

»Warum hast du nie etwas von dir hören lassen?«, platzte ich heraus.

Mein Vater sah mich überrascht an. »Ich habe dir immer wieder geschrieben.«

Sagte er die Wahrheit? Konnte ich ihm trauen?

»Ich habe nie etwas bekommen«, sagte ich.

»Ich habe dir geschrieben. Von jedem Punkt der Erde«, erzählte er. »Sogar aus dem Gefängnis. Jede Woche. Ich habe nie die Hoffnung aufgegeben, dass du antwortest.«

Jede Faser meines Körpers hoffte, dass sich alles so abgespielt hatte.

»Jedes Jahr habe ich gebettelt, ob ich auf deine Geburtstagsparty kommen darf. Deine Mutter hat mich nie eingeladen. Sie hat jede Gelegenheit genutzt, mich schlecht aussehen zu lassen.«

Ich sah meine Mutter vor mir, wie sie bei jedem Klingeln an der Tür aufschreckte, immer in der Hoffnung, der Mann, der sie schmählich hatte sitzen lassen, habe sich bedacht. Ich sah meine Mutter mit ihrem Jahrgangswhiskey, Jahr um Jahr darauf wartend, dass ihr Anton zurückkehrte. Ich sah diesen Mann, der nichts begriffen hatte.

»Deine Mutter wollte dich für sich alleine. Sie war eifersüchtig, dass wir uns so gut verstanden haben. Erinnerst du dich, wie wir zusammen auf den Bolzplatz gegangen sind? Als du noch ganz klein warst.«

Er streckte seine Hand nach meiner aus. Seine Finger zappelten ungeduldig in der Luft.

Mein erster Impuls war, aufzustehen und zu gehen. Ich könnte der Bedienung die Pralinen in die Hand drücken und 20 Euro.

Sorgen Sie dafür, dass er wieder auf sein Zimmer kommt, könnte ich sagen. Nachdem er seinen doppelten Hirsch aufgegessen hat.

Statt des großen Abgangs blieb ich wie gelähmt sitzen. Aus der Küche drang Schlagermusik. Die Welt hatte aufgehört sich zu drehen. Vermutlich war sie schon damals stehen geblieben, als Anton das Haus verlassen hatte. Nichts bewegte sich mehr. Nur die zappelnden Finger vor mir. Ich verzichtete darauf, sie zu ergreifen. Ich verspürte nicht das geringste Bedürfnis, sein Sohn zu werden.

Mein Vater merkte es nicht einmal. Denn genau in diesem Moment kam die Bedienung und stellte die beiden Teller vor uns ab. Die Augen meines Vaters glänzten ob der bräunlichen Fleischstücke, die in einer dicken braunen Soße schwammen, bei der die Cholesterinwerte schon vom puren Anblick in die Höhe schossen.

»Lass es dir schmecken«, sagte er mit großer Geste, als habe er den Hirsch höchstpersönlich erlegt und zubereitet. Zufrieden probierte er sein Mittagessen. Er hatte bereits vergessen, worüber wir gerade gesprochen hatten. Ich öffnete meinen Mund. All die Vorwürfe und Emotionen, die sich in den Jahren angesammelt hatten, wollten gleichzeitig aus mir herausbrechen. Hatten Worte die Kraft, meinen Vater auf der Schlussgeraden zu verändern? Die genussvollen Schmatzer machten mir deutlich, dass es sinnlos war: Anton Morbach war ein Betrüger, er war ein Lügner, ein begnadeter Verdränger, er war ein Egoist, ein Egomane, ein miserabler Vater, aber er war gesegnet mit der kostbaren Gabe, sich selbst zu verzeihen. Er war immer wieder dazu in der Lage, sein Scheitern zu vergessen und sich mit allem Optimismus neuen Aufgaben zu widmen, in dem unerschütterlichen Vertrauen, dass sein Leben morgen besser sein würde als heute und der lieblos hingeklatschte braune Haufen auf seinem Teller das beste Gulasch war, das er je in seinem Leben gegessen hatte. Er beherrschte das Kunststück, in all seinem Unglück glücklich zu sein. Ich nahm eine Gabel Hirschgulasch. Nicht mein Geschmack. Aber nichts, woran man zugrunde gehen würde.

51

Überraschung

»Guten Morgen, Annette«, rief ich.

Nach einer durchwachten Nacht sehnte ich mich nach heißem Kaffee, warmen Worten und der Morgenstunde, die die Zeichen auf Neuanfang stellte. Ich hatte Anton nach dem Essen zurück in sein Zimmer gebracht. Unsere Verabschiedung fiel kurz aus. Die Schwestern auf der Station waren empört gewesen, dass er sich nicht abgemeldet hatte.

»Mein Sohn hat auf Nachtisch bestanden«, erklärte er. »Sonst wäre ich rechtzeitig zurück gewesen.«

Ich verzichtete darauf, seine Lüge zu korrigieren. Es machte sein Leben einfacher und meins tangierte es nicht. Seine Wahrheit würde niemals die meine werden. Das Merkwürdige war: Es war nicht positiv, es war nicht negativ. Es war einfach nicht mehr zu ändern.

»Morgen, Herr Tom«, rief Annette mir zu und blinzelte ein wenig. Sie trug immer noch keine Brille, erkannte mich jedoch an meiner Stimme. Ich hatte meinen Vater getroffen, und er war immer noch derselbe. Von der Bäckerei konnte man das nicht behaupten.

In den kommenden Tagen wurde in der Filiale der Firma

Schwab eifrig umgebaut. Dort, wo früher die Sonderangebote hingen, hievten zwei Angestellte ein Schwarz-Weiß-Foto von Georg Schwab in die Höhe. Er hatte seinen Anzug mit der Bäckeruniform vertauscht. *Ihr Brot. Seit 1890* stand unter seinen Händen, auf denen er ein Holzofenbrot präsentierte.

»Ihr Brot ist leider nicht mehr im Angebot. Wir verkaufen nur noch halb so viele Produkte«, erklärte Annette mir eines Morgens. »Schwab hat selbst eine Runde gemacht, um allen Mitarbeitern die neue Unternehmensstrategie zu erläutern. Wir müssen nicht die Hungrigen satt machen, sondern die Satten hungrig.«

»Suchen Sie was für mich aus«, sagte ich. Solange es sich nicht um Hirschgulasch handelte, war ich offen für neue Erfahrungen.

Der Postbote betrat den Laden, froh, mich entdeckt zu haben. Feierlich überreichte er mir ein Paket, das ich online bei Toys"R"Us bestellt hatte.

»Wieder ein Geschenk?«, kicherte Annette.

»Für mich«, nickte ich.

Noch im Laden packte ich Geschenk Nummer 28 aus: einen funkelnagelneuen prall gefüllten Basketball.

Ich dribbelte den Ball durch die offene Ladentür, um Müllkörbe herum, ich balancierte ihn um eilige Kaufwütige und eine schimpfende Rentnerin. Vermutlich sah ich bescheuert aus und nicht ganz so sportlich, wie ich mich fühlte, aber wen interessierte das schon? Ich dribbelte vorbei an dem Obdachlosen, der in meinem Anzug auf dem Parkplatz von Lidl Autos einwies und dabei mächtig offiziell aussah.

»Ich bettle noch immer«, erklärte er. »Aber mit Niveau.«

Am Märchenbrunnen traf ich auf Paris, Aphrodite und die beiden Frauchen. Unser Verhältnis hatte sich entspannt, seit ich meine Wohnung gekündigt hatte. Ich konnte die nächsten sechs Wochen bei Joshi unterkommen, der gemeinsam mit Anja eine Reihe von deutschen Foodtruck-Festivals abfuhr. Anja würde von München aus zurückfliegen, während Joshi weiter Richtung Süden zog. Wenn es ihn dann noch zog.

Ich dribbelte an Tamara und Kimmie vorbei in Richtung Basketballcourt. Jetzt kam es drauf an. Ich fing mit elementaren Korblegern an. Rechts dribbeln, den Ball zeitgleich mit dem Fuß auf den Boden setzen, Absprung vom linken Fuß, den Ball in beiden Händen, am höchsten Punkt Ellenbogen strecken, 45 Grad Winkel zum Korb und ...daneben.

Ich dribbelte, schlug Haken, lief, zielte, warf. Daneben. Ich wollte gerade wieder ausholen, als ich auf einer Parkbank eine bekannte Person erspähte. Die Frau war zierlich, trug einen artigen Kurzhaarschnitt, einen roten Rock zu weißer Bluse und schwarzen Strümpfen. Selbstvergessen tippte sie auf ihrem Laptop herum.

Ich ächzte, ich schwitzte, ich war nicht vorbereitet. Aber ich war neugierig. Erschöpft ließ ich mich neben sie auf die Bank sinken. Die Unbekannte sah mich aus diesen unverwechselbaren grünen Augen an. Ein bisschen erschreckt, ein bisschen verlegen.

»Kennen wir uns von irgendwoher?«, fragte ich. Das war in etwa die dämlichste Frage, die man sich fürs Offlinedating ausdenken konnte. Dabei wusste ich genau, wen ich vor mir hatte. Sie war mir immer wieder begegnet. In der Bäckerei, an der Ampel mit dem verlorenen Geschenk, vor meinem Haus. Wieso sollte eine Frau mich durch die halbe Stadt verfolgen? Sie hatte noch nicht einmal mein Auto angefahren.

Nervös wischte ich mir den Schweiß aus der Stirn. Ich wollte mir nicht ausmalen, wie ich gerade roch. Statt einer

Antwort bot die Frau mir ihren Eistee an. Hektisch nahm ich einen Schluck und kleckerte prompt ein bisschen. Auf dem Becher stand handschriftlich ihr Name.

»Nico?«, fragte ich entsetzt.

Sie nickte vorsichtig.

»Nico wie Nico von *Eins plus 1*?«

»Nico wie Nicolette«, antwortete sie. »Nicolette von *Eins plus 1*.«

Ich konnte es nicht fassen. Mein Briefpartner, mein geheimer Ratgeber in Liebesdingen, mein Mathematikerkollege war in Wirklichkeit eine Frau?

»Die Plattform leidet unter permanentem Männerüberschuss«, erklärte sie. »Ich war es leid, dauernd unsittliche Angebote zu bekommen.«

»Ist das Zufall, dass wir uns dauernd begegnen?«, fragte ich.

Sie schüttelte energisch den Kopf: »Mathematik«, sagte sie. »Ich wollte dir einen Job anbieten. Aber vorher wollte ich wissen, mit wem ich es zu tun habe. Heimlich.«

Ich sah sie ratlos an: »Du willst mich für deine Plattform haben?«

»Ich habe unsere Daten abgeglichen«, sagte sie. »Rechnerisch sind wir das perfekte Team. Behaupten die Algorithmen.«

Sie fuhr sich nervös durchs Haar, das ihr kreuz und quer vom Kopf abstand, als wäre sie eben erst aufgestanden. Nie wäre ich auf die Idee gekommen, dass ausgerechnet wir zueinandergehörten. Wenn ich Joshi wäre, ich würde sie küssen. Einfach so. Weil ich aber ich war, stellte ich weiter dumme Fragen.

»Wieso ich?«, fragte ich.

»Du bist der Einzige, der sich jemals gefragt hat, wer sich hinter den Zahlen verbirgt. Du bist der Einzige, der mir je einen Brief geschrieben und sich mit unseren Formeln auseinandergesetzt hat. Menschen begreifen nicht, was Zahlen können.«

Wieder erstarb das Gespräch. Es dauerte eine Weile, bis ich mich traute, die alles entscheidende Frage zu stellen.

»Wie viel haben wir? Mehr als 94 Prozent?«

Sie nickte, ohne mich anzusehen: »Viel mehr.«

Wir schwiegen beide.

»Das heißt noch gar nichts«, sagte sie. »Nicht alles.«

Ich verstand genau, wovon sie sprach: »Selbst mit 94 Prozent kann einem immer noch ein Spanier dazwischengrätschen.«

Wieder starrten wir in die Ferne. Wir waren Weltmeister im Löcher-in-die-Luft-Starren.

»Wollen wir was essen gehen?«, fragte Nico. »Irgendwann einmal.«

»Ist irgendwann jetzt?«, fragte ich.

Sie nickte einfach nur.

»Worauf hast du Lust?«, fragte ich.

»Auf Überraschungen«, gestand sie.

Ich hakte sie unter. Ich versuchte, nicht auszurechnen, wie groß die Wahrscheinlichkeit war, dass aus uns irgendwann einmal etwas werden würde. Ich war ihr begegnet. Das allein zählte. Es war der 10.648. Tag meines Lebens. Es versprach, ein großartiger Tag zu werden.

Dank

Mit Dank an Dr. Filter und Frau Irene Manser vom Landes-Innungsverband für das bayerische Bäckerhandwerk. Dank ihrer Vermittlung durfte ich einen Blick hinter die Kulissen verschiedener Bäckereien unterschiedlichster Größe werfen. Wohlgemerkt: Bei keinem der Betriebe geht es so chaotisch zu wie in meiner fiktiven Bäckerei.

Dank auch an Christian Schlosser von der Aachener Printen und Schokoladenfabrik Henry Lambertz, der sich viel Zeit genommen hat, mich durch die beeindruckenden Produktionshallen zu führen. Ich werde nie mehr Dominosteine essen können, ohne an den Tag in Aachen zurück zu denken.

Mein ganz besonderes Dankeschön gilt dem Bäcker- und Konditormeister Heinz Hoffmann, Obermeister der Bäcker-Innung München und Landesinnungsmeister des Bayerischen Bäckerhandwerks, der mich in die Geheimnisse der Brezel eingeführt hat und mir Gelegenheit gegeben hat, mich selber im Schlingen zu versuchen. Der Einblick in seine Arbeit und Überzeugungen hat meinen Blick auf die Auslagen von Bäckereien für immer verändert.

Wer selber ausrechnen will, warum er immer noch Single ist, den verweise ich auf Peter Backus von der University of Warwick, dem ich meine Erkenntnisse verdanke, wie man die Formel von Drake anwendet. Wer sich in diese Richtung weiterbilden will, dem empfehle ich den Ted Talk und das Buch von Hanna Fry »Die Mathematik der Liebe: Von der Berechenbarkeit eines großen Gefühls«. Wie man so etwas in eine Dating Website umsetzt, habe ich durch meine Kollegen im Co-Working-Office gelernt.

Danke auch an die wunderbare Mannschaft von Kiepenheuer & Witsch, allen voran an Kerstin Gleba und Ulla Brümmer, die selbst dann Geduld mit mir haben, wenn ich auf absonderliche Ideen komme.

Und last and not least. Dank an Jolanda. Ihr Mut war meiner Figur Vorbild.